AKUYAKU

EL CAMINO PARA SER TU MISMX

Altea

AKUYAKU
El camino para ser tu mismx

Primera edición: julio de 2023

D.R. © 2023, Claivett (Claudia Ivette Ayala Pérez)

D. R. © 2023, derechos de edición mundial en lengua castellana:
Penguin Random House Grupo Editorial, S. A. de C. V.
Blvd. Miguel de Cervantes Saavedra núm. 301, 1er piso,
colonia Granada, alcaldía Miguel Hidalgo, C. P. 11520,
Ciudad de México

penguinlibros.com

Diseño de portada e ilustraciones de interiores: Claudia Ivette Ayala Pérez
Color de ilustraciones de interiores: Marian Rivera & Kyara Castillo
Maquetación: ViBo Creando

ISBN: 978-607-383-103-1

Impreso en México – *Printed in Mexico*

1

Dimorfoteca

Género de plantas fanerógamas de la familia Asteraceae. Comprende 49 especies descritas y sólo 21 aceptadas. Las plantas de este género por lo general tienen flores <u>bisexuales.</u>

Cuando Tenpi era pequeño, su madre solía leerle cuentos antes de dormir. Había uno en particular que le encantaba porque era muy cursi: trataba del origen de la Tierra y de cómo cada persona estaba destinada a encontrar a otra para amarse toda la vida. Cuentan que la Tierra era como un gran jardín, tan abundante de vegetación que te llenaba los ojos de un vivo color verde. Pero un día comenzaron a brotar, incidentalmente, millones de pequeñas flores azules y rosas que matizaron el paisaje, contrastando con el verde. Entre los millones de flores que existían en el mundo, cada una estaba destinada a encontrarse con su par y amarla durante toda la vida. Unidas indiscutible e incondicionalmente, hicieran lo que hicieran, el destino las juntaría.

Conforme se hacía mayor, Tenpi entendía nuevas cosas sobre aquel cuento. Creció escuchando historias del amor único, incondicional y eterno y, por más que en momentos llegó a odiarlas, realmente quería vivir esa ilusión en carne propia.

A los nueve años dedujo la metáfora de que las flores azules eran los hombres y las flores rosas las mujeres, así que le preguntó a su madre:

—¿Yo qué flor sería, mamá?

—Tú eres una flor azul, hijo, porque eres un niño.

Algo dentro de él se negaba a aceptar la respuesta de su madre. Quería escuchar otra cosa, pues le causaba mucha felicidad cuando ella lo comparaba con una niña o le decía que era "bonito, delicado y tierno". Tenpi esperaba que eso también sucediera en el cuento, que su madre le dijera que era una flor rosa.

Ése fue el día en el que todo comenzó, el día en el que Tenpi empezó a preguntarse cosas que antes daba por hecho y aceptaba. La incomodidad que le causaban sus cuestionamientos era como una piedra en el zapato. Él pensaba que podría deshacerse de ella en algún momento, pero se quedó ahí, se encarnó en su piel de forma natural. "Natural" porque nadie nace queriendo sentirse incómodo y diferente: todos queremos encajar, ser parte de algo… Y Tenpi se sentía en el limbo.

Desde entonces, cada vez que volvía a escuchar la historia de las flores, sentía odio y rechazo. Le resultaba cada vez más ajena… pero ¿cómo podía sentirse fuera de las propias normas de su existencia? Con el tiempo entendió que era distinto a los demás, pero quería entender qué tan diferente era del resto. ¿Las otras personas también cuestionaban este tipo de cosas, o sólo las daban por hecho? ¿Por qué a él le intrigaba tanto y le incomodaba que quisieran clasificarlo como alguien diferente?

Buscó el sentido fuera de sí mismo, con su mamá. Podría ser que ella supiera la respuesta y le dijera algo que lo hiciera sentir incluido. ¿Qué tal que el propósito de aquel cuento era cuestionar su veracidad y debatir la loquísima idea de que sólo hubiera flores de dos colores? El límite era absurdo, no podía ser la única persona preguntándose eso.

—¿Por qué? ¿Por qué soy una flor azul y no una rosa? —le expresó Tenpi a su mamá.

—¿Por qué? —respondió su mamá, soltando una pequeña risa—. Porque así naciste.

—¿No puedo escoger? ¿No se puede cambiar?

—No, no, hijo: se nace y muere con el mismo género, no es algo que escoges.

—¿Y si no me gusta?

Sus preguntas cada vez estaban más relacionadas con la incomodidad que le causaba aquella historia y su clasificación de flores rosas y azules. ¿Y si su madre también se había llegado a sentir así? Puede que pensaran igual, pero tal vez Tenpi no había sido lo suficientemente directo y por eso no le había entendido.

—No es algo que te guste o no, sólo vives con eso.

Pero a mí no me gusta del todo, pensó Tenpi. ¿Cómo iba a contradecir a su madre? Sin embargo, lo que sentía era real, casi físico. ¿No había ninguna otra opción?

—¿Cómo sé que no soy una niña, mamá?

A su mamá le extrañó la pregunta. Lo miró algo desconcertada y le habló con un tono más serio.

—Bu… bueno, los niños hacen cosas de niños y las niñas, cosas de niñas, como jugar a las carreras o las muñecas. Tú has visto a las niñas, ¿no? Tienen el pelo largo, usan faldas, maquillaje, moños… son delicadas, dulces y tiernas; mientras que los niños tienen el pelo corto, usan pantalones, les gustan los deportes y son rudos y fuertes.

Claro que sabía qué lo diferenciaba de una niña. Tenía entonces nueve años. Su madre probablemente lo subestimaba pensando que no tenía ni idea de los genitales.

Conforme seguía creciendo, estas preguntas permanecían en su mente: si actuaba como niña, ¿se convertiría en una niña? Jugar a las muñecas, maquillarse, usar tacones, ser delicado, dulce y tierno… ¿lo volvía más mujer o menos hombre? Entonces, lo que lo hacía niño o niña probablemente no eran sus genitales, sino sus pensamientos, sus sentimientos, su percepción de lo que consideraba masculino y femenino, y eso se salía por completo de la heteronormatividad.

A pesar de que Tenpi aún era un niño, lo que sentía en su corazón y en su alma no debía subestimarse. Si de algo estaba seguro, era de que se sentía como una niña, pero también como un niño.

Eventualmente, decidió no comentar más el tema con su madre, porque sabía que no le iba a decir lo que él quería escuchar. Era consciente de que se equivocaba porque tenía compañeras de pelo corto a quienes les gustaba mucho jugar futbol, así como a él le gustaba jugar a la comidita y a las muñecas, y eso no significaba que ellas se convirtieran en niños, ni que Tenpi fuera una niña.

¿Por qué tenía que ser una flor azul o una rosa?

Aunque hubiera nacido como hombre, admiraba y apreciaba la feminidad. Si tuviera que escoger una identidad de género para siempre, probablemente elegiría ser una niña, porque todas las que conocía tenían su propio concepto de feminidad; en general ellas eran más abiertas. También prefería pasar tiempo con las niñas porque entendían mejor que nadie cómo era vivir en una sociedad machista.

Se daba cuenta de que los hombres no eran tan fuertes como decían ser, al contrario, eran muy frágiles. Sentían tanto miedo por la feminidad o "lo femenino" que rechazaban todo lo que estaba relacionado con ella, porque para ellos parecer o actuar como una mujer era visto como una debilidad. Aquellas características con las que definían a las mujeres no iban acorde con lo que significaba ser hombre; ser sutil, ordenado, delicado, o preferir no jugar bruscamente, estaba muy mal visto. ¿Por qué comportarse como las mujeres era algo malo, si decían amarlas y quererlas tanto? ¿Por qué su respeto se condicionaba únicamente a aquéllas a quienes considera- ban atractivas? ¿Una mujer no era digna de respeto o no tenía valor si no era sexualizada? El hecho de verlas como objetos era irrespetuoso, de cualquier forma.

Tenpi sentía respeto, agradecimiento y amor infinito por muchas mujeres, porque lo habían acogido en su grupo, lo defendían y protegían de burlas, acoso y discriminación, y si alguien atentaba contra él, todas se unían para defenderlo.

Los hombres no siempre cuestionan su privilegio, pero si fueran como Tenpi, hombres femeninos, que desean ser mujeres o que abrazan su feminidad, seguro entenderían las condiciones tan inhumanas que sostienen día a día con comportamientos y actitudes machistas.

La feminidad tomó un papel negativo en la vida de Tenpi, y es que el problema es que cada quien tiene conceptos diferentes de lo que es bueno o malo. En su caso lo satanizaban por lo que lo hacía feliz, por lo que él consideraba que era lo correcto.

Tenpi creció queriendo romper ese molde, deseaba ser la unificación de los dos géneros y de los dos conceptos binarios de expresión: feminidad y masculinidad; buscaba demostrar que ser diferente, como hombre o mujer, no limitaba ni su valor ni sus capacidades, y que seguía siendo igual que todos.

En ese entonces no esperaba que la gente lo tratara como mujer porque, hasta donde tenía entendido, sólo era un chico femenino. Al ser diferente, los demás no sabían cómo tratarlo; inclusive los niños tenían muy arraigada la manera de tratar a un hombre o a una mujer. Sólo aquellas personas que eran capaces de ver más allá podían apreciarlo como alguien igual a ellos y terminaban siendo sus amigos de plena confianza, pero lamentablemente eran muy pocos.

Conforme pasaba el tiempo la escuela se volvió cada vez más difícil para Tenpi, pero no en cuanto a lo académico. Cuando era pequeño, la gente solía tomarse a la ligera sus expresiones femeninas, pero comenzaron a preocuparse cuando se dieron cuenta de que esas expresiones formaban parte de su personalidad. Así fue como de pronto su expresión de género fue vista como un problema, porque creían que era una mala influencia para los demás.

¿De dónde venía el miedo a lo diferente? Tenpi pensaba que eso era incluso lo que le daba sentido a la vida: lo novedoso, lo extraño, conocer algo que no es común. Lo que para él era fascinante, para otros era terrorífico.

Los profesores no lo veían como un chico afeminado, sino como un homosexual en potencia. Peor aún, pensaban que era algo que podían evitar.

Solía esperar a sus amigas en la entrada del baño de niñas. Dejaban la puerta abierta para seguir platicando mientras ellas estaban adentro y Tenpi afuera, sosteniendo la puerta. Ya no se juntaba con niños, y sus ademanes y expresiones se volvieron idénticos a los de sus compañeras.

Una mañana, cuando cursaba cuarto año de primaria, la coordinadora se presentó en la puerta de su salón y le pidió que fuera a su oficina. Tenpi se preocupó porque no creía haber hecho algo tan malo como para ser llamado en medio de una clase. Con la coordinadora sólo iban quienes hacían cosas gravísimas, como aquella vez que dos compañeros se golpearon o cuando se perdió la mochila de una compañera. En cambio, él no se había portado mal. Estaba muy nervioso y tenía bastante miedo. Cuando uno es pequeño, se siente fácilmente intimidado por los mayores, o por lo menos ése era su caso.

En esa época tenía un pequeño osito de peluche que llevaba con él a todas partes, aunque lo escondía en su bolsillo frente a los niños, que solían burlarse de que tuviera un peluche "siendo tan grande". A Tenpi le daba mucha tranquilidad, le recordaba a sus papás. A sus amigas sí les gustaba porque era muy tierno; una de ellas incluso le llevó una sillita y una mesita de su casa de muñecas para que se sentara con todas en el recreo. Era su amigo incondicional, y lo acompañó en ese momento.

Caminó detrás de la coordinadora mientras apretaba el peluche dentro de su bolsillo: no iba solo, iba con su osito.

Seguro no es nada, vamos a estar bien, pensaba para tranquilizarse y para calmar a su osito.

Llegaron a la oficina. Había enciclopedias por todos lados y parecía bastante tenebrosa por la falta de luz.

—Siéntate, hijito —le dijo la coordinadora mientras ella se acomodaba del otro lado de su escritorio.

Se acercó a la enorme silla y la recorrió para sentarse.

Sacó de uno de sus cajones unas hojas de papel de diferentes colores. De inmediato el ambiente se relajó, porque aquellas hojas iluminaban la aburrida oficina.

—Mira, te voy a dar estas hojitas y estos colores.

Tenpi estaba desesperado por que se las diera, en clases siempre que la maestra traía hojas de colores hacían algo divertido.

—Quiero que te dibujes a ti, a tu familia y a tu casa, ¿sí?

No entendía por qué lo había sacado de clases para ir a dibujar, pero sin dar tantas vueltas tomó los materiales casi de inmediato. Ahora entendía que realmente era una prueba para buscar qué pasaba con él.

—¿Vives con tus papás, Tenpi?

—Sí, con mi mamá y mi papá —respondió mientras hacía su dibujo.

—¿Tienes hermanos?

—No, sólo yo.

—¿Cómo se llevan tus papás? ¿A qué se dedican?

—Bien, se quieren mucho. Mi mami se queda en la casa, mi papi sale a trabajar.

—¿Quién te cae mejor, los niños o las niñas?

—Las niñas.

—¿Por qué? ¿Te gusta alguna de tus compañeritas?

La miró rápidamente sin dejar de colorear sus nubes.

—No, no me gusta ninguna.

—¿Por qué no te juntas con los niños, entonces?

Ahhh, era eso, pensó, *¿para esto me sacaron, para un interrogatorio? ¿Mi situación es tan grave como golpear a un niño o robar algo que no es mío?*

—Los niños se burlan de mí y no quieren juntarse conmigo.

—¿Sabes por qué se burlan?

—Porque quiero ser como las niñas.

La coordinadora se asustó, como si Tenpi le hubiera dicho que quería matar a alguien.

—Oye, hijito, ¿entonces te gustan tus compañeritos?

Dejó de dibujar mientras meditaba su respuesta. Nunca le habían preguntado eso. Tenpi no tenía ese tipo de atracción por nadie. No sabía ni siquiera cómo se siente cuando te gusta alguien, asumía que ésas eran cosas de grandes.

Siguió dibujando y contestó:

—No, ni siquiera me caen bien.

Aunque me gustara alguien, ¿qué le hace pensar a esa señora que le contaría mis secretos?, pensó Tenpi.

—Ay, qué bueno, hijito. Mira, déjame decirte algo: todavía estás chiquito, estamos a tiempo de evitar otras cosas más graves.

—¿Qué cosas?

10

—Bueno, por ejemplo, que te empezaran a gustar tus compañeritos. No dijo nada, pero sabía a qué se refería. Se refería a los gays.

La primera vez que escuchó la palabra *gay* fue por otro compañero de la escuela. Estaban en la clase de Deportes, en la que los niños solían lanzarle la pelota para golpearlo a propósito cuando jugaban futbol. Se empeñaban en molestarlo y nunca entendía por qué.

Ese día un compañero golpeó la pelota apuntándole y logró darle en la cara. Tenpi sintió mucho dolor y entumecimiento, y su nariz empezó a sangrar. Los demás niños se reían y él comenzó a llorar.

—Uuuuy, eres bien gay, Tenpi. Aguántate, los hombres no lloran —comentó uno de los niños.

Una de las amigas con la que más platicaba porque se sentaban juntos corrió a avisarle al profesor. Cuando regresó con él, Tenpi sollozaba, con la cara y el uniforme llenos de sangre.

—¿Qué pasó? —preguntó el profesor.

—Es que los niños estaban molestando a Tenpi y le pegaron con la pelota en la cara —dijo otra de las amigas.

—¡No es cierto! ¡Qué chismosa, fue un accidente!

—Nooo, no es cierto, ¡el chismoso eres tú!

—Ey, no se hablen así. Tenpi, ¿te pegaron a propósito?

Detrás del profesor estaban los niños haciéndole señas para que dijera que no. Pensó que tal vez si no los culpaba podrían llevarse mejor, o incluso ser amigos.

—No, profesor. Fue un accidente.

El maestro lo miró unos segundos, como si supiera realmente la respuesta y estuviera esperando a que dijera la verdad.

—Bueno, te llevo a la enfermería para que te revisen.

En su mente seguía resonando aquella palabra que le dijeron; sabía que fue con intención de ofenderlo, pero no entendía qué significaba. Esperó hasta llegar a su casa para platicarlo con su mamá, que, por cierto, se preocupó mucho al ver que tenía la playera llena de sangre. Tenpi le explicó que había sido un accidente en la clase de Deportes y que no le había pasado nada. Después, mientras comían, Tenpi recordó lo que quería preguntarle:

—¿Oye, mami?

—¿Qué pasó?

—¿Qué es un gay?

—¿Gay? ¿Por qué, hijo? ¿Dónde lo escuchaste?

Tenpi movía su sopa para enfriarla y, sin mirar a su mamá, le contestó:

—Es que hoy en la escuela me dijeron así, pero no sé qué es.

Su mamá lo miró, extrañada.

—¿Por qué te dijeron así?, ¿qué estabas haciendo?

—Es que cuando me pegaron en la cara con la pelota y yo lloré porque me dolió, entonces uno de los niños me dijo que era gay.

—Bueno, así dicen algunas personas cuando no te aguantas, cuando no actúas como hombre.

—¿Hay una palabra para eso?

—Bueno, no significa eso realmente. Los gays son los hombres a los que les gustan los hombres.

—¿Y eso qué tiene que ver conmigo, mami?

Tenpi no encontraba la relación de una cosa con la otra.

—Mira, tú no les hagas caso, no dejes que te molesten, pero si no te dejan en paz, me dices y yo hablo con todos los maestros.

En ese entonces él no entendía lo que significaba ser gay, pero si lo utilizaban como insulto seguramente estaba mal serlo.

Aprendió que la gente lo usa como un adjetivo relacionado a lo poco varonil que es una persona; joto, maricón, puñal… la lista es larga. Pero en realidad ser gay no tenía relación con la masculinidad, eran conceptos diferentes que aprendió conociéndose a sí mismo. Uno era una orientación sexual y otro la expresión de género. No por ser gay eres femenino y no por ser gay eres menos hombre.

Aquella plática con la coordinadora lo había confundido mucho, porque fue la primera vez que alguien mostraba preocupación por su manera de ser. Un comentario de ese tipo le daba a entender que podría estar afectando o lastimando a los demás con su "personalidad". Las niñas eran femeninas y nunca hubo problema con eso. ¿A quién estaba afectando? ¿Con qué objeto buscaban cambiarlo? Él ya estaba aprendiendo a vivir de esa forma, así es como se sentía y sabía que, aunque lo quisiera, no podría cambiarlo. Debía dejar a su alma ser como quería...

La voluntad de su deseo de identidad era tan grande como para sobreponerse por encima de todas las personas que lo llegaron a molestar, despreciar y discriminar.

A partir del día que habló con la coordinadora, las cosas empeoraron poco a poco. Cuando los maestros dividían la clase en niños y niñas, entre sus compañeras era de las más masculinas, pero entre sus compañeros era el más femenino. Ese cambio lo hizo sentir aún más distanciado de todos, porque no encontraba cómo integrarse, no sabía cómo hablar con los niños porque lo menospreciaban, lo apartaban y se burlaban de él. Prefería pasar tiempo con su osito que seguir soportando a los niños, quienes nunca se abrieron ni estuvieron dispuestos a tratar de escucharlo, comprenderlo o integrarlo.

Se volvió muy introvertido y se alejó de todos. Por lo que había entendido, tenía que sentirse mal para que los demás estuvieran bien. Parecía que así era como los demás querían que viviera su vida.

Evitaban que se juntara con las niñas. Dejó de hablar como ellas porque los niños se burlaban de él; dejó de ponerse diamantina y estampitas en la cara como sus amigas; dejó de sonreír, y, finalmente, dejó de brillar.

A veces se animaba porque no comía solo: lo acompañaba su osito. Buscaba un lugar donde pudiera ver a sus amigas a lo lejos, sacaba a su osito, su mesa y su sillita, y se ponía a platicar como lo hacía cuando se juntaba con ellas. Pese a eso, había días en los que no podía evitar llorar porque las extrañaba mucho y, además, extrañaba ser él.

Durante un receso, mientras comía con su osito en una mesa a la sombra de los árboles, en la que nadie se quería sentar porque hacía mucho frío y "había fantasmas", escuchó unos pasos acercarse, por el sonido de las hojas. Era uno de sus compañeros de salón, con tres de sus amigos que se pararon a su lado. *Probablemente los mandó alguna maestra o profesor*, pensó. Frecuentemente les pedían a otros compañeros hombres que le hicieran compañía, pero no todos se querían juntar con él.

—¿Y esta cosa? —dijo uno de ellos, quitando el osito de su silla.

—¡No, deja eso! —gritó desesperado, levantándose de la mesa y dando brincos para intentar quitarle al osito de las manos.

—¿Todavía tienes esta cosa? ¿Cuántos años tienes, Tenpi?

—¡Devuélvemelo! —gritó mientras se le salían las lágrimas por el coraje.

Se rio y aventó al osito del otro lado de la barda, hacia el terreno baldío.

—Ya madura, Tenpi. ¿O siempre vas a ser un maricón? Y no llores, aguántate como los machos.

Todos se rieron y se fueron, dejándole un sentimiento de vacío y enojo. Tal vez ése era su problema, tal vez no era lo suficientemente maduro, a lo mejor sí estaba mal.

A pesar de que habían tirado a su único amigo, que se había quedado solo y que lo habían hecho sentir mal, intentó con todas sus fuerzas contener las lágrimas. Notó un nudo de emociones en la garganta que no lo dejaba respirar, porque su corazón ya guardaba muchos sentimientos. Pensaba que estaba en todo su derecho de llorar.

Se sentó y sollozó en silencio. *Lo peor de llorar es hacerlo solo*, pensaba. Se sentía la persona más solitaria del mundo porque creía que nunca nadie iba a poder entenderlo.

—Oye, niño —susurró una voz—. Acá.

Buscó de dónde venía la voz y vio a una niña de pelo color rosa con dos chonguitos como coletas, se escondía detrás de la puerta que daba al pasillo que recorría toda la escuela por detrás.

—¡Ven, vi dónde cayó tu osito!

De inmediato se levantó, tomó la silla y la mesita de su osito y caminó hacia la niña, limpiándose las lágrimas.

—Rápido, ven —decía, haciéndole señas para que la siguiera al fondo del pasillo donde estaba.

Abrió la puerta y dudó en entrar, porque nadie pasaba por allí más que la señora de limpieza, y pensaba que de seguro estaba prohibido.

—¿No quieres ir por tu osito? ¡Vamos!

Miró a ambos lados del pasillo, fijándose que no hubiera nadie, y entró con la niña emparejando la puerta detrás de él y cuidando que nadie lo hubiera visto.

—Qué mala onda del niño ese por aventarte tu osito. Pero no te preocupes, yo vi dónde cayó y ahora estamos en la misión de rescate.

La niña estaba muy emocionada, parecía que se lo tomaba como juego. Pese a la preocupación que tenía por no volver a ver a su osito, lo tranquilizaba sentir que estaban jugando.

Al final del pasillo había un alambre y una madera que cubrían un hoyo en la pared. La niña las quitó con mucha facilidad, supuso que no era la primera vez que lo hacía, y salió por el hoyo, y Tenpi detrás de ella.

Cuando abandonaron el pasillo, que estaba bastante oscuro, lo deslumbró una intensa luz, era el sol. Se encontraban afuera de la escuela. Frente a ellos había un terreno enorme, lleno de pasto seco, enmarcado por el azul del cielo.

—¡Aquí está! Lo tenemos, lo tenemos. Repito: encontramos al sujeto, vamos de regreso a la base —decía la niña con un *walkie talkie* imaginario—. Ten, tu osito.

Tenpi corrió por él, lo tomó y lo limpió un poco, porque se había llenado de pasto y tierra.

—¿Cómo te llamas? —preguntó para poder agradecerle.

—Me llamo Také, ¿y tú?

—Me llamo Tenpi, gracias por ayudarme.

—No es nada —respondió despreocupada—. ¿Quieres jugar a otra cosa?

Také parecía ser una niña muy amistosa, sus dos chonguitos estaban adornados con pequeños broches con moños de colores; no traía una lonchera, pero sí una pequeña cantimplora colgada del cuello con forma de sandía de la que constantemente tomaba agua.

—Mmmm, la verdad no tengo muchas ganas —respondió desanimado.

—¿Sigues triste? Ya recuperamos a tu osito, ¿qué tienes? —preguntó acercándose a él y acariciando su hombro como si fuera un perrito.

—Me siento mal.

—Ayyy, ¿de qué? ¿Quieres vomitar? Aquí puedes hacerlo, pero deja me quito.

—No, es que me duele.

—¿Qué te duele, Tenpi?

—No sé, todo, pero adentro —dijo señalando el pecho.

—¿Te llevo a la enfermería?

—Es que no creo que alguien me pueda curar.

Také caminó hacia la pared de la escuela, al lado del gran hoyo por donde habían entrado, y se sentó en el piso.

—Ven —dio unas palmadas en el suelo dando a entender que fuera y se acomodara al lado de ella.

Fue hacia ella y Také abrió la cantimplora con forma de sandía que traía colgando. Sacó también de su bolsa unos cerealitos de colores.

—¿Quieres? Son mágicos porque son de colores —susurró y le acercó su pequeña bolsa donde los guardaba.

Tenpi la miró sorprendido, asintió y agarró los cerealitos de colores.

—Si te sientes mal, entonces nos quedamos aquí comiendo cerealitos mágicos en lo que estás mejor, ¿va? Y ya mañana jugamos.

—Es que… no puedo, Také.

—¿Por qué? —reprochó.

—No me dejan juntarme con las niñas.

—Pero ¿por qué? —preguntó muy sorprendida.

—La coordinadora dice que es porque no puedo ser como ellas.

—¿Por eso estás tan triste, Tenpi?

Asintió.

—Es que extraño mucho a mis amigas.

—Mi mamá dice que lo más importante en esta vida es ser feliz. Y si algo no te hace feliz, no deberías de seguir haciéndolo. Es tu vida, tú haz lo que quieras. "Equis", diría mi hermano.

Se quedó mirando a la nada, pensando en lo que Také le acababa de decir.

Tiene razón, pensó. *¿Acaso los demás valen más que yo, como para sobreponer su felicidad por encima de la mía?*

—La escuela hace reglas muy tontas, como no dejarte juntar con tus amigas, pero ninguna regla es buena si te pone así de triste. A mí no me gusta estar ahí encerrada y por eso no me quedo.

Miró a Také como si estuviera en presencia de una delincuente, pero le gustaba cómo pensaba y lo que decía, lo hacía sentir menos culpable de no querer obedecer a sus maestros.

Aquel terreno baldío era tan grande que lo hacía sentir diminuto. Enfrentarse a la inmensidad del cielo que rara vez podía ver, porque siempre se sentó al lado contrario de las ventanas, hizo que se percatara de lo pequeña que en realidad era la escuela, con sus maestros, sus salones y sus alumnos. Ése no era su único mundo y había más pasando esos muros.

—¿A qué te gustaba jugar con tus amigas? —preguntó Také con la boca llena.

—A veces jugábamos con mi osito, a las escondidas, a las atrapadas, al salón de belleza…

—¿Al salón de belleza? Ése no lo conozco, ¿cómo se juega?

—Ah, pues nada más jugamos con el pelo de las demás.

—¿Entonces sabes peinar? ¿Así como en las estéticas?

—No mucho, la verdad.

—Bueno, vamos a jugar a eso. Yo te peino y tú te quedas ahí quieto.

Asintió.

Také se puso detrás de él y tomó un mechón de su pelo.

—Órale, tienes el pelo bien largo y bonito.

—No, no está tan largo —dijo riendo.

—Bueno, más largo que el de los demás niños, sí. ¿Tu mamá no te regaña?

—No, es que le dije que así me gusta tenerlo. Aunque aquí en la escuela sí me han regañado algunas veces, pero mi mamá dice que ella me da permiso, entonces así me lo he dejado.

Také le hizo rápidamente un chongo con la mitad de arriba del pelo.

—Oye, Tenpi, ¿no será que eres una niña, pero tienes cuerpo de niño?

Se quedó en shock, no podía creer lo que sus oídos acababan de escuchar. Se giró para verla muy sorprendido: nunca nadie había podido describir tan bien cómo se sentía.

—¿Cómo sabes eso?

—Bueno, a veces esas cosas pasan. Mi papá antes era una mujer y ahora es un hombre.

—¿Cómo? ¿Eso se puede?

¡Había más personas como él, no era el único que se sentía así, no estaba solo!

—Sí, él nació como mujer y ahora es hombre, pero tomó pastillas para eso.

—¿Qué pastillas?, ¿cómo se llaman?

—No, no sé, Tenpi, pero le voy a preguntar y así podrás juntarte con tus amigas, porque también vas a ser una niña.

"Ser una niña."

Esa frase resonó en su cabeza una y otra vez. Con esa pastilla mágica iba a poder convertirse en una niña, nadie volvería a reírse de él, nadie lo molestaría ni cuestionaría su masculinidad, porque sería una niña.

—Bueno, ya quedaste. Mira.

Také le pasó un espejo que tenía en su bolsa. Le había puesto un pasador que tenía un moño y pompones con brillitos.

—Qué bonito —dijo señalando el pasador—, ¿es tuyo?

—Sí, sí. ¿Te gustó?

—Me veo muy bonito —sonrió.

—¿Verdad? Si quieres puedes quedártelo, yo tengo varios de esos.

—¿De verdad, de verdad?

—¡Sí!

Sonrió más. Le hacía mucha ilusión aquel pasador porque su cabeza parecía regalo de Navidad, estaba muy bonito.

Al regresar al salón todos voltearon a verlo, susurraban y se reían. Supuso que era por el pasador, pero intentó ignorarlos, agachó la cabeza y caminó hasta su asiento, intimidado por las miradas.

—Tenpi —dijo la maestra mientras se levantaba—. Acompáñame afuera del salón, por favor.

Muchos de sus compañeros gritaron "uuuyyy" al unísono mientras él, avergonzado, caminaba junto a la maestra al exterior del salón.

—¿Qué es esto, Tenpi? —preguntó la maestra señalando su chonguito.

—Yo... es que no veía bien —contestó como excusa. No pudo mirar a la maestra a la cara, sólo deseaba que no le quitara su nuevo pasador.

—Sí, para eso debes cortarte el pelo.

Un escalofrío le recorrió el cuerpo. Su respuesta fue peor de lo que esperaba.

—No, por favor. No quiero cortarme el pelo, me gusta así —dijo protegiendo su cabeza con los brazos.

—A ver, Tenpi, eso está escrito en el reglamento. No es lo que tú quieras, es lo que dice el reglamento, y sabes que no es la primera vez que se te llama la atención por esto.

—Pero las niñas tienen el pelo largo, maestra.

—¿Cómo? Espera, ¿me estás contestando? —expresó molesta—. Tenpi, no sé qué te está pasando, tú no eras así. Antes eras bien obediente y me hacías caso, pero ya es el colmo. Todavía que por tu culpa hay que adaptar todas las dinámicas de tu grupo, tampoco quieres cooperar. Perdóname, pero vamos a tener que ir a la dirección.

La maestra lo tomó del brazo, como si tratara con uno de esos niños revoltosos que se meten en problemas a cada rato. Lo apretaba con tanta fuerza que le dolía. Sentía un nudo en la garganta, pero aguantaba las ganas de llorar.

Llegaron a la dirección y lo dejó frente a los asientos que estaban al lado de la oficina del director. La maestra estaba muy molesta, no lo miró ni le dirigió la palabra, fue directamente con la secretaria. Tenpi se sentó donde lo habían dejado y siguió con la mirada hacia la profesora.

—¿Qué pasó? —le preguntó la secretaria.

—Ve lo que trae en la cabeza —lo señaló.

Ambas lo observaron.

—No es justo que tenga que preparar dos clases porque no se pueden juntar niños y niñas, y a pesar de eso, ve, no le importa que todos estamos haciendo el esfuerzo por ayudarlo, le vale y sigue igual. Háblale a su mamá, por favor, y avísale al director.

La profesora salió de la dirección molesta sin prestarle atención.

Rápidamente se quitó el chonguito. No entendía por qué veían tan mal que él como niño se peinara, pero si había llegado tan lejos ese "problema", seguramente era grave. La maestra de verdad estaba agobiada, y tenía la impresión de que era su culpa.

Se sintió tan mal que no pudo evitar llorar. Agachó la cabeza por vergüenza a que alguien más se diera cuenta e intentaba no hacer ruido, sólo quería que su mamá llegara para poder irse de allí. Apretó fuertemente los ojos para contener las lágrimas y al abrirlos vio un rollo de papel frente a él y a la secretaria sosteniéndolo.

—¿Estás bien? —preguntó la joven secretaria. Ella desenvolvió un poco de papel y lo colocó en sus manos, se puso en cuclillas y lo miró—. ¿Por qué lloras?

Agarró el papel y se limpió la cara.

—Es que yo no quería hacer enojar a la maestra y ella cree que sí, no era mi intención.

Ella tomó una de sus manos.

—¿Qué pasó? ¿Por qué te trajo aquí?

—Una de mis compañeras me peinó, pero a la gente no le gusta cuando hago cosas de niña.

—¿A ti te gusta hacer cosas de niña? —preguntó con una sonrisa muy amable.

Asintió con la cabeza.

—Mira, la escuela tiene un reglamento, pero eso no significa que tú en tu casa no puedas peinarte o hacer cosas de niña, como tú dices. Haz lo que te haga feliz y no te preocupes, no te van a regañar ni nada, conozco a tu maestra y ella ya estaba enojada por otra cosa, seguramente se estresó mucho —hizo una pausa y sonrió—. ¿Tú eres Tenpi, verdad?

—Sí —respondió sorprendido—, ¿cómo sabe mi nombre?

—He escuchado mucho de ti, y lo que están haciendo para tratar de "ayudarte", pero no hay nada de malo en ti, Tenpi. No eres diferente, te lo juro, lo que sientes es normal y hay muchas más personas como tú, pero aún eres joven, conforme crezcas las irás encontrando.

Lo que le dijo logró calmarlo. Sin conocerlo, supo las palabras exactas que necesitaba escuchar para sentirse mejor. Que no estaba solo, que no era diferente.

Una hora después llegó su mamá, lo saludó y enseguida la secretaria se acercó para llevarla a la oficina del director. Tenpi se quedó afuera esperándola.

Pasó media hora y el silencio en la recepción fue interrumpido por la puerta de la dirección que se abrió con fuerza.

—Vámonos, Tenpi —dijo su mamá, que caminó directamente a la salida a toda prisa. Tenpi caminó detrás de ella.

—No puedo creerlo, de verdad no puedo creerlo —decía mientras subían al coche.

Tenpi ya se preparaba para recibir el siguiente regaño del día. Subieron al coche y, antes de encenderlo, su mamá le dijo molesta:

—¿Por cuánto tiempo ha estado pasando esto?

—¿Qué cosa, mamá? —preguntó sin saber a qué se refería.

—Que no te dejan juntarte con las demás niñas, que dividen el grupo.

—Como... como dos meses.

—¿¡Dos meses!? ¿Y por qué no me habías dicho nada de esto?

—No sé, pensé que estabas de acuerdo.

—Bueno, ya no te van a seguir molestando —dijo mientras arrancaba el coche.

—¿Cómo?

—Me dijeron que te prohibieron juntarte con las niñas y jugar con ellas, ¿no? Que habían dividido el grupo y eso. Pues no estoy de acuerdo, ni con lo que dicen ni lo que te están haciendo. Si te vuelven a llamar la atención por algo así, me lo dices. No te dejes, hijo, no te vayas a quedar callado. No, no se vale. Si no, te cambio de escuela, o a ver qué hacemos.

Su mamá lo volteó a ver y acarició su espalda.

—¿Por eso andabas tan triste, hijo? —preguntó con voz lastimosa.

No pudo evitarlo y se puso a llorar. Se había dado cuenta de lo triste que estaba y lo defendió de toda la escuela. Entonces supuso que no estaba mal lo que sentía. Si ella, quien mejor lo conocía, no estaba de acuerdo con la situación, de seguro no estaba bien.

Saber que no tenía que seguir pasando por eso y que su madre estaba de su lado, le quitó un peso de los hombros. Era el momento adecuado, así que habló con seguridad:

—Mami, es que me siento raro —dijo un poco avergonzado.

—¿Qué tienes, te duele algo?

—Es que algo no se siente bien adentro.

—¿Adentro cómo, hijo? —preguntó extrañada.

—Es como si no fuera yo, creo... creo que soy una niña, mami.

Su mamá lo miró de reojo sin apartar la vista del camino.

—¿Te parece si hablamos en un lugar más calmado? ¿Tienes hambre? ¿O quieres ir por un helado?

—¡Vamos por helado! —respondió entusiasmado.

Condujo durante quince minutos y llegaron a un lugar cercano a la escuela en donde vendían de todo tipo de helados y postres. Entraron y pidieron un banana split para compartir entre los dos.

Se sentaron uno enfrente del otro en una mesa y Tenpi rápidamente tomó su cuchara para empezar a comer.

—Ahora sí, Tenpi, cuéntame, me decías que crees que eres una niña, ¿no?

Asintió distraído por el helado que estaba comiendo.

—¿Por qué crees que eres una niña, Tenpi?

—Es que no me gusta juntarme con los niños, prefiero estar con mis amigas, me gusta más jugar con ellas.

Su mamá soltó una pequeña risa.

—Ah, no, hijo, pero eso no significa que quieras ser una niña, sólo que prefieres pasar más tiempo con ellas.

—Pero... —comenzó a susurrar—, también me gusta que me peinen, hablar como ellas, ponernos diamantina y así.

—No, Tenpi —susurró su mamá mientras se reía—, hacer cosas de niña no te hace una niña.

—Pero una vez tú me dijiste que eso era lo que me diferenciaba de las niñas, hacer cosas de niñas.

Se quedó pensando unos segundos.

—Ahhh, hablas del cuento. Bueno, ése era un ejemplo muy vago, hijo. Pero te lo diré, lo que diferencia a un niño de una niña es que los niños tienen pene y las niñas tienen vagina —susurró.

—Eso ya lo sabía, mamá —respondió avergonzado—. ¿Hay algo más que nos diferencie, aparte de eso?

—No, hijo, físicamente, eso es lo único que te hace diferente de una niña, como ya te habrás dado cuenta.

Pensó un rato lo que le acababa de decir, hasta dejó de comer. Él sabía que quería ser una niña, pero si lo único que lo diferenciaba de una mujer era tener una vagina, entonces puede que sólo quisiera ser como una.

Pero ¿qué significaba realmente ser una niña? Si sus compañeras que no actuaban tan femeninas no dejaban de ser niñas, entonces él no dejaba de ser niño por ser femenino. Para sus compañeros, él no era niño porque no era como ellos, y sus compañeras no lo veían como niña porque no parecía una. ¿Quién había inventado esas cosas? Hay comportamientos que son genéticamente hereditarios en hombres o mujeres, pero no se aplicaban para todos. ¿Era un niño femenino o en realidad era una niña masculina? ¿En dónde estaba trazado el límite de la masculinidad y feminidad? Probablemente venía de lo que cada persona entendía de sí misma, así como su percepción de su contexto y lo que ha aprendido a lo largo de su vida.

Al día siguiente en la escuela las cosas parecieron regresar a la normalidad, los profesores ya no dividieron el grupo, le dejaron de llamar la atención por lo que hacía o decía y le volvieron a permitir juntarse con sus amigas.

A la hora del receso, su nueva amiga Také se acercó a donde estaba sentado con sus amigas.

—Hola —saludó muy temerosa con las manos atrás.

—Hola —respondió. Také comenzó a hacerle señas para que fuera con ella. Se levantó y la siguió hasta el baño de niñas.

—Toma —dijo, extendiendo un sobre frente a Tenpi.

—¿Qué es eso? —le preguntó mientras lo agarraba.

—Mis papás te lo compraron. Son pasadores, ¡yo los escogí! Mira, éste tiene un sol, y como el sol nos da a todos, pues ha de ser de niños y niñas. Las flores también crecen para todos ¿no? Y éste, que tiene un corazón, pues yo le dibujo corazones a mi papá y mamá, entonces debe de ser para los dos.

No podía dejar de sonreír y admirar sus nuevos pasadores.

—¡Gracias, Také! —dijo muy entusiasmado. Nunca nadie le había dado un regalo de ese tipo y se sentía extremadamente feliz.

—¿Te pongo uno? Yo te ayudo. ¿Cuál quieres?

—¡El de la flor!

Také tomó un mechón de su pelo y lo atoró a un lado de su rostro.

—Se te ve bien chidooo —exclamó también muy emocionada.

Ambos se rieron. Le reconfortaba mucho el hecho de saber que alguien lo aceptaba y que apoyaba la forma en la que se sentía. Ese regalo fue una muestra de su aprecio y solidaridad con él.

El quinto año no fue muy diferente a sus últimos meses de cuarto grado, el cambio llegó cuando pasó a sexto año.

En ese periodo surgieron nuevos problemas. Su cuerpo empezó a cambiar. Vivió esa etapa junto con sus amigas, y algunas empezaron a menstruar, a otras les crecieron los pechos y las caderas. A él le comenzó a salir vello en todas partes, en tooodas partes, y su voz comenzó a engrosarse y se le quebraba todo el tiempo.

Le acomplejaba mucho su imagen y dejó de gustarle mirarse al espejo. Evadía su reflejo a cualquier costo porque se sentía muy inseguro de la forma en la que se veía.

En ese año por primera vez visitó la casa de Také. Se volvieron muy cercanos desde ese día que lo ayudó a rescatar a su osito, y le entusiasmaba mucho ir a su casa porque quería conocer a su papá. Quería conocer a alguien que fuera igual que él.

La mamá de Také había hablado con la suya para pedirle permiso una semana antes, como eran buenos amigos, ellas también terminaron haciéndose amigas, inclusive llegaron a salir juntas un par de veces.

Cuando por fin llegó el día (un viernes por la tarde), la mamá de Také los recogió en la escuela. Ambos estaban muy emocionados de pasar más tiempo juntos, aunque ya eran inseparables. Pasaron a comprar pizzas para comerlas en su casa.

No tardaron mucho en llegar, o probablemente el tiempo se le había pasado muy rápido porque Také y él no dejaban de platicar emocionados todas las cosas que harían cuando llegaran. El olor a pizza dentro del coche sólo le había abierto más el apetito. Su mamá se estacionó en el patio, bajó las cuatro pizzas que habían comprado, y Také y él cargaron con unos refrescos casi de su tamaño.

—¡Ivy! —gritó la mamá de Také—. Ven y baja el pastel de la cajuela, por favor.

Se emocionó pensando que también comerían pastel. En eso salió de la casa el chico más hermoso que sus ojos jamás en la vida hubiesen visto.

Tenpi sabía que Také tenía un hermano mayor, que estaba en la universidad y que solía molestarla mucho, pero no se lo imaginaba tan guapo.

Caminó detrás de Také y su mamá y entraron en la casa.

—Hola, amor, ya llegamos —saludó la mamá de Také, acercándose a un señor que obviamente era su esposo.

Era un poco más alto que su mamá, tenía barba, el pelo corto y muchos músculos. Si Také no le hubiese comentado nada, jamás se le habría pasado por la cabeza que era (así como le había enseñado Také que se decía) un hombre trans.

—Tú debes ser Tenpi —le dijo. Tenía la voz supergruesa, lo que le sorprendió mucho—. Mucho gusto, Také nos platicó de ti —sonrió.

No podía dejar de verlo y no podía creerlo. *¿Se habría operado? ¿Cómo sería cuando era mujer?*, pensaba. Ivy entró detrás de él y puso el pastel en el refrigerador.

Se sentaron en el comedor, Také a un lado de Tenpi e Ivy del otro. Sentía una presión enorme por tener a su hermano al lado, se ponía muy nervioso, no sabía cómo actuar ni qué decir frente a él, le daba vergüenza mirarlo, pero al mismo tiempo no quería dejar de hacerlo. De un momento a otro y casi por sorpresa se dio cuenta de que Ivy le gustaba. Nunca antes le había atraído alguien, bueno en todo caso actores, actrices, cantantes, artistas, personas de la tele, pero nunca alguien de la "vida real".

—¿Estás en el mismo año que Také, Tenpi? —interrumpió Ivy.

—¿Y... yo? —respondió asustado porque estaba hablando con él.

—Sí, tú.

—Ah, sí, estudiamos juntos y... vamos en el mismo salón y... en el mismo grado y así.

¡¿Qué le pasaba!? ¿Por qué estaba hablando como tonto? ¿Por qué le costaba tanto trabajo hablar con él? Tener un *crush* era espantoso.

—¿Qué te pasa, Tenpi? —preguntó Také extrañada.

—Ah, es que tengo hambre.

—¡Cierto! Es que Tenpi come como si fueran tres, fácil se come una pizza solo —exclamó Také frente a todos.

Tenpi se moría de la vergüenza. Sí podía fácilmente devorar una pizza solo, pero qué iba a pensar Ivy de él. Vio a Také con una mirada amenazante.

—Ay, bueno, no es cierto —reprochó Také.

Cuando se levantaron de la mesa para recoger se sintió aliviado de no tener que seguir cuidando todos sus movimientos y palabras.

Tomó los platos y los llevó al fregadero donde el papá de Také los estaba lavando. Se detuvo un momento al lado de él, esperando a que le recibiera los platos, y se le quedó mirando.

—¿Todo bien, Tenpi? —preguntó su papá.

—Ah, sí, sí, disculpe por mirarlo así por tanto tiempo, es que... no quisiera ser grosero, pero me sorprendí mucho cuando lo conocí. De hecho quería pedirle un favor, si es posible.

—Claro, Tenpi, dime —respondió despreocupado sacudiendo sus manos para secarlas.

Muy apenado se acercó un poco para susurrarle.

—Cree… ¿cree que pueda pasarme el nombre de las pastillas que tomó?

Su padre sonrió.

—Supuse que era algo relacionado a eso. Puedo explicarte con calma si quieres.

Asintió de inmediato.

—Také, hija, te robo a Tenpi un ratito, ¿sí?

—Sí, papá, mientras conectamos mi mamá y yo la consola.

Siguió a su papá a un pequeño estudio, donde le pidió que se acomodara en un sofá pegado a una gran ventana, acercó la silla que estaba colocada frente a su escritorio y se sentó al lado de él.

—Tenpi, primero que nada quiero que sepas que nuestra plática queda entre los dos, ¿sí? Estás en un lugar seguro para compartir cómo te sientes, respeto mucho la privacidad de las personas, y más cuando se trata de estos temas. Me alegra mucho que te hayas acercado a mí y en lo que pueda ayudarte cuenta conmigo.

Asintió.

—Také nos habla mucho de ti, dice que son buenos amigos —dijo sonriendo—, pero me ha preguntado insistentemente lo mismo que tú hace rato: el nombre de las pastillas, ¿por qué?

—Bueno, es que me pasa algo muy raro —susurró—. A veces creo que quisiera ser una niña. Me confunde mucho esta división entre hombres y mujeres y por qué tengo que ser de cierta forma. A veces envidio a mis amigas porque son más bonitas, tienen el pelo largo y… —se acercó más a él para hablar aún más bajo— tienen *bubis*. No sé, me da curiosidad.

—¿Sientes que estás en otro cuerpo que no es tuyo? ¿Te gustaría ser una niña?

—A veces. Es que… no entiendo qué te define como niña, si no son las apariencias. Todos me dicen que hay cosas de niños y cosas de niñas, pero hacer unas u otras no te cambia. Agh —se quejó—, es muy confuso. No quiero ser una niña, pero preferiría ser una. ¿A usted le ha pasado?

—Bueno, Tenpi, déjame explicarte. Personas como yo solemos vernos afectadas por lo que llaman disforia de género, esto significa que experimentas una incomodidad intensa al saber que eres de un género cuando quieres ser de otro. Así es como yo me sentía siendo mujer. ¿Ése es tu caso,

Tenpi? ¿Te gustaría despertar y darte cuenta de que eres una niña? Estar rodeada de muñecas, que tu cuarto sea de color rosa, tener faldas, vestidos, tacones, maquillaje...

—Pero... —lo interrumpió—, eso no te hace una niña. Hay amigas que no tienen ninguna de esas características, pero no por eso ya no son niñas.

—Puede que lo que tengas sea inconformidad de género, Tenpi. Si ahorita te doy una de mis pastillas y supieras que nunca más vas a volver a ser un niño, que a partir de hoy serías una niña, ¿la tomarías?

—Mmmm, uy, no... no sé —respondió dudoso.

—Mira, Tenpi, para empezar, con una sola pastilla no vas a cambiar tu género, es un tratamiento hormonal que dura años. Para que entiendas un poco mejor, la principal hormona sexual de las mujeres es el estrógeno, se encarga de que una mujer sea una mujer, porque muchas de sus funciones están relacionadas con la reproducción. Es la que hace que ellas tengan pechos, caderas, piernas más anchas y, en el caso de mujeres cis, que menstrúen. A final de cuentas es una hormona y produce cambios en tu cuerpo relacionados a tu sexo. En los hombres es la testosterona: nos hace la voz más gruesa, aumenta la masa muscular, la fuerza.

—Perdón —interrumpió—. ¿Qué es una mujer cis?

—Ah, claro, cis es la abreviación para cisgénero. Las personas cisgénero son aquellas que se identifican con el sexo con el que nacieron, por ejemplo, si una mujer crece cómoda con su identidad de género, entonces es cis. Mientras que si una mujer siente que está en el cuerpo equivocado o que no corresponde, que realmente se ve a sí misma como hombre, entonces es trans, de transgénero.

—¿Entonces soy trans? —volvió a interrumpir.

—Por lo que me comentas, creo que sí.

—Bueno, me decía de las pastillas...

—Cierto, aunque no sólo hay pastillas, hay inyecciones, gel, crema, rociadores, parches... pero no puedes llegar a la farmacia así como así y pedirlas, no sería responsable y, a final de cuentas, sin la supervisión y orientación médica, nada más te estarías afectando. Cuando una persona hace su transición tiene que someterse a muchas pruebas para saber si puede ingerirlas.

—¿Qué pasaría si decidiera que sí, qué debería tomar?

—En tu caso si decidieras someterte a algún tratamiento hormonal, tendrías que tomar estrógeno, porque es la hormona de las mujeres, y al ser menor de edad necesitas el consentimiento de tus padres, pero recuerda que debes estar cien por ciento seguro de tu elección, porque algunas cosas son irreversibles y se vuelve un proceso largo por la cantidad de estudios y medicamentos. Además, también hay riesgos que pueden afectar tu salud a largo plazo. Es una decisión muy importante que no debes de tomar a la ligera, Tenpi.

La plática de ese día dio muchas vueltas en su cabeza. No quería verse del todo como un hombre, tenía preferencia por la feminidad pero no estaba tan seguro de si debería cruzar completamente la línea para convertirse en una mujer.

Afortunadamente no fue la última vez que visitó la casa de Také. Constantemente iba para platicar y sumergirse un rato en la "realidad de una chica", resolver dudas con el papá de Také y apreciar la infinita belleza de su amor imposible, Ivy.

Después se enteró que Ivy tenía novia en la universidad y se le rompió el corazón en mil pedazos. Le dolió tanto y fue tan dramático que le terminó contando a Také sobre su crush con su hermano, al que obviamente Také le contó. Ivy no se lo tomó mal, hasta le prometió que cuando fuera mayor de edad tendrían una cita, pero seguramente sólo lo dijo para que Tenpi dejara el drama.

Cuando visitaba a Také solían seguir tutoriales de maquillaje juntos, leer sus horóscopos de la semana, ver videos de terror, dibujar, jugar juegos de mesa, hacer manualidades, todas aquellas cosas que no puedes hacer con otros hombres porque sólo se la pasan hablando de videojuegos de disparos. Le encantaba pasar tiempo con ella porque nunca percibía esa "división de géneros" que sentía en la escuela o en su casa. Las cosas sólo eran cosas, no tenían "género", y los papás de Také entendían eso mejor que nadie. El papá de Také inclusive solía pasarle artículos e información para que pudiera entenderse mejor, y con el tiempo encontraron las identidades no binarias, así como el lenguaje inclusivo.

LAS IDENTIDADES NO BINARIAS ERAN AQUELLAS QUE NO SE RECONOCÍAN EN EL ESPECTRO DE HOMBRE O MUJER O CON LO QUE TRADICIONALMENTE SE CONSIDERA FEMENINO O MASCULINO. COMO TENPI, ERAN PERSONAS QUE NO SE IDENTIFICABAN NI CON LOS HOMBRES NI CON LAS MUJERES, CON ALGUNOS ELEMENTOS TAL VEZ, PERO NO TOTALMENTE. AL NO ASOCIARSE CON NINGUNO DE LOS DOS GÉNEROS USAN PRONOMBRES NEUTROS Y LENGUAJE INCLUSIVO (GÉNERO NEUTRO): ELLE Y EL USO DE LA LETRA E PARA AQUELLAS PALABRAS CON LAS QUE SE RELACIONA UN GÉNERO (TODAS, TODOS, TODES).

En realidad encontraron muchas subcategorías dentro del género no binario, siendo una de éstas el género fluido y con la que mejor se identificó: aquellas personas que fluyen entre sus propias definiciones de género y/o sus definiciones de masculinidad y feminidad. Les dos terminaron aprendiendo muchas cosas, y era únicamente en su casa donde usaban con él pronombres neutros y lenguaje inclusivo. Por más que quisiese era muy complicado que una persona que no estuviera empapade de estos términos accediera a usarlos en su día a día, y explicar toda esta terminología era muy difícil. Bien podía darse el tiempo de enseñarles a sus amigos más cercanos, pero Také era su única amiga más cercana, quien entendió casi de inmediato cómo usarlos.

No le incomodaba usar pronombres masculinos, ni femeninos, pero prefería los neutros, aunque le gustaba usar los tres. Había días en los que se sentía un poco más femenina o un poco más masculino, pero eso no significaba que fuera femenina o masculino al cien por ciento.

Una tarde, mientras veían videos de misterio en YouTube, esculcó el clóset de su amiga para ver qué encontraba. Al fondo, hecha bolita y arrugada, estaba una falda negra; la extendió y la puso sobre su cintura.

—¡Ésa está padrísima! ¡Póntela! —gritó Také, que había dejado de ver la computadora por mirar qué hacía.

—¿Ya no la usas?

—Dejó de quedarme hace como un año, pero a ti, que eres súper delgade, de seguro te queda.

No sabía si probársela, pero le daba mucha curiosidad. Nunca había usado una falda antes.

La puso en el suelo para meter los pies, la subió hasta la cintura y, una vez que ajustó la falda, se quitó el pantalón y lo dejó caer al suelo.

—Apenas te quedó —dijo Také mientras se acercaba—. Pero como estás muy flaquite se te va a caer. Espera.

Také sacó de su clóset un cinturón y se lo puso.

—A ver, da vueltas.

—¿Vueltas?

—Sí, para eso son las faldas, para dar vueltas como niña en baile regional y para verse coquetona.

Se acercó al espejo y se miró, movía la falda de lado a lado e intentaba disimular su sonrisa.

—Také, ya no la usas, ¿verdad? ¿Me la regalas? Por favor —rogó.

Su amiga sólo le miraba y sonreía.

—Claro que sí, Tenpi. Puedo regalarte lo que quieras, y si no, siempre puedes venir a mi casa.

La abrazó y le agradeció muchísimas veces mientras saltaba con ella de la emoción.

Durante el tiempo que pudo autodescubrirse con ayuda de su amiga y su familia, se percibía mucho más confiade y segure de sí misme; volvió a gustarle su apariencia y estaba muy enamorade y feliz de la persona en la que se estaba convirtiendo. No había mejor sensación que la de estar bien consigo misme, aunque fuera sólo en la casa de Také.

Se sentía mucho más cómode mostrando cómo era en la casa de Také que en su propia casa. Su padre era algo estricto y cerrado; aunque no era muy masculino, cada que Tenpi hacía, decía o se ponía algo que para él fuera "de niñas", lo miraba molesto y asqueado, giraba los ojos y siempre soltaba: "Ya vas a empezar con tus ridiculeces". Para evitar discusiones entre él y su mamá, que siempre se ponía de su lado, prefería guardar todo, como un secreto.

Llegó un punto en el que Také le regalaba tantas cosas que era muy difícil esconderlas de sus papás, así que su amiga le dio una caja de zapatos de su papá. Era graciosa la paradoja que mostraba ese obsequio, porque se veía formal y "masculina", pero por dentro estaba llena de cosas "femeninas" y cursis (se parecía un poco a él). En ella guardaba la falda, maquillajes, gafas de sol muy icónicas, barnices, collares, anillos, medias, prendedores, lapiceros con diseños "femeninos", libretas con peluche, cosas de color rosa, entre otras cosas con las que sus padres hubiesen sospechado que estaba pasando algo.

Su relación con su madre no era mala, pero aún no tenía la confianza de abrirse con ella para hablar de estos temas como lo hacía con la familia de Také, aunque en realidad deseaba muchísimo decírselo.

Había días en los que no podía pensar en otra cosa más que llegar a casa después de la escuela, encerrarse en su cuarto y abrir su cajita para volver a ser él después de estar todo el día fingiendo ser alguien que no era. Sus compañeras y maestros definitivamente notaban que era más femenino que el resto de sus compañeros, a pesar de que se estaba conteniendo porque no sabía cómo reaccionarían los demás si conocieran al verdadero Tenpi. De por sí ya les causaba conflicto a algunos compañeros verlo desenvolverse a medias de la forma en la que quería expresarse, pero ya deseaba hacerlo por completo.

Solía guardar la cajita debajo de su cama. A veces ponía zapatos enfrente o al lado para que nadie la viera. Sabía que su mamá nunca revisaba allí y su papá rara vez estaba en casa; éste era la última persona que encontraría esa caja, porque casi nunca entraba a su cuarto a excepción de las noches que iba a despedirse antes de dormir. Se desapegó mucho de él, porque dejó de estar presente en su vida. Tenpi comenzó a pasar mucho tiempo con la familia de Také; su mamá se quedaba en casa terminando su licenciatura en línea, por lo que prefería no molestarla, y su papá llegaba siempre en la noche. Muchas veces tuvo que quedarse dormido escuchando de fondo las múltiples discusiones de sus padres. Si hubiera podido, se habría mudado a la casa de Také, pero tampoco iba a dejar sola a su mamá, seguramente no la estaba pasando muy bien; sentía que lo mejor que podía hacer era darle un poco de espacio cuando la veía muy estresada.

Un día, regresando de la escuela, tuvo un mal presentimiento. La casa estaba en silencio, su mamá no lo había saludado y no la veía por ningún lado. Al llegar a la puerta de su cuarto notó que estaba entreabierta. La abrió despacio y encontró a su madre sentada a la orilla de su cama. Detrás de ella estaba la cajita abierta y las cosas que estaban dentro sobre el colchón.

—¿Qué es esto, Tenpi? —preguntó su mamá levantando con una mano la falda, sin mirarlo a la cara.

—Es… amm… una falda.

—¿Es tuya, verdad? Todo esto es tuyo, ¿no? —dijo, señalando con los ojos la cajita.

Consideró decirle alguna excusa: que se la estaba guardando a Také o que era un regalo que le iba a hacer, pero finalmente se convenció de que era la oportunidad perfecta para abrirse un poco más con su mamá, ver como reaccionaría.

—Sí —respondió nervioso.

Su madre se levantó y se acercó a él, que no podía mirarla a la cara de la pena.

—¿A esto te referías cuando me dijiste que querías ser niña?

No supo cómo contestar ni sabía cómo explicarle, porque era demasiado complicado. Lo más sencillo era que asumiera lo obvio, que en parte era verdad.

Así que sólo asintió.

Ella lo tomó del hombro antes de salir.

—No le vayas a decir a tu papá.

Cuando su mamá se fue, se dio cuenta que su rostro estaba ruborizado; se sentía expuesto. Aunque... en realidad había dejado de esconder tan bien la cajita. Puede que inconscientemente la hubiera dejado un poco a la vista, porque estaba cansado de disimular, de fingir ser algo que no era frente a su propia familia.

A pesar de estar avergonzado, sentía un gran alivio, aunque sí le preocupaba la reacción de su madre por pedir que se lo ocultara a su papá. *¿Está tan mal lo que soy? ¿O por qué tengo que escondérselo a él?*, pensó.

Había tantas cosas que no lograba comprender todavía y una enorme cantidad de información y sentimientos mezclados, pero sabía que había logrado algo grande. La reacción de su mamá no había sido la mejor, pero tampoco había sido tan mala.

Y esperando una reacción similar a la de ella, despreocupada e indiferente, tomó una decisión. Se maquilló y se puso la falda negra que le había regalado Také. Sus papás eran los primeros que tendrían que entenderlo y aceptarlo. Su papá casi no estaba en casa, así que no creyó que le importaría; por sus comentarios supuso que probablemente lo había deducido por su cuenta desde antes y no se molestaría tanto. Nunca tuvieron una gran relación ni un gran acercamiento, como el que tenía con su mamá, a lo mejor le daba igual.

Ese día su papá llegó a comer a la casa porque iba a salir de viaje —como acostumbraba—. Él y su madre se sentaron para comer y le llamaron a la mesa. Estaba listo. Caminó por el pasillo hacia el comedor con el corazón en la garganta y se paró frente a ellos decidido. Se quedó ahí quieto, esperando la reacción de los dos, pero principalmente la de su padre. Podría ser que así entenderían mejor cómo se sentía, cómo prefería verse.

Su madre lo observó muy sorprendida, e incluso se cubrió la boca con ambas manos. Su padre lo miró de pies a cabeza sin mostrar ninguna reacción, se levantó, se acercó a él y lo tomó de la barbilla para ver su cara. Después le dio una cachetada.

—¿Qué crees que haces? —preguntó muy enojado.

Estaba sorprendido: su papá nunca lo había golpeado. Rápidamente ese sentimiento se transformó en rabia, ¿por qué él tenía la última palabra sobre sus decisiones?

—Ya no quiero sentirme así —le reclamó—. No soy yo. Ésta es mi casa y ustedes son mi familia, pensé que existía la confianza para ser quien soy —comenzaron a salirle lágrimas de coraje—. Prefiero que me golpees a tener que vivir de este modo, escondiéndome de mis propios padres.

Su padre dio un paso atrás y lo miró de arriba abajo con desprecio y asco.

—¿Así? Así nadie te va a querer, nadie te va a respetar. ¿Quién estaría tan enfermo como para gustarle algo… así?

Las palabras de su papá lo lastimaron mucho, pero recordó lo que Také le había enseñado: era su vida y tenía que luchar por su felicidad. Vivir una vida sin ser feliz es como no vivirla.

—¡No me importa si nadie me quiere, al menos yo me querré! —gritó. Corrió a su cuarto y cerró la puerta con fuerza. Aún podía escuchar lo que pasaba en la cocina.

—Yo no voy a lidiar con esto —dijo su padre.

—¡No, no, espera! ¿A dónde vas? —escuchó cómo su mamá se levantó y lo siguió por el pasillo, hasta la habitación de ambos, que estaba frente a la suya.

—Lejos de todo esto —gritó su papá.

—¿Cómo? ¿Te vas? ¿Y yo qué voy a hacer sola? No te puedes ir así como así nada más.

Escuchó a su papá abrir otra puerta y luego un sonido metálico: los ganchos de su ropa.

—No puedo ni verlo a la cara.

—Tenemos que hablar con él, eso es todo.

—Pídele primero que se quite todas esas ridiculeces.

Se asomó para ver qué sucedía. Su mamá bloqueaba la puerta para que su papá no se fuera, el forcejeo se detuvo y comenzaron a hablar en voz baja. Tenpi salió de su cuarto con cuidado y se acercó a la puerta para escuchar mejor.

—Lo podríamos internar en un psiquiátrico para que le quiten eso de la cabeza —decía su papá.

—¿Psiquiátrico? ¿De qué hablas? No… no está enfermo, entiéndelo.

—¿Tú le crees esas cosas que dice? Para empezar, es tu culpa por dejarlo estar con niñas todo el tiempo. ¿Qué calidad de vida piensas que va a tener? Ninguna escuela lo aceptará, ninguna empresa lo contratará, ningún hombre ni mujer se fijará en… eso.

—Hablamos de esto y estuviste de acuerdo. Tu hijo no merece esto.

—Haz lo que quieras. Ése ya no es mi hijo.

Su mamá se quedó callada después de lo que acababa de oír, seguramente en shock. Ambos permanecieron en silencio y volvieron los ruidos metálicos de los ganchos.

Tenpi sintió mucho miedo e incertidumbre, no pudo evitar llorar mientras regresaba a su cuarto. No podía creer lo que acababa de suceder. ¿Había separado a su familia? ¿Era su culpa? ¿Estaba enfermo? ¿Realmente tenía que ir con un doctor? ¿Estaba mal lo que sentía? Pero, principalmente… ¿por qué le pasaban esas cosas a él?

Se recostó sobre su cama y siguió sollozando.

¿Por qué no podía ser normal? Él no pidió ser así.

Unos minutos después su mamá fue con él y se sentó a su lado. Las lágrimas de su hijo y la situación en la que se encontraban provocaron que ella también rompiera en llanto.

Estuvieron un rato en silencio. Tenpi se sentó sobre la cama y tomó las manos de su mamá.

—Perdóname, mamá, por desobedecerte. No sabía que esto iba a pasar, te lo juro, yo nunca haría algo así a propósito, no era mi intención…

Su mamá lo interrumpió.

—No te disculpes, Tenpi, no tienes por qué. Más bien perdóname tú a mí por no apoyarte, por no darme cuenta de que eras tan infeliz. Como tu madre, tu felicidad debería de ser mi prioridad. Perdóname, por favor, Tenpi —se abrazaron—. Te prometo que las cosas van a mejorar.

—¿Y papá? —susurró.

—Él... se fue, Tenpi. Necesitaba un tiempo para pensar las cosas.

—¿No va a volver, verdad? Los escuché hablando.

—Eso no lo sé, hijo, pero intenta no preocuparte por eso.

—Todo eso que dijeron, ¿es cierto? Sobre la escuela y las empresas, que estoy enfermo...

—No, no, para nada, hijo. Tu papá es un exagerado, ya lo conoces. Ninguna escuela te va a expulsar y las empresas no te pueden rechazar. Vas a ser muy feliz, ya verás.

—Mamá —le preguntó muy apenado—, tú... ¿tú crees que alguien pueda amarme... así?

Su mamá se lanzó sobre él y lo abrazó.

—Ay, Tenpi, cómo dices esas cosas. Claro que sí. No deberías preocuparte por eso todavía, pero yo ya te amo así como eres. Eres una persona increíble y maravillosa y estoy segura de que muchas más personas podrán verlo. Eres más que lo que te pongas o cómo te vistas. Tienes un corazón enorme, y eso es lo importante.

Sus palabras lo consolaron y, aunque seguía llorando, había un sentimiento diferente. Sabía que tenía a la persona correcta a su lado, y eso le bastaba.

—Bueno, primero explícame, hijo, necesito saberlo, necesito que hables conmigo: ¿quieres ser mujer? Lo discutimos una vez hace tiempo, pero no pensé que te referías a esto.

—Sí, bueno... en realidad, a veces. Otras veces sí me gusta ser niño, y otras veces quisiera que no existiera esa diferencia... y a veces quisiera poder ser la combinación de los dos. He investigado, mamá, mucho, y creo que soy de género fluido.

Su mamá lo miró muy confundida.

—Sé que es mucho, mamá, no es tan fácil explicarlo, pero digamos que me gusta ser niño y niña, aún sigo conociéndome y descubriendo cosas nuevas de mí. Pensé que si les platicaba a ti y a papá, incluso me ayudarían a entender, para que pudiera expresarme con más libertad con ustedes, pero ya me di cuenta de que no fue una buena idea.

—Bueno, hijo, si no estás seguro, sigue experimentando, puedes contar conmigo para eso, sigue probando lo que quieras. Si necesitas algo, sólo pídemelo, pero habla conmigo, ¿sí? No importa lo que pase, las personas que lleguen o se vayan, yo siempre voy a estar contigo, lo que decidas está bien para mí y yo te apoyaré con todo lo que pueda. No creo que haya sido una mala idea, hijo, a mí me da mucho gusto conocerte aún más.

Abrazó a su madre y sintió cómo un peso enorme dejaba su cuerpo aquel día.

Los siguientes tres meses su mamá se acostumbró a verlo en falda y vestidos, con maquillaje y adornos. Ella genuinamente deseaba que lograra expresarse de la forma en la que él quería.

Un fin de semana, mientras hacía su tarea y su mamá lo acompañaba en la mesa, le preguntó:

Mamá, ¿me compras una falda?

—Pues ya tienes muchas, ¿no? Pero a ver, ¿cómo cuál querías?

—Tiene que ser del color de mi pantalón, para que pueda llevarla a la escuela —respondió casualmente con el propósito de que no se alarmara tanto con su intención de llevar falda a la escuela.

Su mamá lo miró sorprendida.

—Espera, Tenpi, ¿seguro que quieres dar ese paso? Es muy diferente que la uses aquí, a salir a la calle. Ya sabes que la gente puede no tomárselo tan bien.

—No creo que nada malo pase, mamá, por favor —le suplicó—. Es lo último que te pido en toda la vida, por favor.

Su mamá, resignada y sin poder negarse, accedió a comprarle la falda de la escuela; estaba dispuesta a apoyar a su hijo en su autodescubrimiento.

Tenpi estaba cursando el primer año de secundaria, aún no tenía muchos amigos y haberse separado de su amiga de la infancia, Také, fue muy complicado, pero había decidido que empezaría esa nueva etapa de su vida siendo él, de la forma en la que quería expresarse.

Su mamá habló con el director unos días antes para comentarle que por decisión propia Tenpi quería llevar falda a la escuela. Afortunadamente no se negó, pero le indicó que tenía que seguir usando los baños correspondientes, para "evitar incidentes". Tenpi supuso que probablemente podría incomodar a otras niñas o a sus padres si es que se llegaban a enterar, pero sería lo mismo con los chicos, no encontraba mucha lógica en su propuesta, pero con el hecho de que pudiera usar falda libremente aceptaron.

—No dejes que nadie te moleste ni que te hablen feo, y llámame si pasa algo. ¿Seguro que no quieres llevarte tu pantalón en la mochila, por si acaso? —le dijo su mamá apresurada antes de que bajara del coche para entrar a la escuela.

—Voy a estar bien, mamá, tranquila.

Caminó a la entrada de la escuela, mirando hacia atrás repetidamente para ver a su madre que estaba casi mordiéndose las uñas de los nervios. No le quedaba más que hacerle la señal con el pulgar arriba y sonreír para que se sintiera más segura. Después ella le contaría que se quedó dos horas después de la hora de entrada por si necesitaba algo; estaba mucho más nerviosa que Tenpi.

Llegó a la escuela muy emocionade y fue directo al baño; a veces entraba al de chicos y otras veces al de chicas, aunque llegó un punto donde en ninguno de los dos se sentía cómode. Ese día había entrado al baño de hombres y sacó el maquillaje que le había regalado Také. Su mamá no dejaba que se maquillara porque decía que, independientemente de que fuera hombre o mujer, no tenía permiso de usarlo aún, pero a él le encantaba, le gustaba mucho experimentar.

Se puso sombra de color morado, se delineó los ojos, se dibujó unos corazones, se rizó las pestañas y se puso labial. A su parecer era un maquillaje muy sutil, pero bonito. Le gustaba cómo se veía, y se sentía muy cómode de por fin poder llevar falda a la escuela.

En eso escuchó que alguien venía. Tomó todo su maquillaje, que estaba regado en el lavabo, lo guardó en una cosmetiquera que llevaba en la mochila y fingió que se lavaba las manos. Entraron dos compañeros, probablemente de grados mayores que el suyo, y pasaron ambos al baño. Salió uno primero y se miró rápidamente al espejo mientras se lavaba las manos.

No tenía mucho tiempo que había comenzado a sentir atracción tanto por los hombres como por las mujeres.

Observaba cómo sus amigas se comportaban con sus *crushes*: hacían movimientos sutiles y discretos para llamar su atención, hablar con ellos o pasar más tiempo juntos. Ese día su seguridad estaba por los cielos: sabía que se veía bien, se sentía femenina y con esa misma seguridad fingió tirar una de sus brochas del lado del chico. Rápidamente él se agachó para recogerla.

Pasó justo como en las películas: Tenpi también se agachó y mientras se levantaban cruzaron miradas.

—Esto es tuyo, ¿verdad? —dijo el chico sonriendo.

—Sí, muchas gracias —respondió sonriendo como boba.

Tomó la brocha, la guardó en su bolsa y caminó a la salida. El chico no dejó de mirarla hasta que salió del baño. Afuera no pudo evitar sonreír, se sentía muy realizada.

Creo que le gusté, pensaba.

Unos segundos después escuchó que empezaron a reírse.

—Bonita tu novia —dijo uno de ellos.

—Güey, qué pedo, qué miedo, no sabía que aquí estudiaban *drag queens*.

—Pero bien que le sonreíste y todo.

—No mames, qué asco. Sólo estaba siendo amable, pero hasta me dieron escalofríos.

Ambos rieron y la ilusión de ser niña se esfumó. Volvió a ser consciente de que ante los ojos de los demás seguía siendo un chico que se maquillaba y usaba falda, que la gente era amable con él sólo por apariencia, pero en realidad pensaban diferente. Se desanimó y caminó a su salón con un poco menos de seguridad que con la que había llegado.

Después notó que unas compañeras comenzaron a burlarse de él "discretamente". Lo señalaban y según ellas susurraban, pero podía oírlas claramente.

—Qué maquillaje tan feo. ¿Quién la maquillóóó?

—Tómenle una foto.

—Parece de esos niños a los que les pintan la cara en fiestas infantiles.

—Lo peor es que ha de pensar que se ve superbién, pero ni al caso, pobrecito.

Fingió que no escuchaba, pero sus palabras resonaron en su cabeza toda la primera hora, hasta que pudo ir al baño a lavarse la cara.

¿Qué gana la gente burlándose de mí? ¿Por qué tenían que señalarme?, pensaba Tenpi.

Aquello que lo había hecho tan feliz en la mañana, la seguridad que tenía por haber podido, por fin, usar una falda en la escuela… era lo mismo que ahora odiaba. Le hubiera hecho caso a su mamá, hubiera traído su pantalón, pero confió ciegamente en las personas. Tuvo que aprender a las malas que no todos eran lo que decían ser.

El día no mejoró. De regreso a casa las señoras lo señalaban, algunas se persignaban; otras personas se cambiaban al otro lado de la calle, no se sentaban junto a él en el autobús o se cambiaban de lugar.

Al llegar a casa su mamá lo recibió casi de inmediato.

—¡Hola, Tenpi! ¿Cómo te fue, hijo, todo bien?

No levantó la mirada. Tenía mucha vergüenza y no pudo decir nada, porque en cuanto la miró tan emocionada se le formó un nudo en la garganta y ya quería llorar. Se siguió de largo y cerró la puerta de su cuarto. No quería ver ni hablar con nadie.

Ese día se dio cuenta de lo mucho que llamaba la atención ser diferente y que eso parecía darle derecho a las personas de opinar libremente sobre él, como si fuera una cosa, como si no pudiese escucharlos. Ese día se dio cuenta de lo mucho que lastimaban las palabras y las miradas. Usaba el mismo uniforme que el resto de sus compañeros y todos se veían exactamente igual, pero, a pesar de eso, seguía siendo distinto.

Su mamá abrió la puerta lentamente y lo encontró lamentándose en el suelo.

—Hijo, ¿está todo bien? ¿Pasó algo en la escuela?

Levantó la cara, estaba llorando.

—Mamá —sollozó—, ¿por qué nadie lo entiende? ¿En serio es tan complicado? Empiezo a creer que sí hay algo malo conmigo, pero… aunque lo hubiera, sigo siendo igual a ellos, ¿no? También siento, me lastima lo que me dicen y me hacen, ¿por qué tiene que doler tanto ser yo? ¿Por qué no sólo fui una flor azul o rosa? Justo como declararon hoy, soy una malformación de la naturaleza, no tengo color, no soy ni siquiera una flor. Ya ni sé si vale la pena intentarlo, mamá. Por favor, ayúdame, yo también quiero ser como los demás, quiero ser normal. Ayúdame, por favor. Vamos con un doctor o lo que haga falta, por favor.

Su mamá se acercó y se sentó junto a él en el suelo.

—No necesitas un doctor, Tenpi, sabes que no hay nada de malo contigo. Sí, eres diferente, pero eso es lo que te hace especial. Siéntete orgulloso de quien eres y de que tienes el valor de ser quien quieres todos los días. Nadie más podría con todo lo que tú has soportado, eres increíblemente fuerte y cada día me lo demuestras. Ahora tienes que demostrarle al mundo eso. Nunca dejes de ser quien eres por nada ni nadie, el más importante en tu vida eres tú.

Abrazó a su mamá aún llorando.

—Mereces ser feliz, mereces vivir la vida con la que tanto has soñado. No es momento de detenerte y no lo harás, para eso estoy aquí. Estoy para ti incondicionalmente. Nunca vas a estar solo, porque siempre que me necesites voy a estar aquí contigo, sea para reírnos o para llorar. Sé que es difícil, pero las mejores cosas lo son, ¿no? Vas a encontrarte muchas personas y situaciones que no te parezcan y no podemos cambiarlo, pero sí podemos cambiar la forma en la que lo percibimos, la importancia que le damos a los comentarios o acciones de la gente. No les des el poder de dejarte en el suelo. Tú naciste para brillar, Tenpi, eso significa tu nombre, así que hazle honor y no te dejes apagar por nadie. Naciste para brillar y vas a hacerlo toda tu vida, que no te dé miedo destacar, eso es lo que te hará diferente y te enorgullecerá. Los demás son los que no se atreven a ser ellos mismos; que sigan viviendo con el miedo de no encajar y en la penumbra de la cotidianidad.

Volvió a abrazar a su mamá y le dio las gracias por todo su amor y apoyo incondicional. Con ella a su lado sentía que nada malo podía pasarle porque siempre encontrarían la forma de salir adelante, de hallar otra perspectiva. No todo era malo, estaba entrando a una nueva etapa donde sería él de la forma en la que realmente quería expresarse. Eso le emocionaba más, opacaba el hecho de que las personas tuviesen algo que decir sobre él; tuvo que aprender a que los comentarios entraran por un oído y salieran por el otro.

De no haber sido por su madre, enfrentarse al mundo sole habría sido aún más complicado; de no haber sido por la familia de Také, jamás se habría encontrado; si no hubiera sido por Také, habría atravesado sus años de escuela primaria en completa soledad. Cada una de las personas que lo apoyó y acompañó en esta etapa, una de las más complicadas de su vida —porque tuvo que comprenderse, encontrarse y afrontar al mundo—, también pasaron a ser parte de él, de lo que era y lo que le hacía feliz. Si no hubiese sido por las personas que le han extendido la mano y lo han aceptado, se habría apagado hace mucho tiempo, se habría quedado en la oscuridad.

Es fácil vencer el miedo cuando tienes gente a tu lado tomándote de la mano y apoyándote incondicionalmente; no sólo tus padres, hermanos, tíos o abuelos, también aquellas personas que se vuelven tan cercanas y con las que creas una nueva familia.

2

Trasplante

Proceso que consiste en <u>extraer</u> una especie del lugar donde está creciendo, para plantarla en otro lugar diferente.

Tenpi no podía apartar la mirada del reloj de pared que estaba sobre el pizarrón, faltaban tres minutos para salir de la escuela. Parecía que al profesor le pagaban por segundo porque, aunque restara tan poco tiempo y todos los alumnos estuviesen a la orilla de sus asientos desesperados, no se compadecía de nadie y seguía dando la clase; parecía disfrutar de la intranquilidad de sus alumnos, es más, si se impacientaban mucho o si comenzaban a guardar sus cosas antes de tiempo, podía hacerlos quedarse quince minutos extra.

Ya no importaba lo que dijera el profesor, todos estaban más concentrados en levantarse tan pronto escucharan el timbre para irse a casa.

Cuando por fin suena, Tenpi se levanta, guarda sus cosas ansiosamente y camina dando zancadas largas para llegar rápido hasta la entrada de la escuela, donde se encontraría con su mejor amiga. En realidad, sólo se quedaban de ver todos los días al terminar clases para despedirse uno del otro, ya que aquel último año de preparatoria nada más coincidieron en cuatro de siete clases, que para amigos tan unidos como ellos era muy poco.

Se despiden rápidamente y cada uno se dirige a casa. La de Tenpi no está tan lejos, puede llegar caminando en treinta minutos, son unas cuantas cuadras. Al final de la primera cuadra ve a lo lejos a un grupo de compañeros reunidos, los reconoció porque llevaban el mismo uniforme. Justo hoy que traje falda, pensó.

Su corazón comienza a acelerarse conforme se acerca, no los mira a la cara, mantiene la vista al frente intentando ignorar su presencia, pero al aproximarse todos lo observan al mismo tiempo, se ríen y hacen comentarios en voz baja que no logra entender. Al pasar justo delante de ellos se quedan en silencio examinando su falda, algunos sonriendo irónicamente y otros conteniendo la risa. Tenpi apresura el paso al sentir todas las miradas.

—¡Oye, marica! —grita uno de ellos antes de que Tenpi se aleje más.

Tenpi se frena en seco, y voltea lentamente.

—Sí volteó, ¿vieron? —dice el mismo chico mientras el resto ríe.

No era la primera vez que esos compañeros se burlaban a sus espaldas o hacían comentarios de ese tipo, pero nunca lo habían enfrentado directamente como hoy. *Seguramente se sienten más confiados porque son siete contra una sola persona y estamos fuera de la escuela*, pensó.

—Me hablaste, ¿no? —responde Tenpi haciendo contacto visual con quien le había gritado.

De entre todos esos chicos sólo reconocía a uno, a Hiromi Akahoshi, con quien estudió en la misma secundaria: era alto, pelirrojo y lacio, de ojos verdes, con una mirada permanente de fastidio y pocos amigos. Es bastante popular porque su familia es algo así como "famosa", no hace ningún esfuerzo por integrarse ni hacer amigos, las personas son quienes se acercan a él por conveniencia; nunca le ha hecho ningún comentario ofensivo, pero le basta con que se junte con ese tipo de personas y que no diga nada para clasificarlo en el mismo grupo.

—¿Admites que eres un maricón? —pregunta el mismo chico. Todos se mantienen en silencio y con un tono retador e irónico Tenpi responde.

—Pues… soy un hombre que usa falda y maquillaje —enfatiza con las manos mientras se acerca lentamente a ellos—, también me gustan los hombres, supongo que eso me hace un maricón, ¿no? —se detiene frente al chico que intenta mantenerle la mirada y no dar un paso atrás—. Pero eso ya lo sabes. ¿Por qué preguntas? ¿Estás interesado? —Tenpi le guiña el ojo y el otro se sorprende tanto que parece que sus ojos estuvieran a punto de salirse de sus órbitas. No esperaba que lo confrontara.

Todos sus compañeros se carcajean. El chico abre la boca para decir algo, pero no le sale nada. Furioso extiende una mano para alcanzar a Tenpi, pero él se va corriendo. Rápidamente el chico toma su mochila del suelo y vuela detrás de él, todos los demás los siguen.

Mientras corrían, Tenpi volteaba ocasionalmente para reírse, lo que molestaba aún más a sus compañeros, que aunque intentaban apresurar el paso no lograban acercarse.

No era una situación nueva, Tenpi ya estaba acostumbrado a escuchar comentarios de ese tipo desde pequeño, desde los doce años para ser exactos, que fue cuando comenzó a cuestionar su identidad de género. Pero es una persona impulsiva, y ahora cada que alguien hace algún comentario para insultarlo le es imposible quedarse callado, aun sabiendo que eso puede causarle más problemas.

Los cinco muchachos persiguen a Tenpi por calles poco concurridas. Tenpi se desvía del camino habitual a su casa para que sus compañeros no se enteren dónde vive, da la vuelta en la esquina de un callejón donde hay contenedores de basura y rápidamente se esconde detrás de uno intentando no hacer ruido para que los otros pasen de largo. Los chicos al dar la vuelta y perderlo de vista se detienen justo en la entrada del callejón donde estaba escondido.

Tenpi los escucha preguntar por él y se cubre con ambas manos la boca intentando silenciar su respiración, aún estaba recuperando el aliento.

—A ver, cállense —susurra uno de ellos—, creo que oigo una respiración.

Al advertir los pasos acercarse a él, Tenpi se levanta con rapidez y corre al final del callejón. No hay salida, pero la barda es lo suficientemente baja como para pasarla si se impulsa y da un buen salto. Cuando llega al final del callejón los otros chicos lo escuchan y van detrás de él. Tenpi coloca ambas manos encima de la barda que le llega a la altura del pecho y utiliza toda la fuerza de sus brazos para impulsarse. Del otro lado observa una calle más concurrida, donde hay restaurantes y tiendas. Sus brazos comienzan a temblarle por cargar con el peso de su cuerpo y con mucha dificultad pone una de sus rodillas encima de la barda; está a punto de pasar una de sus piernas hacia el otro lado, cuando siente un fuerte jalón de su mochila que hace que pierda el control. Intenta aferrarse a lo que sea pero no lo consigue, y cae de espaldas sobre su mochila. Se esfuerza por levantarse nuevamente pero siente un dolor agudo en la parte baja de la espalda. De cualquier forma ahora está rodeado y no tendría a dónde correr aunque quisiera.

Tenpi trata de levantarse otra vez pero no lo consigue y se recuesta en uno de sus costados mientras recupera el aliento. El chico del que se había burlado se aproxima y toma una de las bolsas de basura que estaban cerca de los contenedores.

—¿Qué vas a hacer? —lo interrumpe Hiromi antes de que su compañero echara la bolsa sobre Tenpi.

—Voy a poner la basura en su lugar —respondió el chico mientras la iba vaciando.

Hiromi se acerca y lo empuja de un hombro molesto.

—¿Qué te pasa?

—Él se lo buscó.

—Tú lo molestaste primero, ¿qué esperabas? —el chico mira a Hiromi extrañado.

—¿Lo estás defendiendo, Hiromi? —pregunta con una sonrisa burlona en la cara.

—Te estás sobrepasando, ni siquiera puede levantarse —susurró—. ¿Qué tal que está lesionado?

—¿Desde cuándo te compadeces de personas así, Hiromi? ¿No será que te gusta este travesti? —responde desafiándolo.

Hiromi vuelve a empujarlo.

—Deja de decir estupideces —Hiromi se acerca a un lado de Tenpi y le extiende la mano.

—¿Entonces sí te gusta? —amenaza el otro chico que estaba ahora a espaldas de Hiromi—. No veo otra razón para que quieras ayudar a eso.

Hiromi baja la mano, gira la cabeza para lanzarle una mirada amenazante. El otro chico le sostiene la mirada incómodo, mientras el resto de sus compañeros los observa en silencio. Tenpi ve a Hiromi sin esperanza de que le ayude e intenta impulsarse de nuevo.

—¿Qué le están haciendo? —se escucha una voz molesta fuera del callejón, era una señora que iba pasando por ahí.

Todos se sorprenden y casi de inmediato comienzan a salir del callejón con la cabeza agachada, dejando a Tenpi y Hiromi atrás.

Hiromi mira a Tenpi unos segundos, parece dudar si ayudarlo o no, pero sus amigos están a lo lejos esperándolo, haciéndole señas para que vaya. Hiromi ve por última vez a Tenpi y agacha la mirada mientras sale del callejón.

—Debería darles vergüenza —les reclama la señora a los chicos mientras estos se alejaban como si no hubiera pasado nada.

La señora se acerca lo más rápido que puede a Tenpi para auxiliarlo.

—¿Estás bien? Dios, qué horror —la señora le quita la basura de encima a Tenpi. La poca luz del callejón no permite que ninguno de los dos pueda ver sus rostros con claridad.

—¿Puedes levantarte? ¿Estás lastimada?

Tenpi se sienta sobre el suelo.

—Estoy bien, gracias. Tenía todo bajo control, pero gracias.

La señora le extiende la mano y Tenpi la toma para levantarse. Al estar de pie sacude un poco su falda y se acomoda los tirantes de la mochila.

—Oye, no deberías ponerte a su nivel, ni dejar que te traten así —reclama la señora mientras camina a un lado de Tenpi—. Tú como mujer...

Al acercarse a la entrada del callejón la señora logra mirar bien a Tenpi a la luz de los postes de la calle, y se percata de que en realidad es un chico.

—Yo como mujer ¿qué? —responde Tenpi irónicamente al notar la expresión de la señora, que lo observa perpleja, con la boca un poco abierta. La señora se detiene y da un paso atrás sin apartar la mirada.

—Yo… yo tenía algo que hacer, ya me iba, sólo estaba de paso —la señora le da la espalda a Tenpi y huye apresuradamente.

Tenpi hace una mueca sonriendo, le había causado un poco de gracia la reacción de la señora. Comienza a ir despacio hacia casa, y en el camino se encuentra con una vitrina de una tienda en la que logra ver su desordenada imagen reflejada; por unos segundos se olvida del dolor de la espalda por imaginar la reacción de su madre si lo viera aparecer así. Vuelve a sacudir su falda y acomoda los tablones para que queden alineados, intenta desprender todos los restos de basura de su suéter y se peina el pelo un poco.

Al llegar a su casa se quita la mochila de los hombros para buscar sus llaves de la entrada, las toma con precaución de no hacer mucho ruido y abre la puerta lo más sigilosamente posible. Planeaba entrar rápido a su cuarto y cambiarse para que su mamá no lo viera ni percibiera el olor a basura que traía encima, así evitaría que hiciera preguntas.

Abre la puerta y la cierra detrás de él lentamente, camina con cuidado, pero su madre se encontraba en el comedor e inmediatamente lo ve.

—¿Y ahora? —pregunta la mamá de Tenpi, exaltada mientras se levanta y se acerca a su hijo—. Mira nada más, ¿ahora qué te hicieron?

Su madre revisa a Tenpi por todas partes y sacude el polvo que aún trae encima.

—¿Me caí? —responde Tenpi dudoso.

—¿Por un cerro o por qué terminaste así?

—Ugh, unos compañeros me empezaron a molestar y me enojé mucho.

—Sí, pero ¿qué te dije? —le reclama su mamá mientras lo toma de la mano y lo dirige hacia el comedor—. No les hagas caso, te has vuelto muy peleonero, ¿no?

—No soy peleonero —reclama Tenpi—, pero no me voy a quedar callado, mamá, es que me hacen enojar.

Su mamá saca el botiquín de primeros auxilios que guardan debajo del fregadero de la cocina y lo coloca sobre la mesa.

—Me da la impresión de que es por esa falda.

—No, no tiene nada que ver, me ponga lo que me ponga me van a molestar mamá —responde Tenpi sentándose en una silla.

—Inténtalo, por favor —su mamá abre el botiquín—. ¿Dónde te duele?

Tenpi levanta un poco su falda dejando ver un raspón en la rodilla que se había hecho por intentar cruzar la barda.

Su madre se pone en cuclillas, saca agua oxigenada y vacía un poco en una bolita de algodón para limpiar la rodilla de Tenpi.

—Entonces, ¿quieres que deje de usar falda? —pregunta mientras su madre limpia meticulosamente su rodilla y sopla un poco para que se seque el agua oxigenada.

—No, pero sí te pediría que ya no las usaras en la calle. En la escuela hay gente que se hace responsable de ti, pero si vas solo en la calle y te pasa algo la responsabilidad es mía. En ese caso voy a tener que dejarte y recogerte todos los días, como antes —estira la mano al botiquín y toma un curita.

—¿Cómo crees, mamá? Ya no tengo trece años —responde Tenpi cruzando los brazos.

Su mamá extiende el curita y quita las protecciones de los costados, limpia rápidamente una de las mejillas de Tenpi y coloca el curita. Tenpi se había cortado la cara y no se dio cuenta hasta que le ardió un poco. *Seguramente la basura tenía algo filoso dentro*, pensó.

—En ese caso, vas a tener que tomar una decisión. Estás a seis meses de irte a la universidad, son sólo tres meses. No te metas en más problemas, no vale la pena, ni fuera ni dentro de la escuela. Si pudieras, no sé —hace una pausa—, usar pantalón únicamente de aquí a que termine el ciclo.

—¿Cómo? —pregunta Tenpi molesto. Abre la boca para reclamar, pero su mamá lo interrumpe.

—Escúchame, son sólo seis meses, en la universidad vas a tener mucha más libertad, lo prometo, de hecho —se levanta y se sienta en la silla que está frente a Tenpi—, he estado ahorrando y con un crédito que tengo podríamos mudarnos cerca de tu nueva universidad, o podría comprarte un coche para que estés más seguro —la expresión de Tenpi cambia, intenta contener una sonrisa de la emoción—, pero ayúdame, ¿sí? Ayúdame a ayudarte.

Tenpi sabía que su madre era buena para ocultar lo que en realidad sentía, se centraba mucho en que él se despreocupara y era ella la que quería cargar con todos los problemas.

—Está bien, mamá —responde Tenpi—, y no lo digo por el coche ni por la posibilidad de mudarnos. Sé que te angustia mucho lo que pueda pasarme y quiero que estés tranquila, además son sólo tres meses, ¿no? Puedo con eso —Tenpi pone su mano sobre la de su madre, que estaba encima de la mesa—. De cualquier forma, ya está haciendo mucho frío para usar falda, ¿no? —agrega Tenpi intentando alegrar el ambiente.

Su mamá ríe.

—Como tú digas, hijo.

No es que Tenpi sólo usara faldas, en realidad, al ser de género fluido se pone lo que quiere cuando quiere; tenía la libertad de vestirse con una en la escuela gracias al acuerdo que logró hacer su mamá con los directivos de la institución. Tenpi tiene una apariencia bastante andrógina, lo que llega a confundir a las personas que lo conocen por primera vez. Su cabello no es tan largo, pero lo mantiene a cierta altura para poder hacerse una pequeña colita, aunque a veces usa pelucas cuando quiere una apariencia aún más femenina. Tenpi es una persona consciente de los estereotipos de feminidad y masculinidad que existen, y le gusta jugar con estos y contrastarlos para cambiar su imagen: combina el uniforme de chicos con una peluca superlarga y adornada con listones, o lleva el pelo como el resto de los chicos pero vistiendo una falda. La expresión de género de Tenpi fue evolucionando no sólo a un punto de comodidad personal, sino también como una forma de expresar al mundo cómo se sentía siendo una persona de género fluido.

Al día siguiente, Tenpi va a la escuela usando el pantalón de vestir del uniforme de chicos, como había acordado con su mamá, y como era de esperarse, vuelve a encontrarse con los mismos que lo habían molestado el día anterior. Están platicando en el pasillo frente a su salón, y lamentablemente tiene que pasar por ahí para llegar al suyo, pero es consciente de que dentro de la escuela no pueden hacerle nada más que molestarlo verbalmente.

—¿Y tu faldita, marica? —pregunta uno de ellos mientras Tenpi pasa a un lado.

—Se la devolví a tu mamá, dile que gracias —contesta Tenpi sonriendo y entrando con rapidez a su salón.

El otro chico está a punto de seguirlo dentro, pero hay un profesor cerca y se contiene mientras el resto de sus amigos se burla.

Entrando al salón se encuentra con Také, su mejor amiga. Por suerte en esa primera clase coincidía con ella. Tenpi se acerca deprisa y se sienta en su lugar, que estaba delante del de su amiga y justo a un lado de las ventanas que daban al patio de la escuela.

—Amiga, no, qué tragedia —dice Tenpi desconsolado.

—Dios, ¿qué te pasó en la cara? —pregunta Také asustada acercándose más a Tenpi para verlo mejor.

—¿En la cara? —pregunta confundido—. Ah, no, ni al caso, Také. Si algo tengo en mi cara, es depresión, y todo por culpa de esos tontos que no dejan de molestarme.

—¿De qué hablas, Tenpi? A ver —dice cruzando los brazos—. ¿Cuál es el drama de hoy?

—Mi mamá ya no quiere que traiga falda porque la gente no está lista para todo esto —dice señalándose a sí mismo.

—¿Te están molestando por tu falda? ¿Quiénes? —pregunta Také con tono amenazante.

—¿Quiénes más? Los de siempre, sólo que esta vez nos peleamos fuera de la escuela y me tocó correr hasta que me alcanzaron, ya sabes que no tengo condición, claro que iban a alcanzarme.

—¡¿Y luego, te peleaste?!

—Sí, sí, claro, porque una enclenque como yo puede contra cinco personas —responde Tenpi sarcásticamente—. Claro que no, me alcanzaron y... me tiraron una bolsa de basura encima. De seguro había algún cristal roto o una navaja y me terminó cortando la cara. ¡Qué vergonzoso, de verdad! —Tenpi se cubre el rostro con los brazos, recostándose sobre la butaca de su amiga.

Také pone su mano sobre la cabeza de Tenpi y acaricia su cabello.

—¿Y estás bien?

Tenpi asiente sin levantar la cara.

—¿Y cómo fue que saliste de tremenda situación?

Tenpi se levanta bruscamente cubriéndose la boca.

—No me lo vas a creer, no me lo vas a creer —dice emocionado—, me defendió la persona de la que menos esperaba recibir ayuda ese día.

—¿Ah, sí? ¿Pero quién, dime? —pregunta desesperada.

—Buenos días —interrumpe la profesora mientras entra al salón.

—Ash —se queja Tenpi—, tendré que contarte después —se da la vuelta y comienza a sacar sus libretas.

—¿Cómo que después, Tenpi? —susurra Také mientras le reclama—, así no se dejan los chismes. Mándame un mensaje o algo —no dejaba de picarle la espalda con el dedo insistentemente para que se girara—, me van a salir piedras en la panza del estrés, Tenpi.

Tenpi voltea sonriendo.

—Hiromi, Hiromi Akahoshi —y vuelve a mirar al pizarrón dejando a su amiga boquiabierta.

—Antes de empezar —dice la maestra dirigiéndose a la clase. Está parada en medio del pizarrón y a su lado está un chico que tiene la vista hacia el suelo.

Tenpi entrecierra los ojos y se inclina un poco hacia adelante para ver si logra encontrarle el rostro, pero su cabello le llega a la altura de la nariz y le cubre la mitad de la cara.

—El día de hoy se incorpora con nosotros un chico nuevo que nos va a acompañar lo poco que resta del año. Por favor, sean amables y denle la bienvenida a Sora.

Sora levanta la mirada un poco y asiente como seña de saludo al grupo. A lo lejos se pueden escuchar algunos "Hola", "Hola, Sora".

—Wow —susurra Tenpi en un tono que sólo Také escucha.

—Puedes sentarte donde quieras —dice la profesora señalando dos lugares libres que había disponibles, uno hasta el frente en la primera fila y el otro hasta atrás en la fila al lado de Tenpi y Také. Sin dudarlo Sora mira decidido el lugar del fondo.

—El del fondo está bien —responde Sora con una voz que apenas pudo escuchar la maestra.

—Wow —vuelve a susurrar Tenpi sin apartar la mirada de Sora mientras caminaba a su asiento.

—Qué obvia eres —dice Také, dándole un zape a Tenpi.

Sora es un chico de estatura mediana, mide aproximadamente 1.65. No puedes notar a primera vista qué complexión tiene porque siempre usa ropa muy floja, incluso el uniforme le queda grande. Su pelo se frizzea demasiado, seguramente por cortarlo en casa y con las tijeras incorrectas. Sus ojos son de un color verde azulado, tiene algunas pecas cerca de la nariz y cuando se ruboriza incluso sus orejas se pintan de un rosa intenso. Es un chico que a simple vista se ve bastante tímido: camina con la cabeza agachada, habla bajito (si es que llega a hablar) y odia ser el centro de atención.

Sora atraviesa el salón hasta su nuevo lugar y se sienta colocando su mochila sobre sus piernas; espera que la maestra inicie la clase y él deje de ser el centro de atención. La maestra pone su bolsa sobre el escritorio y comienza a sacar su material; mientras se prepara, algunos compañeros empiezan a hablar entre ellos. Son chicos de preparatoria, la maestra sabe que es imposible mantener a más de veinte alumnos al margen durante cincuenta minutos sin que tengan algunos momentos para conversar entre ellos.

Tenpi se sienta en dirección a su amiga con la excusa de seguir platicando con ella pero en realidad no puede apartar la mirada de Sora.

—Wow —vuelve a susurrar Tenpi.

Také voltea a ver a Sora, que estaba sacando algunos cuadernos de su mochila. Tenpi le da un zape a Také.

—¡Ay! ¿Y eso? —reclama Také.

—No seas tan obvia, se va a dar cuenta —susurra.

—Sí, claro, como yo soy quien está al borde de mi silla con los ojos puestos fijamente en él. Das miedo, Tenpi, ¿qué te pasa?

Tenpi mira rápidamente a Také y vuelve a clavar su vista en Sora.

—No puedo dejar de hacerlo, es como un imán.

—¿Te gusta? —pregunta Také con un tono burlón.

—Creo que es lindo, ¿no?

—No es mi tipo, pero se ve agradable, algo tímido pero agradable. Podemos invitarlo a pasar el receso con nosotras.

Tenpi voltea hacia su amiga con una sonrisa de oreja a oreja.

—Aww. ¡Qué gran idea, Také! Seguramente no conoce muy bien la escuela, podríamos darle un *tour* o algo así —responde emocionado.

—Bueno, pero no me cambies el tema, me ibas a platicar lo de Hiromi.

—¿Hiromi? —pregunta Tenpi sin apartar la vista de Sora—. Ah, sí, no fue nada, sólo la confirmación de que sigue siendo el mismo *bully* cobarde de siempre. Tuvo la oportunidad de defenderme y no lo hizo, sabes que no soporto a esas personas que nada más siguen lo que los demás dicen.

—Te escuchabas emocionado hace rato que me dijiste.

Tenpi deja de observar a Sora y mira a su amiga.

—Sabes que no me llevo bien con él, somos como enemigos natos. Me sorprendió mucho que de hecho hizo el intento de defenderme, pero al final se dejó influenciar por los otros. Creo que me emocioné porque fue como ver un *plot twist* en vivo y en directo —ríe—, pero no pasó nada, nada ha cambiado en realidad.

—Deja de meterte en problemas con esas personas, no vale la pena, Tenpi.

Tenpi asiente sonriendo y se voltea otra vez.

Také y Tenpi esperan a que termine la primera clase para acercarse a Sora y presentarse.

Sora está guardando sus cosas con una mano y con la otra sostiene su horario impreso, al que mira confundido.

—Hola —interrumpe Tenpi mientras agita la mano en el aire para llamar la atención de Sora y saludarlo—. Sora, ¿verdad?

—Ah, s...sí. Hola —responde Sora un poco desconcertado. No esperaba que alguien se le acercara para hacerle plática, daba por hecho que, como ya todos se conocían, nadie querría incluirlo en su grupo de amigos.

—Mi amiga Také y yo nos preguntábamos si te gustaría pasar el descanso con nosotros. Podemos mostrarte la escuela, no es muy grande pero algunos edificios se parecen y puede ser confuso.

Sora sentía cómo le quitaban un peso de encima, había estado preocupado toda la clase intentando llamar la atención de quien fuera para hacer plática y no terminar comiendo solo o en el baño.

—Está bien, gracias —contesta Sora mientras toma sus cosas.

—Podemos encontrarnos en la entrada de este edificio cuando comience el receso, ¿está bien? —pregunta Tenpi.

—Ah, sí, por mí está bien —contesta Sora poniéndose la mochila sobre el hombro e inspeccionando nuevamente su horario sin saber a dónde dirigirse.

Také y Tenpi intercambiaron miradas, mientras veían la obvia cara de preocupación de Sora.

—¿En dónde tienes clases, Sora? —dice Také por fin.

—Ah, esto dice que en el edificio D, pero por más que examino el pequeño croquis que viene al reverso del horario, no tengo idea, no lo hallo.

—Ahhhh —interrumpe Tenpi— eso es porque estamos en el edificio D, Sora.

Sora agacha la mirada nuevamente y sus orejas se pintan de un rosa clarito.

—Es cierto —responde Sora sin levantar la cara—. Bueno, nos vemos —pasa a un lado de ellos y sale del salón.

—Es más tímido de lo que imaginé —dice Také una vez que pierden a Sora de vista—, probablemente le dio mucha vergüenza equivocarse, o pensó que nos burlaríamos de él.

—¿Por qué haríamos eso? Es de lo más normal perderse, yo me equivoqué de salones toda mi primera semana.

—Y eso que llevas aquí tres años, pero supongo que Sora es un chico muy tímido, Tenpi, o puede que se sienta intimidado o incómodo por ser el único alumno nuevo de la escuela.

—En ese caso deberíamos ayudarlo a sentirse más cómodo, a integrarse. Imagino que debe ser complicado estar en su lugar, con todos los exámenes, las actividades, las tareas y las aplicaciones a las universidades. Definitivamente necesita amigos.

—Qué conveniente para ti, ¿no? —añade Také sarcásticamente.

—¿Qué? ¡No! Independientemente de eso, ayudemos al niño bonito a que pase sus últimos meses de prepa por lo menos con recuerdos increíbles de este lugar, recuerdos bonitos con nosotros, Také, pero, sí, principalmente conmigo porque soy la más bonita del grupo.

—Ay, por favor, Tenpi, somos dos, ni al caso.

En el receso Také fue la primera en llegar al punto de reunión, después Sora, que estaba en el mismo edificio.

—¡Hola, Sora! —saluda Také a Sora sacudiendo la mano desde lejos mientras él baja las escaleras a la entrada principal del edificio.

—Hola —responde Sora sonriendo. Se le ve aún más animado que la primera vez que se encontraron.

—¿De qué clase vienes? —Také pregunta de inmediato evitando que tengan algún silencio incómodo.

—Química, ¿y tú?

—Ciencias Sociales. ¿Estás en área 1, la de físico-matemático?

—No, en área 2, la de Ciencias Biológicas y de la Salud.

—Oh, ok, pensé que estabas con Tenpi.

—¿Está en área 1? —pregunta Sora sorprendido—. Debe ser muy bueno, ¿no?

—Algo así —Také ríe—, le cuesta trabajo pero quiere estudiar Arquitectura y no le queda de otra. Aparte tiene una beca que mantener con promedio arriba de 8.5.

—Eso es lo que más me preocupa a mí, qué tan alto es el nivel académico y si podré seguirle el paso a todos para conservar mi beca.

—Entonces también tienes beca.

—Ah, sí —responde Sora emocionado—, esta escuela es de las pocas que tienen pase directo a la universidad que quiero ir. Me percaté de eso muy tarde e hice el cambio lo más rápido que pude. Afortunadamente también me dieron beca por promedio, si no, no hubiese podido entrar.

—Entiendo. Bueno, si me dejas darte un consejo, da tu cien por ciento en lo que resta de este periodo, así podrás estar más tranquilo para el próximo.

Také ve a lo lejos a Tenpi acercarse.

—Mira, ahí viene Tenpi.

—¡¿Listo, Sora, para el mejor tour de tu vida?! —grita Tenpi a la distancia mientras se aproxima.

Také hace una mueca intentando contener la risa y Sora mira a los alrededores cuidando que nadie los esté viendo feo por el escándalo que está haciendo Tenpi.

Tenpi es de las personas que se emocionan demasiado con cualquier cosa, es bastante sociable y no se le dificulta hacer amigos; es alguien muy sonriente y alegre. Muchos se llevan muy bien con él, otros no soportan tanta energía y charla de su parte, y otros, como los chicos que lo molestan, no entienden su identidad de género y creen que sólo quiere llamar la atención.

Los tres comienzan a andar por el pequeño corredor fuera del edificio D.

—Hmmm, ¿por dónde podemos iniciar este grandioso *tour*? —pregunta Tenpi mirando a Také.

—Lo que sea pero de camino a la cafetería porque me estoy muriendo de hambre —reclama Také.

—Okey, okey, vamos hacia la cafetería. En todo caso podemos empezar con este parque. Este parque es conocido como "Lluvia de sol". Como puedes ver, está rodeado de árboles altos que hacen sombra pero dejan pasar algunos rayitos de sol, por eso le dicen así; a veces también le llaman de esa forma al edificio, incluso los profesores. Si te llegan a contar algo, pues ya sabes.

—¡Aquí una vez hicimos un pícnic! —añade Také emocionada y Tenpi se frena en seco. Sora y Také se detienen también cuando se dan cuenta de que Tenpi se queda atrás. Tiene ambas manos en la boca y hace una expresión de sorpresa exagerada.

—Deberíamos hacer uno otra vez —Tenpi vuelve a alcanzar a Sora y a Také y siguen caminando—, pero ahora con nuestro nuevo amigo Sora. ¿Qué te parece, Sora?

—¡Suena bien! —responde emocionado—. Suena como un plan muy lindo, nunca he ido a un pícnic o algo así.

—¿Les parece entonces si lo hacemos el viernes? —pregunta Také.

Sora y Tenpi asienten.

Al acercarse a la cafetería, pasan por otros dos edificios mientras Také y Tenpi le platican a Sora algunas de sus experiencias de sus dos años y cacho de preparatoria: como la vez que ellos montaron un puesto de esquites en un convivio y con lo que ganaron pagaron los boletos para ver a un grupo de k-pop en línea; o la vez que evacuaron a todo un edificio porque se había activado la alarma de incendios por unas palomitas de mantequilla quemadas en el microondas.

Para llegar a la cafetería pasan a un lado de las canchas de diferentes deportes, una extensión del gimnasio. Cada deporte tiene su propio equipo representativo, así como su propia cancha para entrenar.

—Ahora que recuerdo —interrumpe Sora—, hace rato me dijo la directora que tenía que unirme a algún club, ¿ustedes están en alguno?

—Bueno, yo estoy en la orquesta, toco el chelo —responde Také entusiasmada.

—Wow, ¡no sabía que hubiera un club de orquesta!

—¡Sí! De hecho, hay muchísimos clubes, seguro encuentras uno que te guste. Por ejemplo, ahora que estamos en las canchas, y si eres de deportes, puedes unirte al equipo de básquet, futbol, vóley, americano, box, gimnasia... y bueno, el favorito de la escuela: el de tenis.

Tenpi pone los ojos en blanco.

—No es para tanto —dice Tenpi ofendido.

—Sí, sí lo es, Tenpi —reclama Také—. ¿Ves a todas esas personas reunidas en la cancha de tenis, Sora? —Také señala a una multitud que se encuentra alrededor de esa zona.

—¡Es cierto! —exclama Sora—, ¿hay algún partido importante hoy?

—Para nada. Verás, esta escuela cuenta con el "increíble privilegio" de tener un Akahoshi.

—¿Un Akahoshi? —pregunta Sora confundido.

—Qué bueno que no sepas quiénes son, Sora —dice Tenpi cruzando los brazos.

—Imposible que no sepa —asegura Také—. Los Akahoshi son una de las familias más ricas del país. Ese pelirrojo —señala a un chico al centro de la cancha que juega contra otro compañero, a quien la mayoría, si no es que todos, apoyan— es Hiromi. Como podrás ver es muuuy popu...

—Y súper tonto —interrumpe Tenpi.

Sora mira confundido a Tenpi por su reacción, pero no hace ningún comentario.

La cafetería es bastante amplia, cuenta con un comedor que está al fondo del espacio, el resto está lleno de mesas para que los alumnos puedan comer ahí mismo.

—Aquí puedes comprar tu comida, Sora —explica Také—, el servicio de cafetería no es tan caro y te dan sopa, guisado, agua con los *refill* que quieras y un postre.

—Casi todos los días venimos aquí —añade Tenpi— porque es barato y nuestros padres no nos quieren lo suficiente como para mandarnos *lunch* —dice bromeando.

—¿Tú traes comida, Sora?

—Ah, sí, de hecho sí —contesta Sora sonriendo.

—En ese caso quédate en la mesa y ahorita te alcanzamos, ¿sí? —dice Také dejando su mochila sobre una silla al lado de Sora.

Sora se sienta, abre su mochila y saca una bolsita donde guarda su *lunch*. Coloca sobre la mesa su *tupper* y un vasito con tapa, y espera hasta que regresen Také y Tenpi para empezar.

Tenpi termina de comprar su comida y ve a Sora quieto frente a sus *tuppers*, aguardando pacientemente, y llega corriendo.

—Awww, Sora, ¿nos estabas esperando? —pregunta Tenpi tomando asiento rápidamente al lado de él.

—No quería comer solo —dice abriendo uno de sus *tuppers*.

Tenpi lo mira con cara de ternura.

—Qué lindo eres, Sora, gracias.

—Wow —interrumpe Také acercándose con su charola mientras admira la comida de Sora—. ¿Eso trajiste, Sora?

Tenpi se asoma para ver también.

—Wow, parece de esas comiditas que salen en los animés.

El *tupper* de Sora estaba dividido en tres secciones: una con una ensalada adornada con fresas, otra con una pequeña papa rellena y la otra estaba llena de arroz.

—¿Tu mamá o tu papá la hicieron? —pregunta Také exprimiendo un limón en su sopa de fideos.

—De hecho, la hice yo. Tuve que aprender.

—¿Me das un poco de tu papa? —interrumpe Tenpi con la cuchara en el aire—. Te lo cambio por tres gajitos de mandarina.

—Claro, agarra —dice Sora, estirando su *tupper*.

—¿Y por qué te cambiaste de escuela, Sora? Ya casi termina el año —pregunta Tenpi.

—Es que… me dieron una beca aquí.

—Y tiene pase directo para la universidad que quieres, ¿no? —añade Také.

—Sí, también eso —responde Sora mientras Tenpi pela su mandarina y deja la mitad a un lado del *tupper* de Sora.

—¿Qué quieres estudiar, Sora?

—Biología, o algo parecido a eso, ¿y ustedes?

—A mí me gustaría dedicarme de lleno a la música —dice Také—, tocar en alguna orquesta profesionalmente.

—Podrías entrar de forma permanente a la banda de tu hermano —exclama Tenpi.

—¿Tu hermano tiene una banda? —pregunta Sora.

—No, no sé si sea una banda, la verdad, sólo son dos tontos creyendo que hacen música. Me ha tocado producirles diferentes canciones porque no tienen idea de lo que hacen.

—Son buenos —añade Tenpi—, pero aquí la señorita no quiere "ese tipo de reconocimiento".

—No quiero que me asocien con ellos, quiero hacerme de mi propio reconocimiento, por mi propio trabajo.

—Deberías invitarnos a alguno de sus ensayos o grabaciones —suplica Tenpi.

—Tú sólo quieres ver a mi hermano.

—¿Qué? ¿Por qué? ¿Es muy bueno? —pregunta Sora.

—Sí —responde Také sarcásticamente—, sobre todo bueno, ¿no, Tenpi?

—Ayyy, tú callate —Tenpi le da un pequeño golpe en la pierna a Také por debajo de la mesa.

Sora los observa confundido.

—Mira, Sora —explica Tenpi—, es que el hermano de Také es el tipo de chico que es como un *e-boy*, con el pelo despeinado color rosa, tatuajes; todo el tiempo trae la misma playera mugrosa de su banda y siempre está tomando Monster. Es como el hombre ideal, con el que sentarías cabeza y mantendrías tres hijos.

Také le lanza una pequeña patada a Tenpi.

—Suficiente tengo con verte todos los días, ahora imagínate siendo mi cuñado.

—Yo encantado —ríe Tenpi—. Bueno, de regreso a la conversación, en mi caso yo quisiera estudiar algo así como arquitectura o diseño de interiores, por eso estoy en el club de dibujo técnico. Supongo que puedes escoger el tuyo dependiendo de si te ayuda profesionalmente, si será *hobby* o será para desestresarte.

Sora mira su *tupper* y come un bocado mientras piensa.

—Mira —Také se inclina hacia Sora y le muestra en su celular la página en internet de la escuela—, ésta es la lista de clubes que hay en la escuela. Así te puedes dar una mejor idea, pero si quieres te la mando por mensaje.

—¡Hay que hacer un grupo en WhatsApp! —grita Tenpi emocionado—, así podemos mantenernos en contacto, compartir stickers chistosos y rescatar a Sora por si se pierde, ¿qué te parece, Sora?

Éste sonríe de oreja a oreja y asiente, mete su mano en uno de sus bolsillos y saca su celular. Cuando levanta la mirada Tenpi tiene el brazo extendido con la aplicación de contactos abierta en el teléfono; en donde va el nombre, ya se había adelantado y había escrito: "Sora ♥", para que su nuevo amigo escribiera su número abajo y así agregarlo. Sora toma el celular de Tenpi, registra su información y se lo devuelve.

—Bueno, voy a hacer el grupo y ahorita los añado.

—Mientras Tenpi hace eso, ¿dónde tienes tu próxima clase, Sora? Podemos llevarte antes de que termine el receso.

—Ay, muchas gracias —Sora sonríe y saca de su mochila el papelito donde está impreso su horario—, aquí dice que en el edificio A.

—Sin problema, te llevamos, es aquí al lado, de hecho.

Al unísono suenan los celulares de Také y Sora, a ambos les llega una notificación que dice: "Tenpi te ha añadido al grupo *Stickers* y pícnics". Nota de diseño: En ilustración de celular

> ⓦ NOTIFICACIÓN
>
> "Tenpi te ha añadido al grupo *Stickers* y pícnics".

Sora recibe el mensaje ilusionado y Tenpi lo mira esperando su reacción, mientras manda algunos *stickers*. El primero deja salir una pequeña risa al ver su celular y el segundo no puede evitar sonreír por escuchar la risa de Sora por primera vez.

Los tres llegan a la entrada del edificio A y se detienen enfrente.

—Aquí es, Sora —dice Také señalando la entrada—. Cualquier cosa que necesites nos avisas —pone su mano en el hombro de su nuevo amigo, quien se mueve a un lado para quitársela de encima. Ella la baja, sorprendida por su reacción.

—Ay, perdón, no fue mi intención —aclara Sora—. Gracias por traerme, nos vemos —agacha la mirada y entra al edificio.

Také y Tenpi observan a Sora alejarse extrañados.

—¿Viste? —susurró Také.

—Sí, ¿le habrás dado cosita? —dice Tenpi riendo y Také pone los ojos en blanco.

—¿Fui grosera con él? —Také da la vuelta y ambos avanzan rumbo a sus clases.

Tenpi lo piensa unos segundos.

—No, no que yo recuerde, según yo los tres ya somos mejores amigos.

Tenpi saca su celular y mira el contacto de Sora: su foto de perfil son unas cuantas macetas pintadas a mano en diferentes tonos de azul y verde.

—Pero si te inquieta mucho, sólo pregúntale, a lo mejor lo estamos malinterpretando.

—Tienes razón.

Také y Tenpi se separan y cada uno se dirige a su salón. De camino Také no puede dejar de pensar si hizo algo que incomodara a Sora y decide mandar un mensaje para volverse a encontrar y hablar.

> Také
> ¿Nos vemos en la entrada de la escuela antes de irnos?

> Tenpi:
> Ok

Také ve cómo ambas palomitas de su mensaje se pintan de color azul: Sora y Tenpi ya vieron su mensaje, pero Sora no responde. *"De seguro sí hice algo"*, piensa. Guarda su celular y camina apresurada a su salón. Antes de pasar escucha una notificación, desesperada saca su celular y ve la respuesta de Sora.

> Sora:
> ok 😺

Také deja salir un largo suspiro y entra a clase.

Al final del día Tenpi, Také y Sora se reúnen en la entrada de la escuela como habían acordado. Také es la última en llegar y enseguida intenta charlar con Sora para saber si está enojado con ella.

—¿Qué tal tus clases? ¿Cómo te sentiste?

—Bien —responde algo apenado—. Tuve Psicología e Informática, ¿y tú?

—Todo bien, tuve Historia del Arte, me gusta bastante esa clase.

—Qué bueno —dice Sora sonriendo.

Také se tranquiliza después de su corta charla con Sora, seguramente había malinterpretado todo.

—A mí también me fue bien, gracias —interrumpe Tenpi.

—Tan sentido como siempre —responde Také—. Tuviste Física, ¿no? ¿De verdad te fue bien?

—Claro que no, odio esa materia, la detesto, pero no me queda de otra —se queja Tenpi.

—¿No te gusta la física? —pregunta Sora.

—No es que no me guste, me cuesta trabajo entenderla. Soy de lento aprendizaje, no sé cómo todos la captan a la primera. Lo peor es que ninguno de mis compañeros quiere explicarme, el profesor me odia y el salón huele feo.

—Yo puedo explicarte —sugiere Sora sonriendo—, se me da algo bien, sólo que no sé si sea tan buen maestro.

—¿De verdad? —Tenpi lo ve emocionado—. Espera, ¿llevas Física?

—Sí —responde Také—, recuerda que es de área 2, de Ciencias de la Salud y también llevan Física.

—Señooor —canta Tenpi—, me has mirado a los ojooos.

Také le da un codazo a Tenpi en la costilla para que se calle, enseguida guarda silencio y se soba mientras le lanza una mirada amenazante. Také y Sora ríen.

—¿Y en dónde vives? —cambia Také el tema de conversación.

—De hecho, bastante cerca de aquí, como a dos cuadras, pero hoy trabajo, entonces voy para allá —dice señalando a la calle que estaba a su izquierda.

—¿También trabajas? —pregunta Tenpi sorprendido—. ¿En qué?

—Nada complicado, en realidad, es en una florería que se llama Amores.

—¿Amores? —Tenpi abre los ojos sorprendido—. ¿La que está en la calle 30 de Agosto?

—¡Sí! Justo ésa.

—¿No es la que está por tu casa, Tenpi? —comenta Také.

—¡Sí! Puedo acompañarte de camino si quieres, Sora —propone Tenpi.

Sora asiente. A lo lejos se acerca una camioneta color blanco con música a todo volumen que se escucha más fuerte conforme se aproxima a la escuela; se para en la entrada frente a Tenpi, Sora y Také. La cara de disgusto de Také es indescriptible. Se baja el vidrio delantero de la camioneta y al volante está Ivy, el hermano mayor de Také, que trae lentes de sol e intenta contener la risa, después baja el volumen de la música.

—¡Vámonos! —grita desde dentro. Lo hace para molestarla.

Todos los demás chicos que salen de la escuela miran extrañados el show que están dando en plena calle. Také se cubre la cara con ambas manos de la vergüenza.

—Este tonto, este tonto —dice Také repetidas veces.

—¡Es Ivy! — dice Tenpi emocionado—. ¿Lo podemos saludar?

Tenpi intenta avanzar pero Také lo jala del saco. Ivy saluda a Tenpi desde lejos y éste le devuelve el saludo.

—Me voy, antes de que siga haciendo el ridículo —reclama Také.

Otro chico que está en los asientos traseros de la camioneta se levanta, se acerca hasta el claxon y comienza a pitar desesperado mientras Ivy y él ríen. Také voltea y ve a Ned, el mejor amigo de Ivy y vocalista de su "banda". Su apariencia es un desastre, según Také. La mitad de su pelo es roja y la otra negra, se pinta los párpados de color negro de una forma muy desordenada, tiene los brazos tatuados con alambres de púas que van desde los hombros hasta las muñecas, usa ropa ridículamente cara que manda a personalizar; es extravagante en todos los sentidos.

Také se dirige apresurada a la camioneta y entra cerrando la puerta molesta. Se escucha a las personas que están cerca entre murmurar y reírse, mientras Sora ve confundido a la camioneta alejarse sin terminar de entender lo que acaba de pasar.

—Ése era Ivy, el hermano de Také —explica Tenpi—. Vamos caminando y te cuento.

Sora sigue a Tenpi y andan uno al lado del otro.

—La familia de Také debe tener mucho dinero, ¿no? —pregunta Sora—, para que su hermano traiga tremenda camioneta.

Tenpi ríe.

—Más o menos, ¿viste al chico que venía en los asientos de atrás?

—¿El del pelo chistoso? —responde Sora dudoso.

—¿No lo conoces? ¿No se te hace familiar?

—Mmm, no, no realmente, ¿por qué?

Tenpi mira a Sora sorprendido.

—Bueno, no importa si no lo conoces. Ése era Ned, el chico se ha hecho de una superfortuna con sus canciones todas extrañas, y porque hasta cierto punto es un tipo de celebridad o *influencer*, le han llegado a pagar para ser la imagen de algunas campañas de marcas famosas, por eso se me hace raro que no lo ubiques. En todo caso, pues Ivy le ayuda un poco con la música, sabe tocar algunos instrumentos, pero ninguno de los dos compone, ahí es donde entra nuestra amiga Také. No le gusta admitirlo, como te darás cuenta, prefiere decir que se dedica completamente a la música clásica, en especial al chelo, pero es una excelente compositora; les ha compuesto varias canciones y algunas han sido de las más populares que han tenido. Si quisiera podría ser productora musical de esos dos, pero es aferrada en querer encontrar su propio camino y no vivir bajo la sombra de la fama de otras personas.

—¿Tan famosos son? —pregunta Sora sorprendido—. Ya me estoy preocupando de no conocerlos.

—Bueno, tuvieron una superpalanca para entrar al medio.

—¿Sí? ¿Cuál?

—El apellido Akahoshi.

Sora analiza por unos segundos lo que acababan de contarle, mientras Tenpi lo mira esperando su reacción.

—Espera, ¿dijiste Akahoshi? ¿Cómo el otro chico pelirrojo? Ahhh.

Tenpi ríe.

—Tardaste un poco en darte cuenta. Su nombre es Ned Akahoshi, y sí, es el hermano mayor de Hiromi. A lo mejor no ubicas a esos dos tontos, pero sí a sus otros hermanos. Veamos… Empecemos con la más pequeña, Aria, es de las emprendedoras más jóvenes en incursionar en el mundo de los bienes raíces. Tiene dieciséis pero no es razón para subestimarla, estableció su propia agencia y ha salido en diferentes revistas de negocios, ¿te suena?

Sora niega con la cabeza apenado.

—Bueno, ya sabes de Hiromi, no lo conoces; te platiqué de Ned, no lo conoces… El que le sigue es su hermano Alex, él estudió una carrera de negocios para poder entrar en la compañía de su madre Sharon, que es la CEO de la empresa de tecnología más grande del país: ARES. El nombre es la versión escrita de r y s en inglés, que viene de "*red star*", estrella roja en español, porque su apellido Akahoshi, que está en japonés, significa eso: estrella roja.

—¿Entonces su papá es japonés? —deduce Sora por su cuenta.

—Mitad japonés y mitad mexicano.

—¿Y el señor también es famoso?

—Sora —ríe Tenpi—, todos son absurdamente famosos, el señor es actor y también tiene nombre de telenovela: Antonio.

—Antonio Akahoshi —dice Sora conteniendo la risa. Tenpi ríe.

—Respondiendo a tu duda —aclara Tenpi—, no es que la familia de Také tenga tanto dinero como parece. Ned comparte todo con Ivy, le regala cosas, se van de viaje a donde quieran y le da un muy buen sueldo con el que ayuda a sus papás con gastos; incluso Ivy paga la escuela de Také, a quien intenta cumplirle todos sus caprichos, pero a ella no le gusta, ya ves que es muy orgullosa. Ivy es un chico muy sencillo y muy lindo, seguramente te agradaría, es bastante tranquilo.

Sora asiente mientras escucha a Tenpi y sin darse cuenta la florería ya está delante de ellos.

—Se pasó muy rápido el tiempo —dice Tenpi quejándose—, quería seguir platicando contigo, me estaba divirtiendo mucho.

Sora se para frente a Tenpi.

—Yo igual, me divertí mucho —sonríe—. Gracias por acompañarme hasta acá y por actualizarme en los chismes —ríe.

Tenpi no había tenido la oportunidad de mirar a Sora tan detenidamente como ahora que están cara a cara. A la luz del sol los ojos de Sora se ven de un color turquesa, se pueden apreciar mejor las pequeñas pecas que tiene en la nariz y el color rosita de sus mejillas y sus orejas. *¿Será porque caminamos un rato bajo el sol? O a lo mejor también estás tan nervioso como yo de tenerte de frente y tan cerca,* piensa Tenpi. —Bueno —añade Tenpi nervioso—, tienes mi número, podemos hablar cuando tengas ganas o cuando estés libre, si quieres.

—Sí, claro, en cuanto esté libre te mando mensaje.

—Nos vemos entonces —Sora se despide moviendo la mano en el aire y entra a la florería.

Tenpi camina hasta su casa, que ya está bastante cerca de ahí, con una sonrisa en la cara que intenta contener, pero no lo logra.

En la florería, Sora se encarga de hacer arreglos florales para diferentes ocasiones, también organiza los envíos a domicilio y cuida de un pequeño invernadero que tiene la dueña en su patio. En su turno entre semana, que es de las tres de la tarde hasta las ocho de la noche, no hay muchos clientes, sólo los que hacen pedidos para otras fechas. Hace más arreglos cuando llega el fin de semana, que es cuando tiene un turno completo.

Tenpi llega a casa para comer con su mamá. Durante la comida tiene el celular en la mesa y no le quita la vista de encima, en su mente escucha la voz de Sora: "En cuanto esté libre te mando mensaje" una y otra vez, y espera pacientemente a que eso suceda. Pasa una hora y se imagina a Sora atendiendo a más de veinte clientes, a su jefa enojada o a su nuevo mejor amigo haciendo muchísimos arreglos por la infinidad de pedidos que deben de tener, *seguramente por eso no me ha mandado ningún mensaje, a lo mejor no tiene internet o algo así.*

Llegan las diez de la noche, Tenpi apaga su computadora después de terminar su tarea, revisa su celular y entra a la aplicación de mensajes. No hay ninguna notificación.

Tenpi entra al salón de su primera clase del día algo desanimado. Pensó que lograría hablar con Sora más tiempo y así lo conocería mejor, pero la realidad es que Tenpi tiene un *crush* con una persona con la que no cree tener una oportunidad, probablemente Sora no tiene el mismo interés que él y es casi seguro que no lo ve de la forma en la que Tenpi lo ve.

A pesar de desilusionarse con eso, se conforma con poder ser su amigo y pasar, aunque sea en secreto, sus últimos meses con un crush imposible. No es la primera vez que se siente de esta forma y no cree que sea la última vez que se sienta así, pero respetar la orientación sexual de las personas también es importante, no puede obligar a nadie a quererle, por más que su corazón lo anhele.

Tenpi se acomoda en su lugar poniendo ambos codos sobre el pupitre y recarga su cabeza sobre las palmas de las manos; cierra los ojos un poco para descansar la vista mientras espera a que la clase comience. No sabe qué le dirá a Sora cuando lo vea…, tendrá que fingir que no le afectó que no le mandara mensaje, reclamarle o preguntar.

—Hola, Tenpi —interrumpe una voz.

Tenpi mira de reojo, era Sora. Inmediatamente se endereza.

—So… Sora, ¿qué haces aquí?

—También llevo Química, ¿recuerdas?

—Ah, es cierto.

—¿Está ocupado aquí? ¿Hay alguien más? —pregunta Sora señalando el lugar al lado de Tenpi.

—No, no hay nadie, tú tómalo.

Sora deja sus cosas a un lado de la silla, se sienta y comienza a sacar sus libretas.

—Y… ¿cómo te fue? —pregunta Tenpi con un tono que según él era despreocupado.

—¿Con qué?

—Tu trabajo.

—Tranquilo, entre semana casi no va nadie, entonces no estoy muy ocupado.

Tenpi frunce el ceño y cruza los brazos y las piernas, desviando la vista de Sora.

—¿Qué, qué pasó, Tenpi?

Tenpi no responde y sólo mira para el lado contrario de Sora. La maestra entra al salón y Sora no puede platicar con Tenpi hasta que termina la clase.

—Tenpi, ¿está todo bien? —dice Sora acercándose a él cuando la maestra termina con el tema del día.

—No es nada, Sora —responde Tenpi desanimado—. Voy a ir al baño, nos vemos después.

Tenpi era consciente de sus emociones, pero no creía tener verdaderos motivos para sentirse mal; no era obligación de Sora mandarle mensajes todo el tiempo, ni siquiera eran tan cercanos como amigos como para reclamarle algo así, pero le frustraba el hecho de no tener esa cercanía con él.

Sora ve a Tenpi salir del salón desanimado y sabe que algo está mal, algo relacionado con él.

> **Sora:**
> Hola, Také, soy Sora. ¿Cómo estás?

> **Také:**
> ¡Hola, Sora! Súper, gracias, ¿y tú?
> ¿Está todo bien?

> **Sora:**
> Quería hacerte una pregunta… Conoces a Tenpi de mucho tiempo, ¿no?

> **Také:**
> Ya hace diez años, más o menos, ¿por qué?

Sora:
Creo que está molesto conmigo y no sé por qué :(

Také:
¿En serio? Que yo sepa le agradas mucho, puede que te estés confundiendo.

Sora:
No lo sé, lo vi muy raro hoy.

Také:
Hablemos en el receso de esto, ¿sí?

Sora:
Okey, pero no le digas que te dije nada.

Sora, Také y Tenpi quedan de verse en la cafetería, en el mismo lugar donde habían almorzado el día anterior. Sora se dirige a una mesa donde a lo lejos ve a Také y se sienta junto a ella.

—Hola, Také, ¿has hablado con Tenpi?

—No, hoy no tenemos ninguna clase juntos, pero mira —dice señalando con la mirada—, ahí viene.

Tenpi se acerca y se sienta, sigue con el semblante desanimado y algo distraído. Sora sólo lo observa y Také espera a que alguno de los dos hable, pero parece que ninguno toma la iniciativa.

—Okey, voy a comprar mi comida, acompáñame, Tenpi —reclama Také.

Sora se queda esperándolos mientras saca sus *tuppers*.

—¿Qué te pasa? ¿Estás bien? —pregunta Také preocupada mientras se forman en la fila para pedir comida.

—No es nada —responde Tenpi sin voltear a verla.

—Claro que sí, dime.

Tenpi finalmente mira a Také a los ojos.

—Es por Sora. Ayer lo acompañé a su trabajo, platicamos un rato, se rio conmigo..., estaba supertierno, lo hubieras visto. Cuando llegamos a la florería le dije que podía mandarme mensaje, y él aseguró que lo haría en cuanto se desocupara. Así que ayer estuve toda la tarde y noche esperando lo que sea, aunque fuera un meme horroroso, pero nada. Lo peor es que hoy en la mañana compartimos clase de Química, le pregunté por su trabajo y muy cínicamente me contestó: "Ay, estuvo bien tranquilo, ni hice nada". ¿Tú crees? —responde exaltado.

—¿Y por eso estás molesto? —pregunta Také en un tono burlón.

—No, no, no estoy molesto con Sora, es que… me frustra, me frustra que no puedo estar enojado, no tendría por qué, ¿sabes? Es mi culpa, siempre me pasa lo mismo, me hablan bonito y por mi parte ya me imaginé nuestra vida con dos hijos y tres perros y gatos.

—Tienes derecho a sentir lo que sientes, coméntale a Sora al respecto, no como reclamo pero como pregunta casual. Aunque es cierto que no puedes esperar que te dé tanta atención cuando apenas se conocen, no te ilusiones demasiado. Sora también puede ser nuestro amigo, no sólo tu ligue. Intenta dejar de verlo de esa forma, sabes que lo más seguro es que sea hetero.

Také le da una palmadita a Tenpi en la espalda para reconfortarlo y ambos caminan de regreso a la mesa con Sora cuando terminan de comprar su comida. En cuanto llegan, Sora abre uno de sus *tuppers*.

—Ay, qué tonta —dice Také irónicamente mientras se levanta—, olvide mis cubiertos, ahorita vengo.

Tenpi y Sora se observan el uno al otro con incomodidad y Sora baja la mirada. Tenpi empieza a comer en silencio.

—Tenpi —dice Sora por fin—, ¿estás enojado conmigo?

—No, Sora, de verdad no es nada, es que ando pensativo por otras cosas.

—Es que yo siento que sí, porque no me hablas ni nada.

—Es que es muy tonto, Sora —confiesa Tenpi apenado.

—Si te hace sentir así de mal, no debe de ser tonto.

Tenpi duda en si contarle o no y finalmente habla.

—Ayer… Te acompañé a tu trabajo y cuando llegamos me aseguraste que me mandarías mensaje cuando te desocuparas y no lo hiciste. Pensé que era porque habías estado muy ocupado, pero hoy en la mañana me dijiste que no lo estabas y… y ya, lo siento, es muy tonto, es sólo que me quedé esperando tu mensaje.

Sora se levanta y se sienta al lado de Tenpi, quien siente cómo se le acelera el corazón por esa cercanía.

—No es que ayer no estuviera ocupado —susurra Sora—. Preguntaste por mi trabajo y, como te dije, entre semana casi no hay clientes, pero tengo que pasar varios apuntes de las clases que ya tomé y en las que estoy atrasado, por eso de haber entrado casi al final del ciclo; algunos profesores ya me pidieron tarea para las calificaciones de los periodos pasados, entonces tengo muchísimo encima. Avancé durante el trabajo porque me lo permiten y saben que también estudio, y luego en mi casa seguí avanzando. Disculpa que no te mandara mensaje, Tenpi, es sólo que con tantas cosas en mi cabeza ni siquiera tomé el celular en toda la tarde y noche.

Tenpi estaba muy avergonzado por la respuesta de Sora, no esperaba que fuera tan amable y se tomara el tiempo de explicar todo lo que estaba haciendo.

—Ay, Sora... No tenías que explicarme todo eso, es tu vida, no te preocupes.

—Bueno, pero quería hacerlo para que estuvieras tranquilo —responde Sora sonriendo y acercando sus *tuppers* hasta el lugar donde se había movido—. Aparte, me caes muy bien, me inquieta que ya no seamos amigos por algún malentendido.

Také se acerca con una cuchara en la mano y se sienta dejando que Sora y Tenpi queden juntos.

—¿Por fin resolvieron el problema? —pregunta Také burlándose.

Ambos abren los ojos sorprendidos y le lanzan una mirada amenazante para que deje de hablar.

—¿Qué? Si los dos estaban superpreocupados. Sora mandándome mensajes insistentemente en clases para saber qué hacer y Tenpi con su cara tristona que pone cuando quiere que le pregunten qué tiene.

Tenpi y Sora se ven el uno al otro y ríen un poco avergonzados.

Nuevamente quedan de reunirse en la entrada de la escuela cuando terminen las clases para despedirse. Esta vez los padres de Také pasan por ella y Tenpi y Sora se van juntos.

—¿Vamos a la florería hoy otra vez? —pregunta Tenpi.

—No, hoy no, voy para mi casa.

—¿También es en esta dirección?

—Sí, también.

Sora se queda en silencio sin saber qué decir, no es muy bueno para sacar conversación. En la mente de Tenpi no ha dejado de dar vueltas su conversación del almuerzo.

—Sora —dice Tenpi apenado. Sora voltea a verlo mientras caminan uno al lado del otro—, lo que mencionó Také en el almuerzo, ¿de verdad estabas preocupado, o sólo lo dijo porque sí?

Sora se mantiene un rato en silencio pensando.

—Mmmm —añade indeciso—, bueno, sí, me sentía mal de haberte dicho o hecho algo que no te gustara.

—Está bien, no te preocupes, no es como que quiero que dejemos de ser amigos, sólo fue algo momentáneo, se me iba a pasar.

—Aunque... —interrumpe Sora—, no es bueno que guardes todas esas cosas, ¿sabes? Si algo te hace sentir mal, hay que sacarlo, contarles a las personas lo que te pasa. Yo... no soy muy bueno con eso tampoco, pero no sé, me agradas y creo que puedo hablar contigo, aunque no sea de hablar mucho —Tenpi sonríe de oreja a oreja y se sonroja un poco.

—Tú también me agradas, Sora, a lo mejor porque eres algo introvertido... y me gusta cuando las personas me escuchan, porque hablo demasiado.

—Es bueno saber eso, a mí me gusta hacerlo —Tenpi lo mira de reojo y sonríe.

—A mí me gustaría escucharte más, conocer más cosas de ti.

—Bueno..., ya que dices eso —interrumpe Sora—, si quieres podemos ir a comprar un café, planeo quedarme despierto hasta tarde avanzando con tareas. Mientras pedimos, podemos platicar un rato, para compensar el tiempo que no voy a estar disponible para mandarte mensajes en la tarde y noche —dice Sora riendo un poco.

Tenpi actúa como si estuviera indignado.

—¿Te estás burlando de mí? ¿De mí y de mi corazón de pollo? —ríe—. Bueno, conozco una cafetería por aquí, así no nos desviaremos mucho.

Tenpi y Sora caminan hasta una pequeña cafetería que está en una calle principal, afuera hay un espacio al aire libre rodeado de macetas con pequeños árboles, de sus ramas cuelgan luces para adornarlos. El lugar tiene una apariencia muy acogedora.

Dentro hay aún más sillas y mesas, y algunas repisas con varios libros que puedes tomar para leer, y al fondo está la barra para pedir.

Tenpi camina directamente al fondo con Sora siguiéndolo. Antes de llegar a la barra se detiene frente a una mesa con gabinete, deja sus cosas sobre ella y se sienta; Sora hace lo mismo.

—Ammm —dice Sora algo apenado—, ¿no íbamos sólo a pedir y ya?

—Sí, pero no sé, estaba pensando en que... si tú quieres también te puedo ayudar a pasar algunos apuntes o con algunas tareas, lo que haga falta, lo que necesites. Pero si no, pedimos y nos vamos, por mí está bien.

Sora sonríe y asiente.

—Ay, muchas gracias, de verdad, sí me vendría muy bien algo de ayuda.

Escanean el código QR que está sobre la mesa y ambos examinan el menú desde su celular. Mientras Sora escoge qué tomar siente la mirada de Tenpi, que no deja de verlo.

—¿Qué vas a tomar? —dice Sora mientras Tenpi lo observa.

—Yo ya sé que voy a pedir, vengo seguido aquí con Také, pero si en algo siempre coincidimos, es en que puedes conocer mucho de una persona por lo que toma.

—Bueno..., creo que voy a pedir un café *latte*.

—¿Vas a comer algo? ¡Aquí hacen unos chilaquiles con pollo muy buenos! ¿Quieres unos? Si quieres yo te invito, aprovechando que te voy a ayudar y seguramente tardaremos aquí un rato.

—Ahhh —dice Sora nervioso—, lo que pasa es que soy vegano.

—Bueno, sin pollo —Tenpi se queda pensando—… y sin crema y queso, ¿no? Yo fui vegano un tiempo, pero un día me desmayé y tuve que dejarlo.

Sora ríe.

—¿Es en serio?

—No te rías, claro que es en serio.

—¿Con qué nutriólogo ibas? Para que lo demandes o algo —dice Sora aún riendo.

—¿Nutriólogo? Lo vi en YouTube —ambos ríen—. Bueno, en todo caso puedes pedir cualquier otra cosa, si no te van a terminar trayendo sólo salsa con tortillas.

—Creo que pediré una ensalada —señala Sora el menú—, ésta, la de mango.

—¡Ésa es muy buena! Yo voy a ordenar, aquí espérame.

—Ah, Tenpi, el café *latte* con leche de almendras, por favor —Tenpi le da a Sora una señal con el pulgar arriba a lo lejos, mientras se acerca a la barra.

Tenpi regresa con la comida. Sora había sacado sus cosas de la escuela y ya estaba pasando algunos apuntes.

—Mira —Tenpi se acerca a la mesa—, no sé qué le pones a tu café, pero te traje todo lo que tenían en su barrita, por si acaso. Sólo que no te lo vean, que luego te lo quieren cobrar —termina con un susurro.

Mientras hablaba, Tenpi abrió su mochila y sacó un pasador con una flor.

—Ah, aquí está —se pone el pasador quitándose algunos mechones que le estorbaban de la cara, Sora lo observa desconcertado—. ¿Qué? Es que me estoy dejando crecer el pelo y a veces no me deja comer sin que estorbe.

Este chico es un poco afeminado, pensó Sora.

Tenpi toma su taza y le da un sorbo.

—Uyyy, nooo. Qué fantástico, increíble, alucinante —dice haciendo expresiones exageradas.

Tenpi ve a Sora fijamente.

—Uy, ¿tú por qué no le tomas a tu café?

—Ahhh, sí, sí —Sora rápidamente le da un sorbo a su bebida—. Mmmm, qué rico —dice nervioso porque Tenpi no aparta la vista, está esperando su reacción.

—Ay, Sora, no mientas. ¿De verdad te gusta esto?

—Pues… sí, supongo.

—¿No es tu bebida feliz, o sí?

—¿Mi qué?

—Mira, muy sencillo, te voy a explicar —dice Tenpi mientras se endereza y cruza las manos sobre la mesa, intentando verse más serio—. En la vida existen muchas cosas que te pueden gustar, pero siempre hay una que te gusta muchísimo más que el resto. De entre todas las opciones, escoges sólo una, ¡y eso la hace especial! Seguramente la irás modificando poco a poco hasta ser perfecta para ti. Qué mejor que vivir la vida encontrando todo lo que te encanta, ¿no?

—Bueno…, es una forma interesante de ver la vida.

—Ya quedamos entonces, Sora.

—¿En qué?

—Vamos a descubrir tu bebida feliz. Yo pagaré por la investigación, así que es mejor que te apures en encontrarla.

—Bueno…, gracias, Tenpi.

—No, no me agradezcas, me parece interesante, he sacado algunas conclusiones de tu bebida.

—¿Ah, sí? ¿Y cuáles serían? —Sora le sigue el juego a Tenpi.

—La primera, que tragas por tragar, no importa si te agrada o no; la segunda, que buscas eficiencia por encima del gusto, eso me dice que probable-

mente haces cosas que no te satisfacen con tal de que tengan algún beneficio, como tu café que sabe a cartón pero te va a mantener despierto.

—Ay, nooo. Claro que no.

—Cuando halles tu bebida feliz, me lo agradecerás —sonríe—. No hay nada mejor que conocerte a ti mismo, de verdad, aunque sea con cosas tan pequeñas: es como traer un vasito lleno de felicidad a todas partes.

—Supongo que sí —responde Sora con una sonrisa a medias.

Sora

Era el primer año de preparatoria y no tenía muchísimos amigos, pero le hablaba a una que otra persona del salón. Prefería simplemente pasar desapercibido.

Kai, mi único amigo, era un chico muy brillante. Se le daban las personas y conversaba de lo que fuera con quien quisiera, lo que lo hacía bastante popular. Sin embargo, aunque se le diera tan naturalmente, decía odiar las pláticas banales y sin sentido.

Todos los días, excepto los viernes que jugaba tenis, era el primero en estar afuera de mi salón a la hora del receso.

Nuestros padres eran muy amigos. Se conocieron en la universidad, se graduaron juntos y las dos familias se reunían todo el tiempo. Kai y yo nos criamos casi casi como hermanos, por eso pasábamos mucho tiempo juntos: compartimos juguetes, ropa, gustos musicales y nuestro primer beso.

Kai y yo empezamos a tener sentimientos por el otro desde la secundaria y, aunque nuestros padres pensaban que sólo éramos "buenos amigos", en realidad llevábamos saliendo oficialmente un año, desde el último grado de secundaria.

Todo cambió cuando entramos a la preparatoria. Apenas sonaba el timbre para anunciar el receso y Kai ya estaba afuera esperándome para que fuéramos a comer juntos. Por fortuna, Kai le agradaba a muchas personas y siempre creían las excusas que daba por todo el tiempo que pasábamos juntos. Para todos yo era su "hermano de otra madre", pero en privado éramos novios.

Yo nunca tuve problema con esconder lo que sentíamos por el otro; si fuera hetero, probablemente también sería muy reservado. A Kai sí le causaba mucho conflicto no poder hacer pública la relación y constantemente se quejaba de las demostraciones de afecto de las parejas hetero.

Yo me crié en una familia con ideologías muy machistas y, conociendo a mis padres, no me atrevía a decirles sobre nuestra relación ni sobre mi orientación sexual. Kai, por otro lado, era más abierto, al igual que sus padres. Siempre le dieron libertad con su orientación sexual. Pese a eso, respetaba que yo no me sintiera cómodo con que los demás lo supieran, así que guardamos el secreto. Era sencillo porque todos estaban acostumbrados a vernos juntos todo el tiempo.

Solíamos comer en la cafetería, pero sentíamos las miradas de la gente que hablaba de nosotros a nuestras espaldas. Al parecer les intrigaba y les extrañaba ver a dos hombres solos comiendo juntos y se volvió incómodo eventualmente.

Irnos a un lugar más privado era incluso más sospechoso si alguien llegara a vernos, así que decidimos comer en un sitio alejado de todos, que nadie frecuentara y donde pudiésemos pasar un rato a solas. La única ubicación que cumplía con esas características era un lugar al lado de una bodega de la escuela, donde normalmente el agua se encharcaba, hacía más frío de lo normal y olía a humedad. Bastante desagradable.

Afortunadamente, ni alumnos ni maestros lo frecuentaban, y era rara la ocasión en la que llegaba alguien: los que iban ahí eran personas perdidas o parejas que buscaban algún espacio más "íntimo".

Un día caminamos juntos hasta el pasillo de la bodega y nos fijamos que nadie nos hubiese visto y que no hubiera nadie ahí.

—Mira lo que te compré, Sora —dijo Kai, y sacó un pastelito que ya estaba bastante aplastado por traerlo en el bolsillo.

Lo vi extrañado.

—¿Estoy olvidando algo? ¿Alguna fecha importante?

—Nooo, ninguna. Es sólo que… extrañaba mucho pasar tiempo contigo y quería darte una sorpresa.

—¿De qué hablas, Kai? —dije, riendo— Nos vimos antier todo el día.

—Para mí fue mucho, Sora.

Abrí el pastelito y lo dividí en dos partes iguales.

—No, no, es tuyo, lo compré para ti.

—Sí, lo sé, pero sé que a ti también te gusta mucho. No me lo voy a comer frente a ti mientras tú me ves.

Kai frunció el ceño.

—Algún día te voy a dar todo un pastel de tu sabor favorito, de esos de quinceañera de tres pisos que brillan; y voy a traer globos y un cartel y voy a hacer todo un escándalo y dejaremos de comer al lado de una bodega apestosa y fría —dijo, molesto.

—Cálmate —reí—. No te preocupes, yo soy feliz con esto, está bien.

Le di un beso que fue casi de inmediato interrumpido por un profesor.

—Ustedes dos, vengan conmigo a la dirección.

Sentí cómo se fue todo el calor de mi cuerpo, sentí que me iba a desmayar o, peor aún, me iba a morir. Kai sólo me miraba muy sorprendido.

Después de eso, todo pasó muy rápido.

Nos llevaron a ambos a la dirección y llamaron a nuestros padres para que fueran a hablar con los directivos.

Esperamos una hora y media aunque se sintió como una eternidad. Los padres de Kai fueron los primeros en llegar, se les veía bastante preocupados. Su mamá se acercó de inmediato a él para preguntar si estaba bien mientras su papá iba con la secretaria: la mamá de Kai se sorprendió de que también estuviera yo ahí, se veía confundida.

Esperamos otro rato pero mis padres no llegaban. Volvieron a llamarlos pero esta vez dijeron que se les complicaba salir del trabajo y movieron la cita para el día siguiente. Mis papás le pidieron de favor a los papás de Kai que me llevaran a casa, ya que nos prohibieron ingresar nuevamente a clases. Por el momento el único comentario que se hizo es que estábamos suspendidos hasta nuevo aviso.

Subimos todos al auto. Kai y yo en los asientos de atrás. No sé cuál era mi expresión, aparte de estar sumamente asustado, pero Kai lo notó y sujetó mi mano por debajo de nuestras mochilas, que cargábamos en las piernas. Me miró como si dijera que todo iba a estar bien.

—¿Qué fue lo que pasó? —exclamó la mamá de Kai sorprendida. No se escuchaba molesta, su tono era más de preocupación—. ¿Cómo que suspendidos?

Kai y yo cruzamos miradas, esperando que cualquiera de los dos rompiera el hielo. Kai se veía decidido, apretó un poco mi mano y empezó a hablar, era él el que tenía que conversar con ellos.

—Tuvimos un incidente, uno de los profesores nos encontró... besándonos. En realidad sólo fue eso.

Había mucha decisión en el tono de voz de Kai, era firme, estaba seguro de sí mismo. Yo sabía que no había salido del clóset con sus papás, aunque tenía tiempo queriéndolo hacer. Lo detuve porque conozco a mis padres, conozco lo que opinan del tema y eso me detuvo a mí de decirles a los míos.

Supongo que la seguridad de Kai venía en parte de que sus padres eran muy abiertos en ese sentido, tenían un punto de vista completamente opuesto al de los míos y nunca se expresaron de manera negativa. Kai sabía que lo más probable era que su reacción no fuera tan mala.

—¿Sólo eso? —preguntó el padre de Kai mientras nos miraba por el espejo del retrovisor.

—Sí —respondió Kai.

—Eso sí que es un problema —el papá de Kai cruzó los brazos molesto—. No puede ser que les estén negando el acceso por algo así, mucho menos que los suspendan de forma indefinida. Habrá que hablar muy seriamente con los directivos mañana, no pueden hacer eso.

—Yo no pienso dejar que Kai siga estudiando en una escuela que tiene ese tipo de posturas y toma medidas así de extremistas sin nuestra autorización.

¿Eso fue todo? pensé. No hubo más preguntas, no lo cuestionaron, fue como si hubiese dicho que le gustaba el helado de fresa. ¿Sería porque ya lo sabían? A lo mejor ya lo sospechaban, al fin y al cabo es su hijo, supongo que ya lo veían venir.

¿Qué tan diferente podría ser su reacción a la de mis padres? Ambas familias son amigas, se llevan bien, nosotros nos criamos casi juntos, ¿por qué no tendrían la misma postura?

Llegué a casa con un poco más de valentía, recordaba la mirada y el tono de decisión de Kai, la forma en la que apretaba mi mano asustado esperando la reacción de sus padres. Tenía que decírselo a los míos, ser igual de decidido que Kai.

Estaba más optimista de lo que debí haber estado. Tuve la oportunidad, mientras aguardaba a que mis papás llegaran a casa, de imaginar cómo sería mi vida fuera del clóset, con mis papás y los de Kai sabiendo lo que en realidad sentíamos uno por el otro, las salidas familiares donde pudiésemos estar juntos como pareja, no contenernos para abrazarnos, tomarnos las manos o darnos un beso.

Escuché la puerta abriéndose y a mis padres despreocupados conversando mientras entraban tranquilamente a la casa y se sentaban en la sala a descansar.

Caminé desde mi cuarto hasta la sala con el corazón latiendo rápidamente, estaba nervioso, no sabía si era por emoción, miedo o ambos.

En cuanto me vieron preguntaron por la suspensión de la escuela. Me acerqué hasta ellos y me quedé parado enfrente.

—Pasó algo, no es tan grave en realidad, los papás de Kai creen que es una exageración.

—Si ellos lo dicen debe ser verdad —afirmó mi mamá.

—Sí —confirmó mi padre—, no creo que deseen entrar en juicio con una pareja de abogados como ellos —rio—. ¿pero qué pasó entonces?

Me alivió escucharlos coincidir con los papás de Kai incluso antes de decirles. Me sentí un poco más confiado y entre risas y nervios por fin hablé.

—Pasa que Kai y yo nos estábamos besando al lado de una bodega de la escuela...

Oh, no.

No terminé ni la primera oración y mi papá me lanzó una mirada entre confundida y molesta.

—¿Estabas haciendo qué? —preguntó enojado levantándose del sillón.

La cara de mi mamá no sólo era de sorpresa, parecía que se había perdido en la nada.

—Yo... —respondí con miedo.

Se aproximó hacia mí observándome hacia abajo.

—¿Tú y Kai?, ¿tú y el hijo de mi mejor amigo? ¿De mi amigo que también es nuestro jefe en el despacho? —se quedó en silencio mientras me miraba furioso— ¿Con qué cara vuelvo a verlo? Con la noticia de que mi hijo es un maricón, que lo expulsan por estar haciendo ese tipo de cosas en público. ¡por Dios! ¿Qué no tienes vergüenza? ¿Sabes lo que acabas de hacer? ¡Arruinaste tu vida! ¡Nuestra vida! ¡Todo por lo que tu mamá y yo hemos trabajado, tirado a la basura por maricón! —gritó.

Bajé la cabeza avergonzado. ¿cómo pude ser tan ingenuo? Volteé hacia mi madre para buscar ayuda, para que se pusiera de mi lado, pero desvió la mirada y se cubrió la cara con una mano.

Asustado y con lágrimas en los ojos esperé a que mi padre encontrara en sí mismo un poco de compasión, pero no fue así, y antes de desbordar en llanto corrí hasta mi cuarto y me encerré. Parecía como si me hubieran quitado algo: estaba solo, con un sentimiento de vacío y abandono. Me recosté sobre mi cama y seguí llorando hasta quedarme dormido.

Esa noche estuvo pésima, desperté varias veces con la esperanza de que todo fuera un sueño, pero el sentimiento de vacío y mis ojos hinchados me recordaban que no era así.

Intentaba no darle muchas vueltas, no pensar en ello, seguir durmiendo el mayor tiempo posible para ya no despertar.

Al día siguiente me levanté y escuché ruidos en la cocina de la casa, lo que era inusual porque mis padres se iban al trabajo desde temprano. Tenía mucho miedo de salir de mi cuarto, me sentía más seguro ahí dentro, sin tener ningún tipo de contacto, pero en cualquier momento tendría que enfrentar la realidad, y lo mejor era que pasara todo lo más rápido posible. Cuando abrí la puerta llegaron nuevamente a mi cabeza los diferentes escenarios que podrían suceder: en el más optimista de los casos, lo habrían platicado entre ellos y habrían creído que sí, que fue una exageración, que fue un error. Soy su hijo.

Mis padres voltearon casi al mismo tiempo cuando entré a la cocina.

—Siéntate, Sora —indicó mi padre en un tono serio señalando una de las sillas del comedor que estaba frente a él. Mi mamá, quetenía el rostro sumamente cansado y desgastado, seguro tampoco pudo dormir, se sentó a un lado de mi padre, dejándome a mí frente a ellos.

—Sora —dijo mi madre con la voz entrecortada.

Escucharla así hizo que volviera a sentir un nudo en la garganta. No pudo continuar hablando y mi padre siguió, con una expresión de seriedad que nunca había visto.

—Tienes dos opciones. Si ésta es la vida que quieres, si así es como quieres vivir a partir de ahora, por mi parte no cuentes ni conmigo ni con esta familia —fue subiendo el tono de voz—, para mí ya no tengo hijo.

—Pero —interrumpió mi mamá—, la otra opción es que lo reconsideres, hijo. Es que no te conviene, tú no eras así, no sé qué pasó, si fue por Kai o_ por otra cosa, no sé, pero nosotros podemos ayudarte, podemos llevarte al psicólogo o lo que haga falta.

Lo pensé, de verdad consideré darles la razón y fingir que se trataba de una enfermedad mental y que iba a volverme heterosexual con el tiempo, pero no era justo.

—No estoy enfermo, no necesito ir a un psicólogo, pero sí necesito su apoyo. Ahora más que nunca no sé qué hacer, siento que todo el mundo está en mi contra; lo peor sería que ustedes también lo estuvieran.

—En ese caso conmigo no cuentes —exclamó mi padre—, si no vas a hacer ni el mínimo esfuerzo no esperes nada de mí —se levantó—. Para hoy antes de que nos vayamos espero que ya no estés tú ni ninguna de tus cosas.

Mi madre comenzó a llorar sin reparo.

No sabía exactamente qué sentía porque había muchos sentimientos mezclados dentro de mí: coraje, tristeza, impotencia. Tenía un nudo enorme en la garganta al ver que mis propios padres me trataban de esa manera.

—Soy gay —dije antes de que mi padre se fuera de la cocina—, pero también soy su hijo. Lamentablemente para ustedes y para mí, ninguna de esas dos cosas va a cambiar.

Mi mamá se levantó y entre lágrimas nos abrazamos: la estrujé con fuerza porque presentí que sería la última vez que lo haría. La miré a la cara esperando nuevamente que de alguna forma me ayudara, que interfiriera, pero no, acarició mi pelo y salió de la cocina. Un llanto descontrolable vino a mí otra vez, no podía detenerse y parecía que en cualquier momento me ahogaría: me faltaba el aire y sentía una presión en el pecho, creí que moriría. Era un ataque de pánico. Salí de la casa para tomar aire fresco hasta que logré calmarme.

Entré a mi cuarto, reuní lo más que pude de ropa y artículos de higiene personal. Volví a agarrar mi teléfono después de haberlo abandonado desde la tarde del día anterior. Había sólo un mensaje de Kai preguntando cómo me había ido. Le marqué mientras vaciaba mi mochila de la escuela para poner ropa.

Mi llamada entraba pero nadie contestaba, me atreví a marcarle a sus padres, ¿con quién más se supone que podría ir? Posiblemente serían los que mejor entenderían mi situación, ellos sabían lo que estaba sucediendo, y con suerte me dejarían quedarme algunos días. Nadie contestaba. Me paré en la entrada antes de salir de mi casa, la miré por última vez. Dolía ver que el lugar en el que había crecido toda mi vida ya no era mi hogar.

Esperando respuesta caminé hasta una plaza comercial donde pudiera tener acceso a internet. Traté de contactarlos, mandé correos: a ellos, a su despacho, a Kai... Nada.

Se hacía tarde y decidí pedir ayuda con otra persona, alguien de quien aún me consideraba su familia. Desesperado llamé a mi abuela y al escuchar su voz al teléfono no pude evitar llorar.

Me recibió en su casa como cualquier otro día de visita, me abrazó de inmediato y volví a romper en llanto en sus brazos. Me sentí como un niño pequeño que había estado perdido por mucho tiempo y al que habían encontrado después de unas horas. Esa noche no le conté lo que en verdad había pasado. Tenía miedo de recibir la misma reacción por parte de ella, temía estar solo y pasar la noche sin nadie.

No dormí del todo bien, pero sí mejor que la noche anterior. Fue como estar en una realidad diferente en la que nadie más sabía lo que había sucedido, como haber retrocedido en el tiempo, lo que me dio de cierta forma la tranquilidad para poder descansar un poco.

A la mañana siguiente me levanté un poco tarde, se escuchaba en la sala la televisión prendida y se percibía un olor dulce y agradable que venía de la cocina, creo que eran hot cakes combinados con un fuerte aroma a café.

—Hola, hijo, buenos días —saludó mi abuelita cuando pasé por la sala hacia la cocina. Se acercó al comedor con dos platos, uno en cada mano y en ellos una pila de hot cakes que acababa de hacer —siéntate, ándale vamos a desayunar juntos.

No había comido nada desde el día anterior, no le había dado mucha importancia por todo lo que había pasado, pero en realidad tenía mucha hambre. Me senté y empecé a comer a bocados agigantados.

—Hablé con tu mamá anoche —dijo despreocupada.

Oh, no. Dejé de comer y levanté la mirada asustado, esperando su reacción. Pero únicamente tomó una de mis manos.

—Lo lamento. De verdad, lo siento mucho, hijo. Lamento que te hayan tratado de esa forma, no es tu culpa.

Me sentí extraño, su reacción me había tomado por sorpresa. Relacioné el hecho de ser gay con algo malo porque fue lo que le dio un giro por completo a mi vida, pero no era así. Tenía razón mi abuela, no era mi culpa, no era algo que yo pudiera elegir ser o no, así había nacido y esperaba que en un futuro mis padres también lograran darse cuenta de eso, ojalá pronto.

Mi abuela vivía con uno de mis tíos que prácticamente nunca estaba en casa porque tenía un horario muy extraño en el que trabajaba por largas horas y regresaba dos días después agotado, y dormía lo más que podía para irse nuevamente: eran raras las ocasiones en que lo veía. Con el tiempo, empecé a considerar esa pequeña casita que ahora compartíamos tres personas como mi hogar, y mi abuela y mi tío se convirtieron en mi familia más cercana. Volví a sentirme un poco más estable emocionalmente unas dos semanas después, pero seguía en mí ese vacío, uno que no podía ser llenado de ninguna otra forma: el de mis padres. A pesar de todo los extrañaba muchísimo, extrañaba mi casa, mis cosas, la escuela y a Kai.

De Kai no volví a saber nada. Me percaté de que había bloqueado mi número porque por más que le mandaba mensajes no le llegaban. No supe exactamente por qué lo hizo, pero merecía una explicación. Pensé que podía recurrir a él, o a su familia, a la que también consideraba la mía, pero me di cuenta de que no era así.

Obviamente no regresé a la escuela, aunque sabía que había sido una injusticia lo que me habían hecho. Decidí simplemente dejarlo de lado, no quería volver ahí ni recordar nada de lo que había sucedido. Todos mis libros y libretas se habían quedado en la casa de mis padres, y aún no estaba listo ni siquiera para ir y recoger mis cosas.

Mi abuelita utilizó una parte de sus ahorros junto con el dinero que le daba mi tío para comprarme algunas libretas y útiles escolares: llegó emocionada una tarde con una bolsa del supermercado y me los entregó. No quería que dejara de estudiar, pero no podíamos pagar una escuela privada como en la que estaba antes. Decidí entonces que me prepararía por mi cuenta estudiando en casa, y en otra escuela me permitieron presentar un único examen para acreditar mi secundaria.

El siguiente año entré a una preparatoria pública, pero únicamente logré asistir muy poco, ya que me encontré con compañeros de mi antigua escuela que se encargaron de divulgar todo lo que me había sucedido: que me atraparon besándome con un chico y me habían expulsado. No lograba hacer amigos, socializar, adaptarme de nuevo al ritmo escolar. Me sentía rechazado, aislado y diferente a todos. Las demás personas tampoco ayudaban, fueron groseras desde el principio y decidí salirme, pero no abandonar mis estudios. Quería aplicar la estrategia de presentar todo en un solo examen.

Le expliqué a mi abuelita la situación, lo entendió y me apoyó. Ella solía acompañarme durante las tardes mientras yo estudiaba y ella leía algún libro.

Yo notaba que mi abuelita hacía mucho esfuerzo para que el dinero que le daba mi tío rindiera al máximo para la comida y los gastos de ambos, así que decidí proponerle que buscaría un trabajo, a lo que no estuvo de acuerdo en un principio, pero la logré convencer diciéndole que no podía pasar todo el tiempo en casa.

Me presentó a una de sus amigas que tenía una florería, la cual me aceptó únicamente por ser nieto de su amiga, ya que no le gustaba la idea de contratar a alguien menor de edad.

A veces mi abuela me acompañaba al trabajo porque ella y su amiga compartían la fascinación por las plantas y las flores; ambas me enseñaron muchísimas cosas de jardinería, de ahí vino mi amor por la biología.

Un año después falleció mi abuela, el doctor dijo que fue por causas naturales. No lo esperaba, aunque debí hacerlo ya que tenía más de ochenta años.

En el funeral vi a lo lejos a mis padres, pero mantuve mi distancia. Noté que mi madre ansiaba acercarse conmigo, pero mi padre era bastante estricto y serio, incluso con ella. Era de ese tipo de hombres que esperaba que su esposa obedeciera todo lo que él dijera, él siempre tuvo la última palabra. Intenté aproximarme varias veces a ellos pero me evitaban a propósito y simplemente dejé de preocuparme por ello: por más que me doliera su indiferencia, estaba ahí por mi abuelita, por quien me había apoyado y cuidado cuando más lo necesité.

Mi tío fue quien se hizo cargo de mí a partir de ese día. Me propuso mudarnos a otro sitio que estuviera más cerca de su trabajo y de la escuela a la que me inscribiría con el dinero de la herencia de mi abuela, que dejó específicamente para que yo pudiera estudiar en una buena universidad. Fue cuando investigué los requisitos para lograr entrar a la universidad que quería y afortunadamente encontré una preparatoria que tenía pase directo a esa institución. El problema era que tenía que graduarme de ahí, no existía la posibilidad de acreditar todo con un examen como en la secundaria; tenía que cursar presencialmente esas clases. Por suerte los directivos fueron muy comprensivos y, aunque faltaban sólo seis meses para el fin del ciclo, me permitieron inscribirme con un examen mediante el que logré demostrar mis conocimientos previos de primero y segundo de preparatoria, y también me ofrecieron una beca.

Al entrar estaba bastante nervioso, tenía poco más de dos años que no tomaba clases presenciales, no hablaba con muchas personas de mi edad, me había aislado demasiado, aunque tuve la fortuna de encontrarme con personas muy agradables, que se acercaron conmigo y me hicieron sentir seguro nuevamente.

El cambio de ciudad y escuela me ayudó mucho para darme ánimos: estar en un entorno en el que nadie sabía quién era y conocer nuevas personas y lugares para empezar desde cero me motivó mucho.

Pese a las malas experiencias que he vivido, aún busco salir adelante. Sé que no es el fin del mundo, y el hecho de que haya sucedido lo que pasó y aún esté aquí tiene un significado. Todavía hay muchas cosas que quiero hacer, personas nuevas. Quiero vivir una vida lo más feliz que pueda, como lo hubiese querido mi abuelita para mí.

3

Girasoles y Lechugas

Pasó una semana desde que Sora había llegado a la escuela, ya ubicaba a algunos compañeros de clases, profesores, las instalaciones, y lo mejor de todo es que tenía dos buenos amigos.

Un día va rumbo a su salón de clases asignado de la primera hora, cuando escucha que alguien grita.

—¡Sora!

Voltea para buscar quién lo está llamando. Es Hiromi, que se acerca a él caminando.

—¿Qué tal? ¿Cómo te has sentido en esta primera semana de clases? —pregunta Hiromi, muy amablemente, como si se conocieran de toda la vida.

Sora se sorprende, no entiende por qué Hiromi le habla, o por qué le está preguntando cómo se siente.

—Todo bien, gracias.

La presencia de Hiromi es muy intimidante, se impone sin decir ni una sola palabra, su amabilidad no coincide con la cara de seriedad que tiene todo el tiempo.

—Qué bueno. Necesito que me digas a qué club te unirás.

—¿P... para qué o qué? —dice Sora nervioso. Hay un silencio incómodo.

—Soy Hiromi, el jefe de grupo. Me corresponde llevar tu solicitud al club que quieras ingresar.

Aunque cada alumno decidía qué área cursar y así se asignaban las materias del semestre, había un grupo principal para cada año. Sora, Tenpi y Také estaban en el mismo, así se habían conocido. Al promedio más alto era al que designaban como jefe de grupo, y en su caso era Hiromi.

—Ah, claro, cierto. Lo siento —responde Sora muy avergonzado—. Tú estás en el de tenis, ¿no?

—Sí, ¿por qué? ¿Quieres entrar conmigo? —dice, riendo de forma burlona.

—¡No, no! Para nada. Es sólo que quería preguntarle a alguien que estuviera dentro para saber si es difícil —contesta Sora nervioso.

—Está dividido en niveles: básico, pre-equipo y el equipo. Depende de qué tan bueno seas. ¿Has jugado antes? —pregunta Hiromi mientras busca algo en su mochila.

—Solía, con un amigo. Le agarré cariño. Al tenis, no a mi amigo. Digo, sí lo quiero, pero de amigos, como se quieren los amig…

Hiromi lo interrumpe.

—Ten —le extendió un papel—, me das tu solicitud cuando la tengas, ¿sí? En la hoja está mi número. Avísame lo más pronto posible. Tengo que irme. Adiós, Sora.

Sora siente un gran alivio cuando se va. Su presencia era demasiado intimidante para él. Mira el papel que le acababa de entregar Hiromi, está arrugado y tiene una solicitud muy sencilla escrita en él. Pedían su nombre, grupo y el club al que quería entrar, así sin más, y en la parte trasera el número de Hiromi. Toma el papel y lo guarda en su bolsillo para seguir caminando a su salón.

—¡Hola, Sora! —grita Tenpi en cuanto su amigo entra al salón—. Estaba organizándome con Také, hoy no trabajas, ¿verdad?

—No, hoy no —dice sonriendo mientras se sienta al lado de ellos.

—Bueno, tengo una idea: tú, Také y yo en la cafetería de la otra vez. Yo te invito.

—Suena bien, pero no tienes que pagar. De verdad, déjame ayudarte un poco.

—No, cómo crees. Sólo lo tuyo y lo mío, la Také que sí pague lo suyo. Aparte te lo prometí, ¿no?

—Tan lindo mi mejor amigo —reprocha Také.

—Sólo si puedes; si no, no te preocupes, en serio —insiste Sora.

—No, cómo crees, alguien como tú no debería pagar sus cuentas —dice Tenpi.

Sora se sonroja. ¿Cómo se supone que debía interpretar ese comentario?, pero lo expresó con tanta normalidad que lo confundía. No sabía si trataba de insinuar algo o así era Tenpi, probablemente la segunda, pensó.

—Hace rato me encontré con Hiromi. Me comentó que era el jefe de grupo y que tenía que saber a qué club iba a unirme o algo así.

—Oh, ¿habló contigo? —pregunta Také.

—Sí, es... demasiado intimidante. No pude ni seguirle la conversación durante un minuto.

—Es de carácter fuerte —aclara Také riendo.

—Eso aparenta, pero no lo es —responde Tenpi, despreocupado—. Tiene mirada de pocos amigos, eso es todo.

—¿Son amigos? —pregunta Sora.

—Iban en la misma escuela —añade Také.

—Eso no importa. ¿A qué club te unirás, Sora? ¿Ya decidiste? —interrumpe rápido Tenpi para cambiar de tema.

—Creo que al de tenis —contesta despreocupado.

Tenpi mira sorprendido a Sora.

—¿Estás seguro, Sora? —pregunta Tenpi ansioso—. Ese club está lleno de muchas personas problemáticas, de... ¡vándalos!, rufianes a los que nunca les hacen ni dicen nada porque tienen a Hiromi en el equipo, y pues tú te ves tan... ¿*cute*?

Také mira a Tenpi confundida.

—¿Qué? ¿Por qué? ¿Qué pasa en el club de tenis? —pregunta Sora, intrigado.

La campana para empezar clases suena en ese momento.

—Te contamos en la cafetería —Tenpi se da la vuelta y le hace señas a Také para que haga lo mismo, la maestra entra al salón enseguida y la clase comienza.

Sora no puede pensar en otra cosa e imagina lo peor. Después de la primera hora no volverá a coincidir en ninguna clase a lo largo del día con Také o con Tenpi, así que tendrá que esperar hasta su reunión en la cafetería para retomar la conversación.

De seguro venden drogas porque sus papás son narcos, piensa, *por eso tienen tanto dinero. Ha de pasar un narcotúnel por debajo de los vestidores*, eran algunas de las locas suposiciones que empezaba a hacerse Sora.

Antes de salir del salón de clases, Také se acerca a Tenpi y espera hasta que Sora se haya ido a su otro salón para conversar en privado en el pasillo.

—¿Qué fue todo eso de los vándalos y rufianes del club de tenis? Sabes que no es cierto. ¿Qué estás tramando ahora, Tenpi?

—¿Qué? Claro que lo son, no tengo pruebas pero tampoco dudas —responde Tenpi cruzando los brazos—. Aparte Sora es como… muy tierno, ni siquiera se le ve que tenga cualidades para el tenis ni nada.

—No deberías juzgarlo de esa forma, eso no lo sabemos, puede que ese deporte le guste mucho y se le dé bien, por algo quiere entrar.

—Exactamente, pero ¿por qué querría inscribirse al club de tenis? Si no es porque "le encanta ese deporte" —añade Tenpi molesto—. Por lo menos a mí no me ha comentado nada sobre eso.

—No será que… le gusta alguien del equipo de tenis, ¿o sí?

Tenpi mira sorprendido a Také.

—Ay, no, cállate, por favor, que no sea eso.

—Y si… ¿le gusta Hiromi?

—No, no, Také no digas eso. ¿Cómo crees? Aparte mencionó que le había parecido muy intimidante y así como es Sora dudo mucho que le atraiga una persona así —dice Tenpi con seguridad.

—Para empezar, no estamos seguros de que Sora sea hetero, pero si no es el caso, tampoco sabemos cómo se comporta con las personas que le gustan. A mí no me ha comentado nada de si le atrae alguien.

—A mí tampoco.

Tenpi y Také se despiden y cada uno camina a su respectivo salón.

Al reunirse en la cafetería Sora está impaciente por escuchar el chisme del club de tenis.

—Bueno, ¿entonces? No pude concentrarme en todo el día pensando en esto, quería llenar mi formulario para entregar mi hoja de ingreso al club y no pude por la intriga.

—¿Hoja de ingreso al club? —pregunta Také extrañada.

—¿Cuál, Sora?

—La que te dan para inscribirte —Sora saca un papel de su bolsillo—. Ésta, vean, me la dio Hiromi.

Tenpi casi le arrebata el papel y lo observa extrañado mientras lo lee de arriba abajo. Také nota que tiene algo escrito detrás, se lo quita a Tenpi y le da la vuelta.

—¿Qué es esto? —dice Také.

Tenpi suspira fuertemente.

—¡Es el número de Hiromi!

—Ah, sí —contesta Sora despreocupado—, me lo dio para que lo llamara por si tenía alguna duda.

—¿Duda de qué? Es un formulario que pide tu nombre y el club al que quieres entrar —añade molesto.

—Es que le pregunté sobre el club de tenis, supongo que fue por eso.

Také y Tenpi se miran el uno al otro.

—¿Qué, qué pasa? —pregunta Sora asustado—. Por sus expresiones siento que algo no está bien.

—No puedes unirte al club de tenis, Sora —exclama Tenpi.

—¿Qué? Pero ¿por qué no?

—Es que… es un ambiente muy pesado, y los de tenis son muy rudos.

Také se abstiene de hacer algún comentario y sólo escucha en silencio con una cara neutra.

—¿Rudos? No crees que pueda entrar a un club de deportes, ¿verdad? ¿Qué esperas que me meta al de acuarela?

—Bueno… yo estoy en ése —contesta Tenpi casi susurrando—. Pero entiendo tu punto, no es eso…

Sora se levanta de la mesa molesto con su lonchera en la mano y camina lejos de ahí.

—Ay, Tenpi —dice Také por fin—. ¿Cómo se te ocurre decirle eso?

—Soy una tonta —añade Tenpi mientras recuesta su cara en la mesa.

—¿Sabes qué creo? Que estás celosa y tienes miedo de que Sora entre al club de tenis con Hiromi. No quieres que tengan ningún tipo de acercamiento, porque, hay que admitirlo, por más que no te caiga bien, Hiromi realmente es muy atractivo.

—Eso no importa —dice Tenpi levantando su rostro—. Tengo que hablar con Sora y pedirle disculpas.

—¿Sabes qué? Si quieres vayan juntos a la cafetería, iremos los tres otro día, mientras resuelven eso, pero halla la manera de verte con él en la salida y hablen con calma, ¿sí?

Tenpi asiente decidido. Se prepara desde la última clase y en cuanto suena la campana sale corriendo a la entrada de la escuela para lograr encontrarse con Sora ahí.

A lo lejos, lo ve acercarse a la entrada. Por suerte él no lo reconoció porque probablemente hubiera hecho el intento de evitarlo.

—¡Sora! —grita Tenpi cuando pasa delante de él.

—Ah, eres tú —dice Sora con un tono indiferente.

—Ay, Sora, ¿te enojaste conmigo?

—¿Tú qué crees? —responde evadiéndolo y saliendo de la escuela.

Tenpi camina detrás de él.

—Sora, espérame, no era eso lo que quería decir, me malinterpretaste —intenta aclarar Tenpi mientras avanza a un lado de Sora.

—Pero si tú lo dijiste, soy muy "cute", muy tierno para el "rudo" equipo de tenis.

—Bueno..., no tiene nada de malo eso, pero no lo mencioné para molestarte. Aunque si te hizo sentir mal, discúlpame, no volveré a hacerlo, no quiero que dejemos de ser amigos. Perdóname, ¿sí?

—Si no es eso, entonces ¿por qué no quieres que entre al club de tenis?

—Ayyy —se queja Tenpi—. No me hagas decírtelo, o por lo menos no aquí donde alguien más pueda escuchar.

Sora ve a Tenpi con una expresión de confusión.

—Vamos a la cafetería donde quedamos de ir en la mañana. Por cierto, ¿Také no venía?

—Le dejaron un proyecto para mañana y se fue a casa para terminar.

—Entiendo.

Al llegar a la cafetería ambos se sientan en una mesa que, a consideración de Tenpi, era lo suficientemente privada para poder hablar tranquilos.

—Algo sucede con el club de tenis y no quieren decirme, ¿no es así?

—No es eso, Sora, aunque ¿de verdad quieres ser parte de ese club? Es más, ¿te gusta el tenis? ¿Por qué nunca te escuché hablar sobre eso?

—Tenpi, nos conocemos desde hace una semana —ríe—. Todavía hay muchas cosas que no sabes de mí.

Tenpi ríe con un tono forzado.

—Sora, ¿por qué quieres entrar al club de tenis?

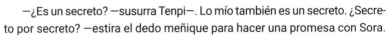

—¿Por qué tanta intriga con eso?

—Si me dices, yo te digo.

—Mmmm —duda Sora—. No lo sé.

—¿Es un secreto? —susurra Tenpi—. Lo mío también es un secreto. ¿Secreto por secreto? —estira el dedo meñique para hacer una promesa con Sora.

—No lo sé —responde Sora apenado.

—Te prometo que si me cuentas, no le platicaré a nadie más, ni siquiera a Také.

Sora sigue dudando.

—Bueno, tampoco te voy a forzar a decírmelo si no quieres, Sora —Tenpi baja el meñique.

—Te voy a contar porque tengo una buena corazonada contigo, Tenpi —Sora estira el meñique para cruzarlo con el de Tenpi.

—Es una promesa.

Sora suspira fuertemente mientras limpia el sudor de sus manos sobre las piernas.

—No soy muy bueno en tenis en realidad, pero siempre quise mejorar. Antes solía practicar casi todas las semanas con Kai. Kai… era mi novio —Sora hace una pausa para ver la reacción de Tenpi.

Éste abre los ojos sorprendido, pero se queda en silencio esperando a que Sora siga con su historia.

—Para serte sincero tiene tiempo que terminó nuestra relación, fue muy repentina nuestra ruptura y no volví a saber de él después de que todo acabó. Hay momentos en los que lo extraño demasiado. Era como mi mejor amigo, crecimos juntos, y hacer cosas que solía realizar con él me reconforta mucho; es un poco extraño ahora que lo pienso, pero siempre me gustó mucho el tenis, aunque nunca pude ser tan bueno como él —sonríe.

—Pensé que eras hetero —susurra Tenpi—. ¿Eres bisexual?

—No, soy gay —Sora también susurra—. Gracias por escucharme.

—A ti, por contarme, te prometo que no le diré nada a nadie, tu secreto está a salvo conmigo.

—Bueno, tu turno.

—Okey, creo que es justo que te lo comparta… Yo, de hecho, tampoco soy hetero —confiesa un poco nervioso—. Soy pansexual.

—Ohhh, wow —Sora sonríe—.

Por eso tenía una buena corazonada contigo, con razón.

Tenpi asiente y también sonríe esperando que ya no le pregunte nada más.

—Espera, pero ¿eso qué tiene que ver con el club de tenis?

—Ayyy, Sora —se queja Tenpi—. Bueno, está bien, voy a decirte.

Tenpi se sentía un poco más seguro para abrirse con su nuevo amigo, pero aunque éste le hubiera revelado que era gay, eso no significaba que le correspondería al confesarle sus sentimientos.

—Okey, en el club de tenis no pasa nada raro, es un club como cualquier otro, es sólo que... No quería que estuvieras cerca de Hiromi.

Sora lo miró confundido.

—¿Por qué? ¿Te gusta Hiromi?

—No, no, para nada, es que es... una persona muy "irresistible", o sea, no porque sea guapo. Es que todos prefieren juntarse con él porque es muy *cool* y es popular y... Ay, bueno, tampoco es eso... ¡Es que me gustas, Sora! Me pone terriblemente celoso imaginar que podrías pasar más tiempo con el Hiromi ese que con nosotros —Tenpi cruza los brazos molesto.

—¿Y por qué te enojas? —dice Sora riendo—. Estás haciendo todo un berrinche.

—No sé, odio hablar de mis sentimientos.

Sora se levanta y se sienta a un lado de Tenpi. Éste se recorre para que puedan acomodarse juntos en el sillón del gabinete. De inmediato advierte cómo se le acelera el corazón por la cercanía de Sora. ¿Qué estaba haciendo? ¿Por qué se había cambiado de lugar?

—No sabía que tenías ese tipo de sentimientos por mí —susurra Sora—. Bueno, lo llegué a sospechar porque haces comentarios muy... ¿coquetos? Pero pensaba que así era tu forma de expresarte.

—No quería decirte ni incomodarte o algo así, por eso llegué a hacer comentarios de ese tipo. Tenía interés en saber cómo reaccionarías. Perdóname si alguno te molestó, suelo expresar las cosas sin pensarlas demasiado.

—No, no te preocupes, no me molestaron para nada.

—En ese caso, ¿te gustaría salir conmigo? Nada formal, pero... para conocernos un poco mejor, porque en la escuela coincidimos sólo en dos clases. Me gustaría estar más tiempo contigo, si quieres..., si se puede —Tenpi deja salir una risa nerviosa.

Sora sonríe.

—Eso sería muy lindo.

—¿Estás ocupado? Podemos comer o tomar algo, ya que estamos aquí.

—Después de mi salida triunfal en la cafetería hace rato no comí nada en todo el día, muero de hambre, pero no creo que me dejen sacar mi lonchera aquí.

—¡Yo te compro tu comida! No te preocupes, recuerda que habíamos quedado en eso, que te ayudaría a encontrar tu bebida feliz.

—Me siento mal de que pagues por todo —dice Sora sacando su cartera.

—No, de verdad, yo pago. Tómalo como parte de mi disculpa por el malentendido de hace rato, por mí traes el estómago vacío.

—Pero sólo esta vez, ¿okey?

Sora guarda su cartera nuevamente y se levanta para dejar que Tenpi pase al mostrador y ordene la comida.

Por eso actuaba de esa forma, piensa Sora mientras observa a lo lejos a Tenpi, que ya está en la barra. No lo había visto con tanto detenimiento, pero en realidad era un chico bastante atractivo. Durante el corto tiempo que llevaba hablándole se percató de algunas cosas sobre él: cuidaba mucho su apariencia, siempre estaba bien peinado, probablemente usaba alguna base de maquillaje para la cara, lo cual no le parecía extraño a Sora, pero nunca había conocido a un chico así; incluso notó que se delineaba los ojos y se enchinaba las pestañas.

¿Qué fue lo que me dijo que era? ¿Pansexual?, piensa Sora. ¿Tendrá algo que ver con que sea, de cierta forma, tan femenino?

Sora toma su celular del bolsillo y escribe inocentemente en el buscador: "¿Los pansexuales son afeminados?".

Antes de explorar los resultados de la búsqueda Sora se sorprende al notar la presencia de Tenpi, que ya está a un lado de él con dos vasos en la mano. Por el susto Sora deja caer el teléfono, que termina en el suelo con la pantalla arriba.

—Yo lo recojo, no te preocupes —dice Tenpi dejando los vasos en la mesa y agachándose con rapidez. Sora siente cómo se sonroja de la vergüenza, seguramente alcanzó a leer lo que decía su búsqueda. Tenpi estira la mano y le da el celular a Sora.

—¿No le pasó nada? Se escuchó que se golpeó.

—Ay, no, no le pasa nada, es bien resistente —Sora lo guarda deprisa en su bolsillo.

—Okey, mira lo que te traje. Es café pero lo endulzan con caramelo, así puedes seguir tomando tu bebida para mantenerte despierto pero sin la necesidad de que sepa a cartón —Tenpi le acerca uno de los vasos.

—Muchas gracias, Tenpi.

—También compré ensaladas, por eso de que eres vegano. Fue lo único que consideré que podías comer.

—No tienes que comer lo mismo que yo, Tenpi, no me molesta si quieres pedir otra cosa —añade Sora.

—No, no te preocupes, no me vendrá mal consumir algo más sano.

Sora sonríe

—Qué lindo, gracias.

A partir de ese día Sora y Tenpi comenzaron a salir frecuentemente después de clases, incluso hubo días en los que Tenpi se quedaba con Sora en la florería mientras él trabajaba. A Tenpi le encantaba pasar tiempo con Sora, aunque sólo fuera para verlo atender clientes o para contemplar su expresión superconcentrada cuando hacía los arreglos florales. Mientras, le ayudaba en lo que podía: regar algunas plantas, recibir pedidos en línea o con la tarea.

A primera hora del jueves, Také y Tenpi tienen clase juntos. Un día tuvieron una actividad en parejas, pero Také aprovechó para platicar de otra cosa mientras la maestra repartía en el grupo material para trabajar.

—Tengo otros cinco amigos que están en el club de la orquesta para que salgamos todos… —Také deja de hablar y mira a Tenpi, que está recargado sobre una de sus manos con los ojos cerrados por el sueño—. Tenpi —lo llama mientras toca su hombro.

—¿Sí? ¿Ya empezamos con la actividad? —responde aún medio dormido.

—¿No dormiste bien? No, ni me digas, volviste a pasar la tarde en la florería con Sora y te desvelaste haciendo tarea.

Tenpi sólo asiente con la cabeza.

—Tenpi, no tienes que pasar todos los días con él, ya lo ves aquí en la escuela.

—Necesita apoyo, es que trabaja mucho, aparte cuando no lo veo lo extraño —dice Tenpi con los ojos cerrados.

—Sí, pero ésa no es tu responsabilidad. No porque estén saliendo significa que tienes que ayudarle en todos los aspectos de su vida ni estar con él a cada rato. A ver, ¿qué hace él por ti?

—¿Cómo? —pregunta Tenpi acomodándose mejor sobre su silla.

—Bueno, tú vas prácticamente diario al trabajo de Sora, le ayudas ahí, le has resuelto las tareas, le llevas comida, ¿pero él qué ha hecho por ti?

—¿Quererme?

—Tenpi, ¡llevan saliendo casi un mes! En todo este tiempo no he visto ni una sola vez que él haya hecho algo por ti, y si hubiese pasado obviamente me lo dirías, te encanta hablar de eso. Tienes que dejar de romantizar tu relación con él. Pregúntaselo directamente.

—¿Qué cosa?

—Si por lo menos le gustas.

—Claro que le gusto —responde Tenpi molesto.

—¿Por qué lo piensas?

—Porque deja que pase tiempo con él.

—Cualquier persona aceptaría compañía si la otra le hace los deberes, las tareas y le lleva comida gratis sin nada a cambio. Deja de comportarte como su novio si todavía no lo son, es más, no creo que sea del todo sano que aun como pareja tuvieran ese tipo de dinámica.

—Mmmm —Tenpi baja la cabeza, parece que su mirada se pierde en la nada.

Také no sabe si es porque está pensando lo que le acaba de decir o si es por lo cansado que está.

—Te estaba platicando —interrumpe Také.

Tenpi vuelve a observarla.

—Hay cinco chicos de mi club de orquesta que quieren ir a la marcha LGBTQ+. Ya que obviamente tú y yo asistiremos, podríamos pedirle permiso a la escuela para irnos todos desde aquí, a lo mejor un profesor podría acompañarnos y hasta nos prestarían un autobús.

—¿Tú crees? A la escuela no le interesa eso, nunca he visto que hagan ningún tipo de difusión del tema. Es más, ni siquiera ponen nada al respecto en el periódico mural en el mes del orgullo.

—Podríamos empezar a reunir firmas, por si la escuela cree que no hay alumnos suficientes o interesados.

—¡Claro! —responde Tenpi más animado—. Podría ser hasta cierto punto educativo conocer el trasfondo de por qué se hace cada año la marcha, por qué se sigue haciendo; sería un reporte que estaría encantado de entregar.

—Podemos hacerlo después de clases, para que dejes de pensar y gastar toda tu energía en Sora. Está bien que te guste, pero deja que él también muestre un poco de interés.

—Bueno, tienes razón, puede que mi ausencia le haga darse cuenta de todas las cosas que hago por él.

Také mira a Tenpi unos segundos.

—Otra cosa, ¿no te ha dicho nada tu mamá sobre la falda? —dice Také sospechando de Tenpi.

—¿De la falda? ¿De qué o qué? —pregunta Tenpi extrañado.

—¿No dijiste que te había prohibido usar faldas por un tiempo o algo así?

—Ahhh… Sí, sí, aún no me ha dejado.

—Mmmm, sólo espero que no estés haciendo lo que creo que estás haciendo —añade Také con un tono más serio.

—¿De qué hablas?

—Supongo no le has dicho a Sora que eres de género fluido, ¿no?

Tenpi se queda en silencio.

—Tenpi, en serio espero no estés fingiendo ser alguien que no eres sólo por una persona que te gusta. No sé ni por qué lo dudo, claro que lo estás haciendo, ¿verdad? ¡Por eso no has traído falda ni peluca! Normalmente no pasan más de cuatro días sin que hagas algún cambio —Také se molesta aún más—, pero llevas más de tres semanas usando pantalón.

—Yo no haría algo así —reprocha Tenpi—. Me ofende que pienses eso de mí.

—No lo pienso, es evidente, Tenpi.

—Claro que no, ¿qué vas a saber? Ni siquiera te importa mi relación con Sora, te la pasas diciendo lo que debo o no hacer, que todo lo que hago está mal. Así es mi forma de querer, Také, se supone que ya me conoces.

—No, estoy desconociendo por completo a esta Tenpi, ella nunca cambiaría quién es por una persona que no sabe apreciar todos los detalles que tiene con él.

Tenpi se molesta y pone los ojos en blanco. Také mira preocupada a su amigue, está tomando decisiones desesperadas, pero no sabe hasta qué punto intervenir para que no salga lastimade de un romance idealizado que sólo pasa en su mente.

Také y Tenpi no suelen molestarse seguido, normalmente se entienden muy bien, y cuando llegan a disgustarse el uno con el otro se piden disculpas mutuamente casi de inmediato. Esta vez fue diferente, ninguno de los dos cedía ante el enojo de su discusión y apenas se dirigían la palabra.

—No quiero que sigamos molestos —expresa Také por fin cuando termina la clase—. Jamás te diría ni haría nada para afectarte ni molestarte y lo sabes.

Tenpi baja la cabeza y asiente.

—Perdona si me excedí con lo que te comenté. Sé que sigues siendo el mismo Tenpi, pero verte tan cansado y usando siempre ese pantalón... Sé que te molesta no poder usar tu falda, eres supercaprichosa.

Tenpi sigue con la cabeza agachada.

—Me cae muy bien Sora, es nuestro amigo, pero ¿de verdad vale la pena todos los sacrificios que estás haciendo por él? ¿Vale la pena incluso si te dejas a ti olvidada?

Tenpi levanta un poco la mirada, ve a Také y hace una media sonrisa.

Také sabe que cuando Tenpi se queda callade es porque o te está dando la razón o está a punto de llorar; en este caso eran ambas.

—Habla con Sora, sé directa y cuéntale lo que piensas: la manera en la que te has sentido en este tiempo saliendo con él, y dile por fin sobre tu identidad de género. Si alguna de las cosas no le parece o no le agrada, pues bye, no era para ti, ya llegará la persona correcta.

Tenpi aprieta la mandíbula y los labios para evitar llorar.

—De cualquier forma sabes que yo siempre voy a estar contigo pase lo que pase, sólo no quiero seguir viendo cómo te desvives por las personas incorrectas —Také saca un poco de papel que tenía guardado en uno de sus bolsillos y se lo da a su amigo.

Tenpi sonríe un poco. Toma el papel y rápidamente se limpia una lágrima que alcanzó a salir de su ojo izquierdo. Detesta que las personas le vean llorar o le consuelen cuando está así, no le gusta que los demás sientan lástima por elle, y un comentario como: "Ay, no, pobrecito, ¿qué tienes?, ¿por qué lloras?, ¿quieres que te abracen?" le molesta muchísimo. Také sabe qué tan directa puede ser con Tenpi y, si llega a romper en llanto, siempre le pasa algo para secarse las lágrimas y cambian el tema de conversación.

Také, en cambio, prefiere que la gente se acerque y la consuele si es que está triste; estar con muchas personas que le den ánimos la hace sentir mejor al instante.

Ambos salen del salón y caminan juntos hacia otro edificio.

—Voy a hablar con Sora —menciona Tenpi mientras suben al elevador—. Seguramente será el fin de semana, pero podemos reunirnos mañana para empezar a juntar lo de las firmas.

Také sonríe de oreja a oreja.

—Excelente, hoy hago los formatos y empiezo a imprimir algunos —dice con mucha emoción—. Mañana te los traigo para que los revises.

—Mañana después de clases, ¿no? ¿Dónde nos reunimos?

—Puede ser en mi casa.

—¿Va a estar tu hermano?

—¿Mi hermano? —pregunta Také con tono burlón—. ¿Lo necesitas para algo?

—Necesito una motivación visual, un incentivo. Eso o que compre pizza porque me estoy quedando sin el dinero de mis ahorros por tantas "bebidas felices" que le he comprado a Sora.

—Estás de suerte porque podría conseguirte ambos.

—¿La bebida feliz de Sora?

—Obvio no, la presencia de mi hermano y las pizzas. No me digas que aún no encuentra su bebida feliz.

—Dice que no, que ninguna lo convence del todo, siempre pide café *latte* e intenta endulzarlo con cosas diferentes, pero no le terminan de gustar nunca, se las toma por compromiso; supongo que se conforma con el hecho de que lo que sea que tome logre mantenerlo despierto y ya.

Durante el receso Tenpi no le hace ningún comentario a Sora sobre salir el fin de semana. En la tarde, al salir de la escuela, Tenpi lo acompaña nuevamente a su trabajo; esta vez más consciente de las acciones y palabras de Sora, sólo para corroborar que nunca hacía nada lindo por él.

—Oye, Sora —dice Tenpi mientras caminan.

—¿Sí?

—¿Te gustaría salir este fin de semana? A otra parte que no sea la florería, el café o la escuela.

—¿Podemos ir al invernadero de la ciudad? —pregunta Sora muy emocionado—. ¡Dicen que es uno de los más grandes del país!

Tenpi duda un poco, está cansade y aburride de ver todos los días plantas, esperaba hacer algo diferente, pero cede.

—Mmmm, sí, claro, por qué no, suena bien —dice algo desanimade.

Llegan a la florería juntos y la dueña los recibe muy animada. Doña Esperancita, una abuelita ya en sus setentas, aún se presenta casi diario en el local para ver cómo ha cambiado desde que lo puso a sus veintisiete años; ahora su hija está al frente de lo administrativo.. La señora ya se acostumbró a encontrarlos juntos todo el tiempo y al constante entusiasmo de Tenpi por estar con él.

—Tenpi —llama doña Esperancita—, acompáñame al invernadero del patio, necesito que me ayudes con algo.

—Ahorita vengo, Sora —Tenpi saca un *tupper* con comida de su mochila, lo abre y lo coloca al lado de la computadora donde está Sora revisando algunos pedidos. Éste sólo asiente sin voltear a verlo y empieza a agarrar pedazos de jícama en tiras que Tenpi siempre preparaba un día antes en las noches para que comieran juntos en el trabajo.

Tenpi sigue a doña Esperancita, que para su edad camina superrápido, y ya se había adelantado al invernadero. Tenpi no está seguro si doña Esperancita aún tiene mucha energía o elle está demasiado cansade como para seguirle el ritmo.

—¿Necesita algo en especial? —pregunta Tenpi siguiendo su trayecto por el invernadero.

—¿Cuánto dinero te paga mi hija?

—¿Perdón?

—Creo que haces un excelente trabajo —añade doña Esperancita, que caminaba entre los pasillos del invernadero mirando algunas verduras—. Los clientes disfrutan mucho de tu presencia cuando los atiendes o les ayudas a escoger algún arreglo o alguna maceta. A veces preguntan por "el chico alegre del pelo azul oscuro". La tienda se siente mucho más animada desde que estás aquí, incluso a Sora lo he notado un poco más relajado y alegre. ¡Estoy considerando que se te haga un aumento, lo tienes bien merecido! Te he notado mucho más cansado últimamente, y quisiera remunerarte como se debe por tu trabajo; estoy convencida de que seguirás desempeñándote de esa forma.

—No, no se preocupe. Yo no trabajo aquí, sólo acompaño a Sora.

Doña Esperancita se da la vuelta repentinamente para ver a Tenpi a la cara.

—¿Acompañas? ¡Hijo, haces casi todo su trabajo!

—Por favor, no lo vaya a regañar —dice Tenpi preocupado—, mucho menos a despedirlo. Yo puedo trabajar gratis, no tengo problema. Es que siempre está muy cansado, tiene muchas tareas que hacer, a veces ni come, por eso yo le traigo comida, porque se concentra tanto en una cosa que se le olvida todo lo demás.

Doña Esperancita mira a Tenpi por unos segundos en silencio.

—Conozco a Sora ya de varios años, su abuela, una de mis amigas más cercanas, me lo presentó meses antes de fallecer. Ella me contó sobre el problema que tuvo con sus padres y que lo terminaron echando de su casa. Pero no creo que eso signifique que no pueda hacer nada por su cuenta, es un chico listo y muy independiente.

—¿Lo echaron de su casa sus padres? ¿Por qué?

—¿No te lo ha dicho? Suponía que eran más cercanos, pensé que eras su novio.

Tenpi se sonroja ante la suposición de doña Esperancita e intenta ocultar con muecas una sonrisa que salió en cuanto escuchó la palabra "novio".

—Por tu expresión supongo que *aún* no —susurra doña Esperancita con un tono burlón—. En todo caso eso es algo que yo no puedo contarte, deberás esperar a que Sora te lo diga.

—Si es que lo hace, por más tiempo que paso con él no conozco muchas cosas de su vida; habla muy poquito y prefiero hablar yo para que no haya silencios incómodos, a veces parece que no quiere platicar conmigo. Estoy como en una de esas relaciones de pareja en la que uno de los dos ya no siente nada por el otro y sólo lo soporta "por los hijos", mientras que la otra persona intenta hacer hasta lo imposible para que vuelvan a quererse.

Doña Esperancita empieza a andar nuevamente.

—¡Espere! —exclama Tenpi caminando detrás de ella.

Doña Esperancita se para delante de donde han plantado unos girasoles.

—Ésta es una de mis plantas favoritas —ambos sonríen al verlas—. Son bastante altas, algunas incluso miden como un metro de altura.

Tenpi ignora el cambio de conversación tan abrupto y le sigue la nueva plática.

—Me recuerda a mi nombre. Tenpi significa rayo de sol o rayo de luz, mi mamá me puso así porque dice que cuando nací mis pelos se parecían a los de las flores que se llaman así: "rayitos de sol". Siempre me han gustado mucho las flores, desde pequeño —cuenta Tenpi sonriendo sin apartar la vista de los girasoles.

—En la jardinería existe algo que conocemos como "siembra complementaria" —Tenpi escucha atento a doña Esperancita—. Es cuando se siembran verduras o flores juntas para que se ayuden mutuamente. Antes lo hacía

mucho, ya que no tenía tanto espacio en el invernadero. Como plantar ce-
bollas y zanahorias para alejar a las moscas, o plantar ajo con las rosas; en
la mayoría de los casos es para evitar plagas —la señora abre un pequeño
espacio entre los girasoles.

—¿Son lechuguitas? —pregunta Tenpi emocionado.

Ella asiente.

—Los girasoles son excelentes para atraer insectos para polinizar; se
estiran en sólo dos meses a esta altura; sus raíces ayudan a desintoxicar el
suelo; al ser plantas grandes y anchas crean una sombra perfecta para verduras como la lechuga, que crece mejor únicamente con cuatro o cinco horas
de sol, el resto es preferible que esté a la sombra. No sólo eso, los girasoles
se mueven a lo largo del día apuntando hacia el sol, lo que significa que la
lechuga no recibirá los rayos del sol directamente; también las protegen de
algún clima extremo, sea granizo o fuertes vientos.

—Wow —dice Tenpi en cuanto doña Esperancita termina de explicar.

—¿Sabes qué hace la lechuga por los girasoles?

—¿Mejorar el suelo? ¿Proveer algún tipo de nutrientes o algo así?

—No, no hacen nada. La lechuga no le aporta nada al girasol. Es un beneficio unilateral, como si estos hermosos y altos girasoles que plantamos
aquí sólo tuvieran un propósito: lograr que se coseche la lechuga.

Tenpi se queda en silencio.

—Si corto un girasol, ¿crees que le afecte a las lechugas?

—No creo.

—¿Si corto la mitad de girasoles?

—Probablemente sí, ¿no?

—No, podrían sobrevivir sin problema, incluso si me llevo dos terceras
partes de los girasoles, con la poca sombra que generen los que quedan
será suficiente.

—¿Y si los quita todos?

—Si hago eso es probable que no todas las lechugas logren crecer, depende del clima; ahora que estamos en mayo con este sol tan intenso es posible
que no se den como deberían. Pero no es culpa de los girasoles, estos no
existen para hacerle sombra a las lechugas, ése no es su propósito. Aunque
funcionan bien juntos, no necesitas tener tantos girasoles sobre unas cuantas lechuguitas para que éstas se desarrollen; las lechugas son fuertes, se
adaptan poco a poco a lo mucho o poco que les des. Si pusiéramos muchos
girasoles a tal punto de cubrir por completo el sol, a la lechuga también le

afectaría; es un equilibrio para que ambas partes se sientan cómodas y puedan crecer juntas.

—Creo que lo entiendo, doña Esperancita.

La señora se acerca a los girasoles y arranca uno.

—Ten, no vayas a sentirte mal por las lechugas. El hecho de que este girasol ya no esté ahí haciéndoles sombra no significa que no van a lograr crecer; el tallo quedará ahí a la vista, como un recuerdo de que antes ahí hubo una hermosa planta que las protegió del sol y las cuidó de todo tipo de peligro, la cual ahora cumple otro propósito, irse contigo para alegrar algún espacio en tu casa —doña Esperancita estira el brazo y le entrega la flor a Tenpi—. Regálaselo a tu mamá por mí, dile que no se equivocó con tu nombre, realmente tiene su propio rayo de sol.

—¡Tenpi! —grita Také al verlo a lo lejos en la entrada de la escuela. Él la escucha y se detiene antes de ingresar.

—¡Hola! ¿Tan temprano y ya me necesitas?

—Ten —Také le da varias de las hojas que había impreso—. Podemos empezar a recolectar algunas firmas desde hoy, ¿no? Traigo más por si Sora quiere ayudarnos, sólo que no sé... Como no has platicado con él, me inquieta el hecho de que dejen de hablar o una cosa así, podría ser incómodo para ambos.

—Tengo clase de Física con él hoy, pero tienes razón, prefiero esperar para ver cómo se resuelven las cosas. No te preocupes, en todo caso, hoy consigo algunas firmas —Tenpi toma las hojas.

Ambos sonríen muy emocionados y caminan a sus respectivos salones.

Tenpi se encuentra con Sora en Física e intenta hablar con él antes de que comience la clase.

—Sora, quería decirte que hoy no puedo acompañarte como todos los días, tengo que terminar un proyecto de una materia que tenemos Také y yo juntos. Entonces iré a su casa para trabajar allá.

—Está bien, Tenpi, no hay problema.

Tenpi se siente un poco decepcionado, sólo que no sabe si es por la indiferencia de Sora o porque no podrá pasar la tarde con él.

—De cualquier forma sigue en pie lo de mañana, ¿no?, para ir al invernadero.

—Sí, ¿no te molesta si pasas por mí? Es que queda más cerca la estación del metro desde mi casa.

—¿Cómo sabes?, nunca has ido a la mía.

—Me dijiste más o menos la calle por donde estaba. Conozco un poco por ahí, pero de cualquier forma el metro queda más cerca de mi casa.

—Sí, está bien, Sora —responde Tenpi desanimado.

Al terminar las clases los tres quedan de verse a la salida de la escuela, como ya es costumbre, para despedirse.

—¿Dónde está Sora? —pregunta Také desesperada observando la hora en su celular—. Mis papás ya casi llegan, quería que compráramos un jugo antes de irnos.

—Le dije en la clase de Física que hoy no lo iba a acompañar a su casa.

—¿Se habrá molestado? A lo mejor porque no lo invitamos o algo así.

—Si te soy sincera, no tengo idea, no sé cómo interpretar a ese hombre.

—Ay, no, no es cierto —dice Také asustada mirando a la distancia por la calle de la escuela.

—¿Qué cosa? ¿Qué estás viendo? Ay, Dios...

Distinguen a lo lejos a Sora y a Hiromi, juntos en el puesto de jugos.

—¿Desde cuándo son tan amigos esos dos? —pregunta Také molesta.

—No tenía idea, no había escuchado nada al respecto desde la última vez que nos dijo que pensaba unirse al club de tenis.

—Tenpi, Hiromi le está cargando la mochila a Sora. ¡Le está cargando la mochila!

—¿Qué? ¿Cómo? ¿Por qué? —grita Tenpi exaltado—. Topa cómo se ríe con él, nunca lo había visto tan sonriente desde que casi me caigo en un charco de agua estancada camino a su casa. Espera —hace una pausa y cambia su expresión a una de susto—. No será que... ¿le gusta? —susurra.

—No, no creo, Tenpi. Debe de haber alguna razón no romántica para esta escena que estamos presenciando.

—¿Quieres una torta de tamal?

Také mira a Tenpi por unos segundos, decepcionada.

—Ay, Tenpi. Ojalá pudieras concentrarte un minuto en una sola cosa.

Se suben al auto con los padres de Také y se dirigen a su casa, pero antes hacen una parada en la pizzería.

—¿Y tu hermano? —pregunta Tenpi al llegar a la casa de su mejor amiga.

—¿Ivy? —el papá de Také ríe.

—Owww, ¿todavía te gusta? —dice su mamá—. Pensé que eso sólo duraría unos años, o que acabaría cuando Ivy tuvo esa novia rara.

—Claro que aún le gusta —añade Také—. Si todos nos esforzamos podemos hacer a Tenpi parte de la familia.

—Tenpi ya es parte de esta familia desde hace mucho tiempo —aclara su papá.

—No fue oficial hasta que empezamos a tomar las fotos de Año Nuevo con elle —su mamá ríe—. Respondiendo tu pregunta: Ivy está en su cuarto con Ned.

Tenpi casi avienta sobre la mesa las cuatro pizzas que venía cargando para dirigirse al cuarto de Ivy. Také las acomoda para que no se caigan y se asoma para ver a Tenpi parade afuera del cuarto de su hermano, con la mano en el aire, pero sin animarse a tocar. La puerta está cerrada y se escucha música que viene desde adentro a todo volumen.

—¿No tenías mucha prisa? —pregunta Také riendo.

—Shhh, ¡me estoy tomando mi tiempo! ¿Tienes un espejo? Olvídalo, voy a usar la cámara de mi celular.

La música se detiene repentinamente y casi de inmediato sale Ivy.

—Ah, sabía que eran ustedes. ¡Hola! —saluda.

—¿Trajeron pizza? —pregunta Ned abriendo la puerta del cuarto por completo.

Tenpi abre la boca para decir algo que Ivy intenta descifrar, pero se queda mudo.

—La pizza está en la mesa —interrumpe Také.

Su hermano sólo sonríe y pasa delante de Tenpi hacia la cocina, toma una de las cajas y, antes de que entre nuevamente al cuarto, su mamá le llama.

—Ivy, vamos a sentarnos todos juntos, ni se les ocurra encerrarse. Terminan de comer y se van.

Ivy da media vuelta y regresa la pizza a la mesa.

—Uy, ¿vamos a reunirnos como las familias de la tele? ¡Qué lindo! —dice Ned sentándose al lado de Ivy.

—¿De qué hablas? —pregunta Také extrañada—. Así comen todos, ¿no?

—No sé, rara vez coincidimos en mi casa todos, mi mamá tiene que hacer una cita en el calendario digital y mandárnosla por correo —ríe—. El único que está todo el tiempo en casa es Hiromi. Hablando de él, ¿cómo le va en la escuela? ¿Se porta bien?

—Es tu hermano —responde Také—. ¿No deberías de saberlo tú?

—¿Debería? —ríe.

—No somos cercanos, pero va en nuestro salón principal. Tiene el promedio más alto, así que es el jefe de grupo. Sólo sé eso. Bueno, y que es el líder o capitán del club de tenis.

Ned pone los ojos en blanco.

—Claro que lo es. ¿Y tú, Tenpi? Tú lo conoces muchíííísimo mejor que todos aquí, ¿no?

—Basta, Ned —interrumpe Ivy molesto—. Cómo te gusta generar drama, ¿no?

Tenpi sólo le hace una mueca y saca la lengua. Ned ríe.

—Okey, entonces... —cambia de tema el papá de Také—. Están reuniendo firmas para ir a la marcha con la escuela, ¿no?

—Sí, hoy conseguí siete firmas. ¿Y tú, Tenpi?

Tenpi hace una expresión de sorpresa.

—No te acordaste, ¿verdad?

—Ay, Také, perdóname, hoy en especial tenía la cabeza en otra parte —agacha la cabeza.

Todos se miran unos a otros preocupados. Si algo era sumamente raro era ver a Tenpi tan desanimado.

—¿Todo está bien? —la mamá de Také pone su mano sobre el hombro de Tenpi.

—No es nada —ríe forzadamente.

Al terminar de comer recogen la mesa entre todes. Tenpi toma la bolsa de basura de la cocina y sale al patio trasero para tirarla, cierra el contenedor de basura y al dar la vuelta ve a Ned recargado sobre una de las paredes exteriores de la casa; pasa a un lado sin hacer contacto visual.

Cuando Tenpi entró a la secundaria muchas tardes visitaba la casa de Také, desde entonces Ivy y Ned ya eran amigos. Por esas fechas Ned aún no era tan famoso como lo es ahora, aunque siempre fue odioso, privilegiado, narcisista, caprichoso,ególatra, el consentido de su madre y una *attention whore*. Lo peor es que era consciente de todo eso y no le importaba en lo más mínimo. Aunque Ned tiene su propia casa, siempre ha preferido estar en la de Ivy porque le gusta sentir la normalidad de vez en cuando. Tenpi y Ned llevan una relación de amor-odio entre elles: se hacen bromas, se molestan, discuten. Cualquier persona ajena a la familia de Také pensaría que son como rivales, que se detestan, pero en realidad existe un cierto nivel de confianza entre elles para poder hablarse de forma tan pesada.

—Tenpi —le llama antes de que entre a la casa. Éste sólo se detiene y voltea a verlo—. ¿Estás bien? No estás así por lo que te dije, ¿o sí?

—Para nada, estoy acostumbrado a tus comentarios.

—¿Qué es entonces?

Tenpi está a punto de ignorarlo y cruzar la puerta, pero da la vuelta y se acerca.

—¿Es por un chico, una chica, une chique? —pregunta Ned con seguridad mientras saca su Juul del bolsillo.

—¿Por qué estás tan seguro de que es un problema de ese tipo?

Ned aspira el humo de su Juul y se lo tira a Tenpi en la cara.

—A tu edad ¿qué otra cosa podría ser? ¿Tu historial crediticio? ¿Tus deudas de pagos de impuestos? —ríe—. Bromeo, ¿cómo se llama?

—Sora.

—Mmmm, ¿es hetero?

—No, es gay.

—Okey... creo entender el problema.

—Estamos saliendo o algo así, intento hacer muchas cosas por él, quiero que se dé cuenta de que vale la pena estar conmigo, incluso si… —hace una pausa.

—Incluso si no fuiste honesto con él desde el principio, ¿no?, sobre tu identidad de género.

Tenpi asiente.

—Voy a darte un consejo, tómalo o déjalo. No pierdas tu tiempo intentando convencer a una persona para que te quiera, no obligues a un chico de una orientación sexual diferente a que se fije en ti, ya llegará la persona correcta que te aceptará así como eres, no vale la pena.

—Bueno, también está Ivy —Tenpi ríe—, hicimos una promesa, que cuando yo fuera mayor de edad…

Ned vuelve a inhalar el humo de su Juul y ríe.

—Sigue soñando, niñe, dejo que lo mires de lejos, te sientes junto a él, pero sólo eso, no te ilusiones mucho.

Tenpi sonríe y pone los ojos en blanco. Ned guarda su Juul y entra en la casa.

En su cuarto, Také está tirada en el suelo con varias hojas alrededor.

—¿Por qué tardaste tanto? —Také le hace señas a Tenpi para que se siente al lado de ella en el piso.

—No, no es nada, estaba hablando con Ned de puras tonterías. ¿Esos son los formatos?

—¡Sí! Para ahorrar espacio en cada hoja caben veinte firmas.

—Yo puedo hacer la propuesta por escrito. En plan más formal poner qué estamos pidiendo: el permiso para salir en grupo desde la escuela y que nos proporcionen un autobús escolar que nos lleve y traiga, aunque tenga un costo extra. Igual podríamos añadir que quienes vayan entregarán un reporte con alguna investigación previa de por qué es importante generar conciencia sobre este tema.

Také sonríe mientras ve a su amigue.

—Suenas como toda una activista.

Tenpi ríe.

—¡Me chiveas! Sólo quiero que la gente tenga un poco más de iniciativa para investigar sobre este tema, las cosas serían taaan diferentes.

—Amén —añade Také juntando todas las hojas con los formatos.

Tenpi termina de escribir la propuesta y se levanta para acercarse a la impresora que está en la mesa. Také también se levanta y se sienta al borde de la cama, cerca de Tenpi.

—Mañana vas a salir con Sora, ¿verdad?

—Sí, y estoy extremadamente nerviosa.

—Todo va a estar bien, sólo ve tranquila, con la mente abierta y sin esperar nada.

Tenpi respira hondo y asiente.

—Tienes razón, todo va a estar bien. Pasará lo que tenga que pasar.

Llega el sábado y Tenpi se despierta temprano para su "cita" con Sora, se pone un pantalón de mezclilla negro y una camisa de color azul sobre una playera negra de manga larga. Antes de recoger a Sora va a una cafetería cercana y compra el que cree será el último café de regalo. Esta vez no hace el intento de encontrarle su bebida feliz, pide que no lo endulcen con nada, únicamente el café *latte*, solo.

Como ya lo había acompañado varias veces hasta la puerta de su casa, sabía bien cómo llegar. Se acerca decidido y toca el timbre. Unos segundos después se escuchan pasos y Sora lo recibe. *Es extraño no verlo con el uniforme o con el delantal de la florería que usa encima*, piensa. Lleva puesta una sudadera y pantalones de color verde, lo que vuelve a sus ojos prácticamente azules, por su tono verde azulado. También lleva puesto un cubrebocas de color negro.

—¡Hola, Tenpi! —lo saluda emocionado.

—Hola, buenos días, ¿listo? —extiende el brazo para darle el café—. Te lo compré cuando venía para acá.

—No tenías que hacerlo, pero gracias.

Sora cierra la puerta detrás de él y caminan a la estación de metro para después llegar al invernadero. Ambos se acercan a la entrada para conseguir sus boletos. Tenpi en automático saca dinero de su cartera, pero Sora lo detiene.

—No te preocupes, yo pago, ya te debo muchísimo dinero.

—No, Sora, cómo crees —Tenpi ríe—. No me debes nada.

—Ya me has invitado muchas cosas, ¿te parece si en nuestras próximas citas pago yo?

Si es que tenemos *próximas citas*, piensa Tenpi.

—Sí, claro.

La chica que les vende el boleto les regala cubrebocas y les indica que por la cantidad de flores frecuentemente algunas personas comienzan a sentir picazón en la nariz, por el exceso de polen, y que si son alérgicos deberían tomar aún más precauciones. Se colocan el cubrebocas e ingresan.

—¡Wow! ¡Mira cuántas plantas! —dice Sora mirando a todos lados emocionado.

—No esperaba que fuera tan enorme —expresa Tenpi sorprendido mientras observa la altura del invernadero; las plantas de un lado y los vegetales de otro; algunas macetas adornando las ventanas y las flores cubriendo las columnas del lugar; los rayos del sol entrando por el techo de cristal. Era un lugar casi mágico.

Empiezan a caminar por los pasillos uno al lado del otro. Sora le explica qué tipo de planta es cada una, si necesitan luz o sombra, la cantidad de agua, el nombre científico. Tenpi no puede retener tanta información, pero disfruta ver a Sora feliz y apasionado por algo.

—Ven —Sora le hace una señal a Tenpi para que lo siga—. Déjame mostrarte algunas de mis plantas favoritas. Sora camina apresurado entre los pasillos y se detiene de repente al ver una zona cerrada del invernadero, se asoma un poco y sus ojos se iluminan de la emoción.

—¡Mira, Tenpi, tienen una flor cadáver! —señala una flor superextraña—. ¡Son famosas porque huelen a carne podrida y florecen en muy pocas ocasiones! No puedo creer que estoy presenciando esto. ¿Me tomas una foto con ella?

Tenpi distingue la flor a lo lejos, y desde que Sora dijo que olía a carne podrida perdió todo el interés, pero verlo emocionado le parecía muy tierno.

—¿No quieres entrar? Para tomarte tu foto.

—No, desde aquí está bien, no creo que los cubrebocas nos ayuden con el fuerte olor que debe de tener.

—Bueno, está bien —contesta Tenpi con una risa nerviosa. Sora le da su celular y él saca la foto.

—¿De verdad te gustan estas plantas? Sora voltea hacia Tenpi y sonríe.

—Me gustan todas las plantas, todas tienen algo especial.

Tenpi casi siente que se le sale el corazón del pecho de lo fuerte que le empezó a latir. Le parecía muy tierno. ¿Por qué no había conocido esta parte de Sora antes?

—Gracias por escucharme hablar sobre plantas, y disculpa si te aburre demasiado, normalmente no tengo con quién hacerlo.

—No te disculpes —Tenpi le pasa su celular.

—Ven, salgamos juntos. Pero tómala tú que eres más alto y tienes los brazos más largos. Tenpi se acerca a Sora y se toman una selfie con esa extraña flor.

—Mira, Sora —dice Tenpi mientras señala unas flores—. Yo conozco éstas: son rayitos de sol, ¿no?

—Sí, ¿cómo las conoces? —pregunta Sora.

—Bueno…, no sé si te he contado el significado de mi nombre.

—No, no todavía. Cuéntame.

—Bueno, mi nombre significa rayo o luz de sol. Cuando nací venía bien atravesado, como dirían las señoras, y con el cordón enredado en el cuello. Estaba más para allá que para acá. Aquí estarías, pero

con otro viejo panzón —ríen—. Mi mamá empezó a sentirse mal, creo que se desmayó, y le tuvieron que hacer una cesárea de emergencia. Cuando despertó, yo fui lo primero que vio, y como era tarde, estaba la puesta de sol. Muy cursi todo, entraban unos rayos de sol por la ventana. Mi mamá dijo que le cambié la vida, que fui el rayo de luz que necesitaba para alegrar su vida… y también que mi cabello se veía como esta flor, porque estaba medio pelón de algunas partes —ambos rieron.

Tenpi mira las flores con nostalgia, Sora se acerca y recuesta su cabeza en su hombro, lo que lo toma por sorpresa. ¿Qué estaba pasando con Sora? ¿Por qué justo hoy había decidido comportarse de esa forma?

—Tu madre no se equivocó con eso. Yo creo que en verdad eres un rayo de sol, tienes una vibra muy bonita —Sora toma discretamente la mano de Tenpi y se pone frente a él—. Por lo menos a mí me haces muy feliz.

Tenpi siente una extraña sensación en el estómago, su corazón late cada vez más fuerte mientras Sora lo mira. Se había quedado sin palabras, no estaba acostumbrado a que él tuviera tanta iniciativa.

Sora le baja el cubrebocas y se quita también el suyo para darle un beso, tiene que pararse de puntitas para alcanzar a Tenpi, que se quedó estático de la sorpresa. Rápidamente Sora sube su cubrebocas y examina de forma un poco paranoica a las personas alrededor, no había muchas y de las pocas que había a ninguna pareció importarle o ni se habían dado cuenta.

Tenpi mantiene una sonrisa de oreja a oreja oculta debajo del cubrebocas. Ese beso no sólo había sido completamente inesperado, también era parte de ese tipo de escenas que había imaginado toda su vida que le pasarían al tener una pareja.

¿Cómo se supone que le diga ahora?, piensa Tenpi.

Decirle a Sora sobre su verdadera identidad implicaba la posibilidad de que nunca más volviera a tener contacto tan cercano e íntimo como el de ahorita. Podría salir o muy bien o muy mal.

Al salir, Sora aprovecha para comprar algunas de las hierbas y vegetales que tienen en venta.

—¿Eso es todo? —pregunta la cajera mientras guarda el pedido en una bolsa.

—Mmmm, ¿tiene semillas de rayitos de sol?

—Sí, claro.

—Nos llevamos dos sobrecitos.

4

No me quiero bajar :(

Durante todo el camino de regreso en el metro Tenpi se mantiene en silencio, hace una recapitulación de todo lo que pasó en el día: la forma en la que se comportaba Sora, cómo le miraba, se acercaba y mostraba interés en elle. ¿Pero por qué de esta forma tan abrupta? ¿Por qué de la nada estaba comportándose así?

¿Sería muy egoísta de mi parte no decirle hoy?, piensa Tenpi. *Esperar por lo menos a que pueda besarlo una última vez.*

Sora se recuesta sobre su hombro y cierra los ojos. Tenpi pone con cuidado su mano encima de la de Sora, que aún no estaba completamente dormido, y al sentir el tacto las entrelazan.

No me quiero bajar.

Tenpi lo acompaña hasta la entrada de su casa.

—Hasta mañana —dice Sora a punto de cerrar la puerta.

—Espera. ¿Por qué te comportaste diferente hoy? En estas tres semanas que hemos salido nunca te habías comportado así.

—¿Por qué? Porque me gustas, Tenpi.

Éste hace una pausa.

—Pero… nunca fuiste así conmigo ni en la escuela, ni en la cafetería ni en la florería, en ninguna parte.

—Eso es porque me incomoda que las personas sepan demasiado de mi vida privada, mucho menos de mi orientación sexual. En el invernadero sólo éramos unos desconocidos melosos para personas que nunca volveremos a ver en nuestra vida y eso de alguna forma me reconforta. Hoy me sentí más seguro estando lejos de todos y de todo lo que conozco, de mi realidad y mi rutina, sólo una constante: tú.

—Sora, ¿puedo besarte?

Ahora éste se sonroja y se sorprende, como si él no hubiese sido el que tomó la iniciativa y lo besó hace rato en el invernadero.

—¿Aquí? —pregunta Sora nervioso—. Es que nos pueden ver los vecinos.

—Aquí, adentro de tu casa, donde quieras, pero necesito besarte otra vez.

Sora abre la puerta y en cuanto entra Tenpi mira rápidamente al interior, cuidando que no haya nadie; lo toma de la cara y lo besa guiándolo adentro para después cerrar la puerta empujándola con el pie.

Es un beso apasionado y desesperado, en parte por el hecho de por fin haber escuchado a Sora decir con sus propias palabras que también le gusta, que disfruta pasar tiempo con elle, y porque no sabe si será la última vez que pueda besarlo.

Las manos de Tenpi bajan lentamente hasta la cintura de Sora y levantan un poco su sudadera para tocar la piel de su espalda y recorrerla de arriba abajo con desesperación. Sora se separa un poco para recuperar el aliento. Se ven a los ojos un instante, la mirada de Sora cambia por completo. Se vuelve a acercar, pero esta vez empieza a besar el cuello de Tenpi. Éste se aferra a la nuca de Sora mientras él lo muerde con suavidad. Intenta calmarse y respira profundo, siente que está a punto de perder el control. Las manos de Sora bajan y le empieza a desabrochar el pantalón. Tenpi las sostiene para detenerlo.

—¿Y tus papás?

—No importa, no están —responde Sora ahora desabrochándole la camisa.

—No, Sora, es que yo nunca… he hecho "eso" con un chico, no sé cómo funciona —dice nerviose—. Bueno, creo saber pero…

—No tenemos que hacer "eso", Tenpi —le interrumpe—, podemos intentar otras cosas.

Tenpi regresa a casa después de pasar el resto de la tarde con Sora. Saluda rápidamente a su mamá y entra al baño para tomar una ducha, se mira en el espejo y nota algunas marcas rojas en su cuello y clavícula. Afortunadamente su madre no se había dado cuenta.

Cuando sale del baño toma su celular, que había dejado sobre la cama, y revisa sus notificaciones. Tiene algunas de Také actualizándolo sobre las firmas para la marcha y preguntándole cómo le había ido con Sora.

Siente culpa, está indeciso sobre si contarle a Také o no. Probablemente amaría ese tipo de chisme y Tenpi ama contarlos, pero también podría ocultarlo un tiempo más, el mayor tiempo que fuese posible de preferencia, sólo un rato. Duda antes de responderle los mensajes a su amiga. Sale rápidamente de la aplicación, abre el navegador y escribe: "¿Cómo ocultar chupetones con maquillaje?".

Tenpi pasa un fin de semana agridulce. Toma múltiples veces el celular, a punto de escribirle a Také, de llamarle y contarle que no pudo, que Sora se portó diferente, que habían juzgado mal sus comportamientos, pero eso tampoco justificaba ni le daba ningún tipo de derecho para seguir ocultando a Sora su identidad de género.

Pero le gusto, ¿no? ¿Le gustaré lo suficiente como para que no le importe mi identidad de género?, piensa Tenpi.

Se da seguridad a sí misme, no cree posible que una persona que no le quiera lo suficiente le haya tratado de esa forma, besado y tocado así. Se justifica con la inocente idea de creer que el deseo de Sora está ligado a lo mucho que le quiere.

Lunes por la mañana, la primera clase la toman juntos, y la idea de ver a Také y a Sora tiene a Tenpi nerviose. Afortunadamente ninguno de los dos está cuando él llega. Se acerca a su asiento y antes de sentarse se encuentra con una rosa en su pupitre, tiene un pequeño lacito amarrado con forma de moño y una pequeña nota que dice: "Para Tenpi".

Desconfiade mira a su alrededor, a lo mejor es una broma. Nadie está grabando, nadie parece prestarle atención. Entonces sonríe emocionade, debe de ser de Sora.

Také entra al salón y se sienta junto a su amigue.

—¡Tenpi! —exclama algo molesta—. ¿Por qué no me contestaste mis mensajes?, estaba preocupada por ti. ¿Cómo te fue con Sora? ¿Y qué es eso, una rosa? —dice emocionada señalando la rosa que sostenía Tenpi.

—Ahhh, sí, me la regaló Sora.

—¿Entonces? Por lo que veo se tomó muy bien lo de que eres de género fluido, ¿no?

—Sí, sí hablamos, fue un malentendido todo.

—Cuéntame desde el principio, no seas así.

—Bueno, fuimos a un invernadero al que quería ir, se portó muy diferente a como suele ser: me tomaba de la mano, se acercaba muchísimo a mí, hasta me besó.

—¿Sora te besó? ¿Por qué te guardaste tremendo chisme sólo para ti? —Také le golpea suavemente en el hombro.

—No sólo me beso —responde Tenpi con seguridad.

Také abre la boca sorprendida.

—Entonces esa rosa es de él, ¿no?

Tenpi asiente emocionado.

—¿Y en qué momento le dijiste lo de ser de género fluido?

Tenpi sólo sonríe y se queda callade.

—Porque sí le dijiste, ¿verdad, Tenpi?...

—Ahí viene Sora, shhh —se da la vuelta para saludarlo.

—¡Hola! —saluda intentando contener una sonrisa.

—Hola, Tenpi. Hola, Také —responde entusiasmado—. ¿Y eso? —señala la rosa y Tenpi ríe. —Ay, Sora, ¿cómo me preguntas? —vuelve a reír.

—¿Es de Také? —pregunta confundido.

—¿Cómo? ¿No la pusiste tú en mi pupitre?

—¿Qué? No, Tenpi, acabo de llegar. Yo jamás te regalaría una flor que va a morir en unos cuatro días.

—¿Es en serio? ¿Entonces...?

Sora toma la rosa y mira la etiqueta, no dice de quién es, sólo tiene el nombre de Tenpi.

—¿Quién te la dio? —expresa con un tono superserio que ni Také ni Tenpi habían escuchado antes.

—No sé, Sora, pensé que habías sido tú —responde Tenpi algo preocupade.

Sora busca con la mirada por todo el salón si es que alguien les está observando o si alguien se ve sospechoso.

—¿No sabes de quién podría ser? —pregunta Sora.

—No tengo ni idea —responde Tenpi nerviose.

—Uhhh, un admirador secreto —añade Také.

Tenpi ríe forzadamente y Sora se da la vuelta indiferente para sacar sus libretas. Také y Tenpi se miran entre ellos un poco asustados por la reacción de Sora.

—Tenpi —le llama Také—. Necesito que hoy por lo menos consigas diez firmas para ir mañana con el director.

—¿Diez? —pregunta exaltado.

—Sí, las necesitamos ya, no has reunido nada desde que te dije.

—¿Qué cosa? —entra Sora a la conversación.

—¿Vas a ir a la marcha, Sora? —le pregunta Také.—¿Qué marcha?

—La marcha LGBTQ+, Tenpi y yo estamos organizando una salida en grupo de la escuela.

—Oh, no, nunca he ido.

—¿De verdad? ¿Por qué? —se sorprende Také.

—Es que... No, no me gusta eso, no me gusta que la gente asuma cosas de mí.

—Bueno —añade Také—, no sólo van personas de la comunidad, ¿sabes? También van personas a apoyar. Es un evento para concientizar, alzar la voz y seguir exigiendo igualdad. Deberías de ir.

—No lo sé...

—¡Vamos, Sora! —suplica Tenpi—. O podrías ayudarnos a conseguir firmas.

—Ammm, voy... voy a checarlo, es que no conozco a muchas personas que sean parte de la comunidad, es más, no le hablo a muchas personas.

—Sólo si te sientes cómodo, Sora —dice Také—. No tienes que hacerlo si no quieres.

La maestra entra al salón y dejan de conversar. Cuando termina la clase Tenpi se levanta rápidamente y toma sus cosas, pero Také le detiene. Sora se despide y quedan de verse en el receso.

—No le dijiste, ¿verdad? —susurra Také después de que Sora sale del salón.

—No supe cómo, Také, es que... no entiendes lo bien que se siente que alguien te exprese que también te quiere, que le gustas, que quiere seguir pasando tiempo contigo. ¿Cómo se supone que le contaría después de que me dijo todas esas cosas?

—Ay, Tenpi, allá tú y tus decisiones. Tú sabrás qué haces. Sólo espero que no termines lastimada después de esto.

Tenpi evade la mirada de Také.

—Ten —le entrega los formatos para firmas—. Mañana vamos con el director, entonces intenta conseguir las más que puedas. Ánimo.

Tenpi toma las hojas, tiene en mente algunas personas a las que podría invitar o que firmarían sólo por apoyar la idea. Después mira la flor, le da una sensación extraña saber que no es de Sora, es como si ahora fuera otra rosa. ¿Quién habrá sido?

Tenpi se acerca con varios compañeros durante el día, les comenta la idea que tienen en mente y que entre más personas apoyen la salida habrá más posibilidades de asistir.

—¡Claro, Tenpi! Por ti lo que sea —dice una compañera mientras firma la hoja—. Es supernecesario que la escuela empiece a hablar de estos temas, muchísimo mejor si podemos ir todos juntos a apoyar algo tan importante como esto.

—Yo no sé mucho —añade otra chica—, pero te ubico de vista desde hace tiempo. Es muy valiente que te atrevas a ser tú misme, que expreses tu género tan libremente incluso aquí en la escuela. No nos conocemos, pero siempre te he admirado por eso, Tenpi, eres tan unique. Sé que no soy la única persona que piensa que tu forma de ser nos inspira a ser quienes somos a pesar de lo que digan los demás.

Tenpi hace una expresión de ternura y sonríe.

—Espero este año poder ir a la marcha con ustedes y aprender más al respecto, lo importante es apoyar movimientos como éste para que todos podamos vivir en igualdad.

—Todes —corrige su amiga.

—Cierto, todes, sigo aprendiendo, disculpa —ríe.

A lo largo del día esta historia se repite múltiples veces. Unas cuantas personas ya conocían a Tenpi y había otras que sólo le ubicaban de vista, pero todes le respetaban por ser quien era y apoyaban el hecho de que la escuela también alzara la voz junto con su comunidad estudiantil para trabajar en formar un ambiente de igualdad para estudiantes de la comunidad LGBTQ+.

Al mismo tiempo que crecía un sentimiento de cariño hacia varios compañeros, también otro de culpa se hizo presente cada que una persona mencionaba lo valiente que era, que siempre fue elle misme desde el principio, que nunca cambió, ni siquiera por la cantidad de comentarios negativos que llegaron a hacerle otros alumnos. Sentía culpa por lo deshoneste que estaba siendo con Sora, y a pesar de alegrarle que logró juntar más de veinte firmas, cada una era un recordatorio de la percepción que la gente tenía de elle, quien en verdad es, y cómo ahora ocultaba una parte de sí misme por miedo a no ser aceptade. ¡Qué ironía!

En la salida Tenpi le entrega dos formatos llenos de firmas a Také. Ella se emociona y quedan de verse al día siguiente para hablar con el director. Tenpi y Sora caminan, esta vez Tenpi decide no acompañar a Sora a su trabajo, lo deja en la florería y se va a su casa directamente. Está exhauste y quiere un tiempo para pensar un rato sole.

Pareciera que el universo intenta decirle desesperadamente que le confiese a Sora la verdad, sea cual sea su reacción, que es lo correcto. Tiene un nudo en la garganta por la cantidad de emociones que experimentó a lo largo del día, sólo esperaba llegar a casa para desahogarse y llorar. Al entrar a su cuarto ve que en su mesa hay un florero, en donde está el girasol que doña Esperancita le había mandado a su mamá.

—¿Te gusta? —pregunta ella desde la puerta de su habitación.

—Hola, mamá, sí, pero es tuyo, te lo mandaron a ti.

—Sí —dice acercándose—, pero yo ya tengo el mío —acaricia su cabeza—. Y también creo que aquí queda mejor.

Tenpi recuerda en ese momento lo que le había dicho doña Esperancita y lo que le mencionaron sus compañeros en la escuela, y comienza a llorar en silencio, dejando que las lágrimas salgan y caigan hasta el piso.

—Algo está pasando, ¿verdad? —afirma su mamá, quitando con el pulgar una lágrima del rostro de Tenpi.

Él baja la mirada y se acerca más a ella para abrazarla, esta vez solloza sobre su hombro. La única persona con la que puede llorar y con quien se deja consolar.

Le cuenta sobre Sora, a quien su mamá ya conocía como un amigo, pero de quien ya sospechaba que había algo más. También le platica sobre lo mucho que le gusta, sobre lo bien que le hace sentir cuando están juntos. Finalmente le dice sobre la orientación sexual de Sora y cómo desde que la supo hizo a un lado su expresión femenina, incluso los días que deseaba fuertemente mostrarse así; el miedo a perder esa oportunidad amorosa pesó más. Añade que ahora carga con mucha culpa por haber mentido, por dejarse llevar tan fácil por personas que le atraían.

—Siempre has sido así, hije, tan apasionade, tan intense con tus emociones. Sé que lo que hiciste está mal, pero por alguna razón no me sorprende porque eres de las personas que se sacrifican demasiado por los demás. Es un muy buen momento para reflexionar sobre esto, afortunadamente sabes que no estuvo bien y por eso te sientes así.

—¿Qué debo hacer, mamá?

—Creo que conoces la respuesta mejor que nadie, pero supongo que te ayudaría escucharlo con mis palabras. Tienes que decírselo, no sólo por él, sino porque a ti también te ha afectado este cambio y es evidente. No puedes estar con una persona con la que no puedes ser tú misme.

Tenpi respira hondo y asiente decidide.

Al día siguiente Tenpi se levanta más temprano de lo habitual. Mira una de sus pelucas, que se han mantenido peinadas y listas para usarse desde hace un mes, por fin había llegado el día. Toma una ducha rápidamente y seca su cabello con la secadora, pero esta vez no lo peina, sólo lo cepilla para atrás y coloca una red que fija con pasadores. No se maquilla como suele hacerlo, ahora pone un poco más de sombras, incluso un labial. Se dirige a su clóset y examina las faldas que, al igual que las pelucas, no había usado; siguen planchadas y todo.

Qué diferencia, piensa mientras sube el cierre de la falda. Por último toma la peluca y se la pone. Cómo extrañaba esta sensación de tener el pelo largo, cómo extrañaba a esta Tenpi.

Toma sus cosas, sale de su habitación y va hasta la cocina, donde estaba su mamá preparando el desayuno para ambas. Al verle, ella sonríe y se acerca para darle un beso en la frente, luego da un paso atrás y la mira detenidamente.

—Tanto tiempo y aún no puedes fajarte bien la blusa y las medias a la vez —dice su mamá mientras jala la blusa por fuera—. Acomódatela bien, ándale.

Tenpi se la vuelve a acomodar dentro de la falda.

—¿Estás lista? —pregunta su mamá dejando dos platos de huevitos con salchicha en la mesa.

—Sí, creo que sí —responde decidida mientras se sienta—. Consideré que la mejor forma de decírselo es mostrándolo así sin más, esto es lo que hay y ya.

—Sé cuidadosa con eso, puede que se sorprenda mucho al verte.

—Está bien, espero que todo salga lo mejor posible. Hoy también nos reuniremos con el director Také y yo.

—¿Con el director? ¿Para qué? ¿Pasó algo? ¿Necesitas que vaya?

—No, no es nada, mamá, no hay ningún problema, estamos reuniendo firmas para poder ir a la marcha en grupo.

—¿Y los van a dejar? Ya sabes que no son mucho de apoyar en esos temas.

—¿Cómo sabes, mamá? —pregunta Tenpi sirviéndole café.

—Cuando fui a hablar con el director para que no tuvieras problemas con usar falda, no fue muy abierto, hasta le mencioné que estaba dispuesta a presentar algún tipo de queja.

—¿Los amenazaste? ¿Por qué no conocía esa historia?

—No, no los amenacé, ¿cómo crees? —ríe—. No quise decirte para que no te incomodara y pudieras comenzar la prepa expresándote como quisieras y con la frente en alto, sin ningún tipo de inseguridad.

—No me habría importado, ma, pero gracias. Esperemos que no les parezca mala idea, no afectamos de ninguna forma a la escuela, podría ser hasta educativo.

—Sólo no te metas en problemas, ¿okey? Estás a nada de graduarte y terminar.

Tenpi termina de desayunar, se despide de su mamá y se dirige a la escuela.

Sora llega al salón más temprano de lo habitual. La rosa que había recibido Tenpi el día anterior lo dejó pensando un poco más sobre su muy prematura relación. Apenas se había dado cuenta de que él no había tenido ninguna consideración con Tenpi, mientras que éste hacía lo imposible para poder pasar más tiempo juntos. Empezó a ver todos los detalles como rutinarios, a tal punto que cuando ya no los tuvo sintió su ausencia de inmediato. Había estado tan distraído… Por fin logró entender la sorpresa de Tenpi cuando se mostró más cariñoso con él.

Había comprado una pequeña maceta en la florería donde trabaja para plantar los rayitos de sol; planeaba regalársela a Tenpi antes de que comenzaran las clases, así que fue corriendo hasta el salón donde éste tendría su primera materia, ya que ese día no coincidían en otro horario más que en el receso. Mantuvo la macetita escondida en una bolsa de supermercado con la que no podía distinguirse muy bien el interior.

Cuando llega al salón se da cuenta que no hay muchas personas dentro, así que pasa rápidamente. Sabía cuál era el asiento de Tenpi porque ya lo había acompañado antes ahí, pero al acercarse a su butaca nota algo extraño: alguien más había dejado algo, era un chocolate caliente, podía olerlo a la distancia, y debajo un sobre en el que alcanza a leer: "Para Tenpi", sellado con un sticker de corazón. Mira a los lados y le pregunta a la compañera más cercana si sabe quién había dejado eso ahí, pero ella contesta que no, fue la primera en llegar y ya estaba eso en el pupitre. Sora toca el vaso, aún está tibio, no tiene mucho tiempo que lo dejaron ahí. Duda si tomarlo o no, está a punto de llevarse el sobre y tirar el chocolate donde pueda. Siente que su regalo se ve tan insignificante al lado de uno con intenciones claramente románticas; él más bien buscaba que nadie notara el suyo, metiéndolo en una bolsa de súper vieja. Un impulso de coraje e impotencia hace que tome la bebida y deje su pequeña macetita. Antes de que agarre la carta para guardarla escucha cómo algunos compañeros empiezan a chiflar al mismo tiempo. Sora deja las cosas en su lugar rápidamente y se da la vuelta.

Una chica alta con el pelo a la altura de la cintura y de cuerpo muy delgado entra, se escuchan algunas risas y Sora se da cuenta de que se están riendo de la chica.

La observa de reojo mientras se acerca: nunca la había visto, seguramente era de otro salón.

La chica se frena en seco, muy sorprendida de encontrarse con Sora. Éste incluso busca detrás de él para asegurarse de que lo estaba mirando a él. De pronto la reconoce, por los ojos, su rostro, su cuerpo, esa forma de maquillarse: es Tenpi.

Sora no entiende muy bien lo que está pasando, ¿por qué estaba Tenpi vestido así? ¿Sería para alguna clase, un evento, una broma?

No, no es posible. Trae puesto el uniforme de mujeres completo, no le daría tiempo de reunirlo de un día para otro y, además, le hubiera comentado algo al respecto. Lo más extraño es que a nadie parecía sorprenderle, era como si siempre la hubiesen visto así. Sí le chiflaron en cuanto entró, pero de ser la primera vez que la veían así probablemente habrían tenido una reacción diferente, ¿no?

Tenpi se acerca despacio a su butaca sin apartar la mirada de Sora.

—Hola, Sora —susurra cuando está lo suficientemente cerca para que sólo la escuche a ella. Desvía la mirada y advierte la carta con el chocolate caliente.

—¿Y esto? —dice Tenpi tomando el sobre que está sobre su pupitre.

—No, no es mío. Cuando llegué ya estaba ahí.

—Ohhh…—añade desilusionada—. ¿Y qué es eso? —pregunta señalando la bolsita a la que ahora se aferra Sora con ambas manos.

—No, no es nada, algo para una clase —dice pasando la pequeña maceta detrás de su espalda.

No puede quitarle la vista de encima, sin duda alguna Tenpi tiene las características físicas para ser atractiva "como mujer" también, pero es tan extraño verlo de esta forma. ¿Por qué estaba haciendo esto? ¿Por qué no le había comentado nada de esto antes?

—Sora, yo… —intenta explicar Tenpi.

—Hablamos después, ¿sí? En el receso o en la salida. Nos vemos.

Sora se acomoda la mochila en los hombros y se va apresurado del salón.

No lo tomó muy bien, piensa. Se sienta y mira el chocolate caliente, sonríe un poco y agarra el sobre. Tiene algo escrito dentro:

Tenpi:

Perdóname por no entregarte esta carta personalmente, pero no tengo el suficiente valor para hacerlo todavía. Me conformo con el hecho de poder mirarte diario a lo lejos. Admito que cuando no logro verte, te busco, porque tu presencia alegra hasta mi peor momento.

Me encantaría contemplar tu reacción al leer mis palabras.

Espero algún día estar frente a ti mientras te digo lo mucho que te admiro, te respeto y te quiero.

Ojalá te haya gustado la rosa que te mandé el otro día. Por favor, disfruta de este chocolate mientras está caliente, ojalá te haga un poco feliz.

Pese a la situación con Sora, el pequeño detalle de la carta había logrado alegrar el día de Tenpi. No esperaba encontrarse a Sora desde la primera clase, tenía planeado decírselo en el receso, ser un poco más sutil y hablar con calma, pero las condiciones fueron lo opuesto a lo que imaginaba: de sorpresa y sin tiempo para darle una explicación.

En el receso Tenpi se encuentra con Také, que inmediatamente celebra con ella que por fin se hubiese decidido a venir a la escuela de esa forma después de tanto tiempo.

—Extrañaba muchísimo verte así —dice Také.

—No tienes idea de lo bien que se siente.

—¿Le dirás a Sora hoy entonces?

—Me lo encontré a primera hora de clases, en mi salón —responde frustrada—. Me vio y literalmente salió corriendo.

—¿Qué hacía en tu salón?

—Aún no sé, pero mira —saca la tarjeta que encontró en su pupitre en la mañana.

—Uy, ¿otro regalo del enamorado secreto? —Také admira el sobre por fuera emocionada—. ¿Alguna idea de quién pueda ser?

—¿Qué? No, no he tenido cabeza para eso, estoy preocupada por Sora.

—Voy a mandarle un mensaje —Také agarra su celular y pregunta por mensaje dónde está para comer todos juntos, pero no responde—. Puede que se esté tomando su tiempo.

—Sí, seguramente sea eso —reafirma Tenpi—. Espero que esté bien.

—No te preocupes, ya encontrarán una oportunidad para hablar, mientras dale su espacio.

Tenpi asiente.

—A mitad del receso vamos con el director, ¿sí? Te necesito concentrada, por favor, sólo veinte minutos.

—Está bien, estoy lista para eso.

Sora no llega después de veinte minutos y Také y Tenpi dejan la cafetería para ir a la oficina del director. Také ya había solicitado reunirse con el director unos días antes, y logró que les abrieran un breve espacio en la agenda para atenderlos.

Se acercan con su secretaria, que se dirige a la oficina para avisar que ya habían llegado "los estudiantes que traían una propuesta".

Ambos entran en cuanto les autorizan pasar, el director extiende la mano indicando que tomen asiento. Tenpi siente la mirada del director y recuerda la "discusión" que tuvo su mamá con él, seguramente debe de saber quién es.

—¿Tenpi, verdad? —pregunta.

—Sí, así es.

—Y Také, ¿no? —ella asiente—. De acuerdo, ¿en qué puedo ayudarlos? —pregunta amigablemente.

—Traemos una propuesta —comienza Také a explicar—. Es sobre la posibilidad de que diferentes personas de la institución podamos asistir a la marcha LGBTQ+, como grupo por parte de la escuela.

El director toma la propuesta y la mira de arriba abajo sin leerla detenidamente.

—¿Como una excursión?

—No —responde Tenpi—. Puede ser considerado como un viaje cultural y de aprendizaje, aquellos alumnos, alumnas o alumnes que asistan deberán entregar un reporte de investigación sobre la marcha, sus antecedentes y el impacto que tiene concientizar y normalizar la diversidad de la comunidad.

—Chicos… —apela el director.

—Chicas —corrige Tenpi.

—Chicas, no podemos organizar una salida de este tipo sin ningún tipo de contribución escolar.

—Para eso es el reporte, podríamos incluso organizar un micrófono abierto, algún tipo de presentación, exposición artística, ponerlo en el periódico mural con información relevante y de utilidad —añade Také.

—No me diga que las excursiones a parques de diversiones que se hacen cada año tienen una justificación cultural y educativa —dice Tenpi.

—A nosotros como institución se nos complica abordar estos temas, ya que no toda la comunidad está de acuerdo con que se impongan ideologías de ese tipo.

—No las estamos imponiendo —responde Také—. Le estamos dando la oportunidad a la comunidad estudiantil de asistir sólo en caso de que lo deseen, no tendría que ser obligatorio.

—Reunimos treinta y dos firmas de estudiantes interesados, algunos irían como parte de la comunidad LGBTQ+ y otros únicamente quieren aprender más. No puede invisibilizar a una comunidad por no ser una mayoría —Tenpi responde un poco más molesta.

—No, nadie está hablando de invisibilizar, pero como institución también dependemos mucho de la opinión de los padres y de nuestros futuros alumnos, de los que no conocemos sus puntos de vista. Es un tema muy complicado, chicos.

—Chicas... —vuelve a corregir Také.

—Correcto, chicas. Es una decisión un tanto complicada, debe de analizarse con el equipo que administra la imagen de la escuela, el consejo estudiantil, decidir qué profesor sería quien los acompañaría. Les tendríamos una respuesta como en un mes aproximadamente.

—¿Un mes? La marcha es en dos semanas, director —reclama Tenpi.

—En ese caso no podría hacer nada, debieron contemplar que situaciones y temas de este tipo requieren mucho más tiempo para tener una respuesta. Si consigo una antes se los haré saber.

—Claro, gracias por su atención —dice Také con un tono sarcástico.

Ambas se ponen de pie y salen molestas de la oficina.

—Que tengan un lindo día, chicas —se despide el director.

—¿Por qué no me sorprende? —reclama Tenpi muy molesta—. ¿Y qué tal toda esa tontería de cosas que dijo?

—Ridículo.

—¿Qué vamos a hacer? —pregunta Tenpi.

—Vamos a organizarlo nosotras, por nuestra cuenta. Tenemos todos los datos de las personas que desean ir. No necesitamos a la escuela, podemos hacernos cargo solas.

—No sólo eso, podríamos empezar algo así como el primer colectivo de la escuela y encargarnos de ayudar a otros compañeros a entender mejor estos temas, a deconstruirse o a formar una comunidad bonita —propone Tenpi.

—No podemos hacer eso públicamente, el director se daría cuenta y podría sancionarnos por fundar un grupo que no esté "avalado, supervisado o aprobado" por la escuela.

—Un grupo secreto entonces.

—¿Cómo haríamos eso, Tenpi? —pregunta Také confundida.

—En internet, siempre y cuando no sepan que somos nosotras. Podríamos abrir nuestra propia cuenta de Instagram, subir información sobre el colectivo, planear la salida a la marcha o algo así.

—No es una mala idea. Pero nos ponemos de acuerdo al rato, ¿sí? Tengo clase hasta el edificio D y si no salgo ahora no voy a llegar a tiempo.

—Claro, ¡nos vemos en la salida! —Tenpi se despide a lo lejos mientras Také camina apresurada.

Sora pasa el receso en el baño, no hubo momento en el día en que Tenpi no hubiese estado en su cabeza, era una sensación nueva y muy extraña. Está seguro de los sentimientos que tiene por él, pero la persona con la que se encontró el día de hoy no correspondía en nada a lo que ya había conocido. Necesitaba un tiempo a solas para poder asimilar lo que estaba pasando, cosa que no consiguió durante las clases.

¿Qué se supone que debo hacer ahora?, pensaba. Todo apuntaba a que tendría que confrontar a Tenpi, estaba en todo su derecho de pedir algún tipo de explicación o justificación.

Tampoco logró darle el regalo que tenía preparado, la macetita con flores. No sintió en el momento que esa persona fuese el mismo Tenpi, era como ver a alguien diferente.

Prefiere quedarse en el baño hasta que suene la campana para incorporarse a clases nuevamente. Más tarde hablaría con Také y Tenpi para resolver la situación.

Al terminar las clases Sora se dirige a la entrada de la escuela, donde espera a que sus amigas lleguen. Pasará lo que tenga que pasar, piensa Sora.

Las ve a lo lejos caminando, poco a poco van acercándose a él. Nunca se había sentido así de nervioso. De lejos no puede notar nada "extraño" con la apariencia de Tenpi, es como si siempre hubiese sido una chica.

—Hola —saluda Také, quien no había visto a Sora en todo el día.

—Hola —responde algo cortado.

—Voy a dejarles para que puedan platicar, nos vemos mañana, ¿va?, cuídense —Také sale de la escuela y se dirige al lugar en donde siempre la recogen sus padres.

—¿Quieres que hablemos aquí? —susurra Tenpi.

—¿Podemos ir a un lugar más privado? Por favor.

—Podríamos ir a la cafetería…

—A mi casa —interrumpe Sora—. Por favor.

Tenpi asiente con la cabeza y ambos caminan hacia allá. Por como es Sora, Tenpi asume que probablemente no está cómodo con elle, por su apariencia de hoy, lo cual entiende, pero en definitiva le decepciona.

Sora abre la puerta de su casa y deja que Tenpi entre primero.

—¿Y tus padres? —pregunta Tenpi un poco preocupada. Conversar con algunos adultos sobre su expresión de género solía ser aún más complicado y quería estar preparada para eso.

—No están, están de viaje —Sora miente, aún no le ha contado sobre la verdadera razón de que sus padres no estén—. ¿Quieres tomar algo? Voy a poner teclto.

Tenpi se sienta en la sala que está a unos cuantos pasos de la entrada.

—Sí, tecito está bien, gracias.

Mira a su alrededor. La última vez que entró no puso mucha atención en cómo estaba decorada la casa. Había muchas plantas en todas partes. Sí recuerda que el cuarto de Sora tenía bastantes macetas pequeñas dentro. En total debe de haber unas veinte plantas, contando sólo las de la sala y su cuarto.

Sora se acerca con una charola con dos tazas llenas de agua caliente y algunas galletas. Las pone sobre la mesita de centro que está frente a Tenpi, se sienta y le pasa una.

—Gracias, Sora.

—¿Necesitas azúcar, leche?

—Así está bien.

—Puedes agarrar galletitas, si quieres.

—Ahhh, muchas gracias. No te vi en el receso, ¿comiste? Porque puedo acompañarte mientras comes.

—No, estoy bien, no te preocupes.

—Okey, bueno… —Tenpi hace una larga pausa—. Supongo que debes de estar muy confundido, ¿no? —evita la mirada de Sora y clava sus ojos en su taza.

—Sí, un poco.

—No esperaba encontrarme contigo en la mañana, tenía planeado sentarnos como ahora y explicarte mejor. Lamento que tuviera que ser de esa manera tan abrupta.

—Supongo que de cualquier forma hubiese sido una sorpresa para mí.

—Bueno, sé que no te lo dije y debí hacerlo, pero en realidad soy de género fluido. Significa que fluyo entre mi percepción y expresión de géneros,

134

a veces me identifico como mujer, a veces como hombre, a veces como los dos o ninguno.

—No… no tenía idea de que algo así existiera —responde Sora abrumado.

—Puedes preguntarme lo que quieras, resolveré todas tus dudas.

Sora le toma a su té mientras piensa qué preguntar.

—¿Por qué no me dijiste nada antes? No me parece algo insignificante como para que me lo ocultaras.

—Iba a hacerlo, pero desde que me contaste que eres gay yo… No sé, me asusté. No creí posible que…

—¿Que me seguirías gustando?

Tenpi asiente.

—Ocultaste una parte importante de ti, te ocultaste a ti. Este Tenpi no es el mismo que pensé conocer, y no sólo por su apariencia, sino por la persona que creí que eras.

—Uso pronombres femeninos —susurra Tenpi—. Femeninos cuando me presento como chica, y neutros, masculinos y femeninos el resto del tiempo.

—Perdón, no entiendo a qué te refieres —dice Sora confundido.

—Mencionaste "este Tenpi", pero si me veo como una chica, por favor, llámame por ella.

—Claro, lo siento, tampoco lo sabía.

Ambos permanecen en silencio unos segundos.

—No tenemos que seguir saliendo si no quieres, entendería si cambias de opinión respecto a lo que sientes por mí.

Sora permanece en silencio y mira a Tenpi fijamente.

—No creo que sea tan fácil, ni para ti ni para mí. A pesar de que me incomoda un poco el hecho de que no me tuvieras la confianza para platicarme algo tan importante como esto, entiendo por qué lo hiciste. Y aunque lo deseara, no es como que lo que siento por ti desaparezca de un día para otro. Sé que te ves diferente, pero cuando mis ojos encuentran los tuyos, me doy cuenta de que son los mismos de los que me he estado enamorando todo este tiempo.

Tenpi intenta contener con una mueca su sonrisa después de escucharlo decir "me he estado enamorando".

—Si te sientes lo suficientemente cómodo podemos intentarlo —expresa Tenpi acercándose más a Sora.

—Supongo que sí, podemos intentarlo —Sora también se acerca a Tenpi para que se den un pequeño beso. Se detienen brevemente sin alejarse el uno

del otro. Sora observa con detenimiento el rostro de Tenpi, se había maquilla-
do diferente los ojos; luego se concentra en sus labios, supone que también
se puso labial porque se ven un poco más rojizos de lo normal. También
huele distinto, como si trajera un perfume más dulce; y su piel parece brillar
con la luz, como pequeña diamantina, seguro es el efecto de algo que usa.

Sora se inclina de nuevo hacia él, esta vez el beso es más largo. No había
ninguna diferencia. Por alguna razón pensó que besar a Tenpi se sentiría un
poco distinto, pero fue exactamente lo mismo. El mismo ritmo que recordaba
y la forma en la que solía detenerse un poco para sonreír. Tenpi pone una de
sus manos en la rodilla de Sora y empieza a recorrer despacio su muslo, pero
cuando sube demasiado Sora rápidamente la sostiene y paran. Advierte sus
uñas pintadas, su falda, la peluca, las medias.

—Paremos, por favor —Sora desvía la mirada y toma su taza de té para
darle un sorbo.

—Me apresuré, ¿verdad? —dice Tenpi preocupada.

—Siento como si me tocara una chica, es muy raro, confuso, es que es
mucho —responde Sora abrumado.

—Es que te estaba tocando una chica. No es como si me disfrazara de
mujer, Sora, verdaderamente siento que soy una.

—Okey, perdón por malinterpretarlo. Me está costando un poco de trabajo
todo esto.

—No, está bien. Lo entiendo —Tenpi también toma su taza—. Te incomodó
que te acariciara, ¿verdad?

—Es… diferente, es muy diferente.

—Bueno, tampoco esperaba que aceptaras todo así como así, de hecho
no esperaba ni que quisieras intentarlo.

—Eso es porque creo que el amor de corazón no se fija en la apariencia,
sino en cómo se siente estar con esa otra persona. Me gustas más allá de
cómo te ves, pero sin duda eres un chico muy atractivo. Bueno, cuando te
muestras como uno.

—Pero, Sora… Eres gay —susurra Tenpi.

—Sí, pero no puedo olvidarme de lo que siento por ti, aun si cambias tu
imagen. Por eso sí quiero intentarlo, pero… Por favor, también sé un poco
paciente conmigo. Yo nunca había besado a una chica ni nada, es diferente,
sé que eres tú pero… es diferente.

—Claro, sólo habla conmigo, dime si algo te incomoda o te molesta, también si prefieres ya no hacer esto. A pesar de todo, Sora, yo te quiero mucho,

y si lo nuestro no llega a funcionar, no dejemos que eso nos distancie, porque me gustaría ser tu amiga, seguir en tu vida de alguna forma. Por favor.

—Está bien.

—No —lo interrumpe Tenpi de inmediato—, prométemelo con el meñique —estira el suyo hacia Sora y los cruzan.

—Te lo juro, te lo prometo, tampoco querría eso.

Tenpi y Sora continúan saliendo, pero esa misma semana Tenpi se da cuenta de que Sora está mucho más incómodo cuando ella se viste de forma femenina, pareciera como si incluso la evitara, lo que la hace sentir muy mal; el problema ya no sólo era cómo manejaban su relación, ahora era un asunto personal de Sora, como si le disgustara que lo vieran con Tenpi.

—Voy a cambiarme de club —le comenta Sora a Tenpi de forma abrupta.

—¿Y eso? —pregunta triste—. ¿No te gusta estar conmigo en el de acuarela?

—No, ¿cómo crees? No es eso, sigo con la inquietud de entrar al club de tenis.

—¿Al de tenis?

Sora asiente sin voltear a verle.

—Bueno, si eso es lo que quieres está bien —responde Tenpi afligido.

—¿Todavía puedes cambiarte? —pregunta Také metiéndose en su conversación.

—Sí, hasta donde me dijeron sí. Aún se puede.

El ambiente entre los tres se volvió incómodo. Sora ya no participa mucho en las conversaciones, aunque Tenpi trata de incluirlo, hacerlo reír desesperadamente, acercarse, pero Sora reacciona indiferente. Také sólo mira a su amiga decepcionada y triste.

Sora había mandado su solicitud para el cambio de club antes de comentarle a Tenpi, de hecho, ya casi estaba dentro. Lo que sospechaba Tenpi era verdad, no le gustaba la atención que ella solía atraer cuando se vestía de

forma más femenina, le incomodaba la cantidad de miradas que recibía y cómo la gente hablaba a sus espaldas, así que Sora prefirió dejar de verla tan seguido, distanciarse un poco. Era extraño que los sentimientos que tenía por Tenpi parecían ir desapareciendo poco a poco.

Para Tenpi no era diferente, también comenzó a molestarle demasiado cuando Sora la evitaba, parecía que quería hacerla sentir mal a propósito para que fuera ella quien decidiera cortar de alguna forma su relación. La trataba indiferente, la evitaba, decía estar muy ocupado. No era problema de Tenpi y afortunadamente lo sabía, pero tenían que ser claros y dejar de hacerse sentir mal mutuamente para que el otro tomara la decisión. Tenpi estaba segura de que Sora no daría ese paso, por su actitud estaba esperando a que ella lo hiciera.

Tenpi decide ir a las canchas de tenis durante su entrenamiento para hablar con él, antes de que llegue el fin de semana. Como es después de clases, en lugar de salir de la escuela, sólo tiene que ir a las gradas de las canchas. Estar en un espacio rodeada en su mayoría de hombres suele resultar algo incómodo para ella, pero piensa que nada más será un rato, en lo que logra hablar con Sora.

Se sienta hasta adelante para llamar su atención rápidamente y de ser posible conversar con él, y si no, acordar un día para verse.

Los chicos empiezan a salir de los vestidores y a lo lejos distingue a Sora, que va platicando alegremente con Hiromi. *De seguro por esto quería entrar al club de tenis*, piensa.

—¡Sora! —grita Tenpi para llamar su atención—. ¡Sora! ¡Ven rápido, Sora!

Éste la observa muy sorprendido y algunos compañeros se ríen. Se acerca a las gradas con la mirada agachada.

—¿¡Qué haces!? —pregunta Sora molesto.

—Necesitaba hablar contigo y creo que nunca te había visto jugar. Por cierto, te queda muy bien ese uniforme, estás muy guapo —intenta acomodarle el cuello de la playera, pero Sora toma sus manos fuertemente y las aleja. Tenpi se detiene y lo mira molesta.

—¿Cuál es tu problema? —le dice enojada.

—Aquí no, Tenpi —Sora da un paso atrás y desvía la mirada.

—¿Entonces dónde? ¿Cuando tú quieras? ¿Donde tú digas?

—Te dije que fueras paciente conmigo.

—Esto ya no se trata sobre ser paciente, Sora, me tratas como basura, me haces sentir como si no importara —Tenpi empieza a subir el tono de voz y todos voltean a verlos—. Como si sólo tú merecieras sentirte cómodo. ¿Tú crees que a mí no me disgusta la forma en la que me tratas?

—Estás gritando, baja tu tono de voz.

—¡Me vale madres que esté gritando, Sora! A mí no me importa lo que la gente piense de mí, me importas tú, pero si yo no te importo a ti entonces no tengo por qué seguir soportándote.

Tenpi da la vuelta y sale de las canchas molesta.

—¿Todo bien, Sora? —pregunta uno de los chicos del equipo—. ¿Te estaba molestando el travesti ese?

Sora se molesta por la forma en la que le llaman, pero no dice nada, piensa que no vale la pena discutir ese tema con él.

—Cállate, Ben —dice Hiromi molesto—, otro comentario de esos y voy a hacer que te saquen, es en serio.

Todos miran sorprendidos a Hiromi, pero ya no añaden nada más.

Cuando termina la práctica todo el equipo entra a los vestidores. Sora prefiere agarrar sus cosas y ducharse en casa. Hiromi se acerca a su casillero.

—Sora —le llama Hiromi.

Sora voltea.

—¿Qué pasó?

—Entonces, estabas saliendo con Tenpi, ¿no es así?

Sora piensa por unos segundos.

—No, sólo estábamos en el mismo club.

—Su conversación de hace rato, no sonaba como la de compañeros de club. Los he visto irse juntos, pasan los recesos juntos.

—No sé de qué me hablas —responde Sora agachando la mirada para después tomar sus cosas rápidamente y salir de los vestidores.

Ya no importaba lo que dijera, ni que Sora se disculpara, tenía razón Tenpi, sí había intentado alejarla. Sora tenía miedo de salir con una persona como Tenpi, no se creía capaz de aguantar todo lo que ella aguanta. No sentía la misma atracción física, ya no era igual.

—Hablé con Sora —le dice por teléfono a Také.

—¿No ibas a hacerlo con calma el fin de semana o el lunes?

—No pude esperar, quise ir a verlo para quedar para el fin o consultarle si tenía tiempo, pero lo volvió a hacer. Me repetía constantemente que bajara la voz, se alejaba cuando me acercaba. No pude más y le grité que ya no soportaba su forma de ser y salí de ahí.

—¿Estás bien? ¿Quieres que vaya a tu casa?

—Sí, por favor —se le quiebra la voz a Tenpi un poco. Ya la conoce, así que Také asume que es más por coraje que por tristeza.

Sora llega a casa y busca sus llaves en su mochila, pero no logra encontrarlas. Seguramente las había dejado en su casillero por salir rápidamente de los vestidores. Regresa a la escuela deprisa y se encuentra con sus compañeros del club que ya iban de salida. Se acerca a su *locker* y toma sus llaves, que estaban hasta el fondo. Se detiene unos segundos ahí sin cerrar la puerta del casillero. ¿Por qué a Hiromi le interesaba saber en qué situación estaba con Tenpi? Recuerda que una vez Tenpi mencionó que fueron compañeros de clase, pero que lo detestaba. Probablemente estos chicos lo conozcan desde hace tiempo, Hiromi no está, es la oportunidad perfecta para averiguar.

—Chicos, ¿ustedes saben algo de Hiromi y Tenpi? Eran amigos en la secundaria, ¿no?

—¿Hiromi y el travesti? —pregunta un chico extrañado—. Yo no.

—¿Sigue Hiromi aquí? —dice otro.

—No, ya se fue —responde Sora.

—Menos mal, ése es un tema prohibidísimo para Hiromi, jamás lo escucharás hablar de Hiranaka —añade otro compañero.

Qué extraño, hace unos minutos me preguntó por él, piensa.

—¿Qué? ¿Qué pasó? —indaga Sora confundido.

—Hubo un rumor de que salían en la secundaria. Uy, afectó terriblemente al apellido Akahoshi. Su familia pagó millones a la prensa, porque según tenían fotos.

—Entonces, él es… —asume Sora.

—No, no, para nada, cómo crees, ¿te imaginas? Un Akahoshi joto.

Todos ríen.

—Dicen que la madre de Tenpi inventó todo eso para sacarle dinero a la familia. Como se quedó sin marido después de que vio que su hijo era puñal…

—Pues claro, yo también me hubiera ido. ¿Qué haces con un hijo así? —añade otro. Todos se mueren de risa.

Sora se sentía muy mal por todo lo que escuchaba de Tenpi. No le gustaba que los demás hablaran mal de alguien que en realidad era tan amable y amigable.

Lo peor es que él se había comportado de la misma manera con ella.

La madre de Tenpi le abre la puerta de su casa a Také, aún con los audífonos puestos porque se encontraba tomando una clase en línea.

—Hola, mija, pásale, Tenpi está en su cuarto.

—Gracias, señora.

Také entra con una pequeña maletita con ropa para quedarse con su amiga hasta el día siguiente. Recorre el pasillo hasta el cuarto de Tenpi, que tiene la puerta abierta. Está sentada de espaldas a la puerta, frente a la ventana, aún trae el uniforme, la falda y la blusa de la escuela. Sólo se quitó la peluca, que dejó a un lado sobre la cama.

—Hooola —saluda Také.

Tenpi se da la vuelta, tiene todo el pelo aplastado por llevar la peluca.

—Ya lo estuve planeando —dice Tenpi.

Také se sienta a su lado.

—¿De qué hablas?

—De cómo me voy a vengar.

—Ay, ridícula —ríe Také—. ¿Sigues enojada?

—Ya no tanto, hasta cierto punto me da gusto, porque la estaba pasando peor intentando que Sora no se comportara así conmigo.

—Qué mala onda de su parte.

—Le llegué a decir que si no funcionaba podríamos ser amigos, que no pasaba nada.

—Pero se le hizo más fácil alejarte en lugar de confrontarte.

Tenpi asiente.

—En todo caso me siento hasta más tranquila.

—Me alegro por ti, sería una lástima que fuéramos a la marcha todas deprimidas.

—Ah, no, que se queden en su casa las chillonas.

Ambas ríen.

—Hablando de eso de la marcha, ¿recuerdas lo que platicamos la otra vez?

—¿De levantarnos marido ese día?

—Ay, no, eso no —ríe—. Sobre la cuenta de Instagram.

—Ahhh, claro, se me había olvidado todo por el pinche Sora.

—Bueno, podemos crearla ahorita, ¿qué te parece? Para distraernos.

—Mmmm, me parece bien.

—Okey, okey —Také saca su celular y se acerca a Tenpi para que ambos puedan ver.

—Empecemos por el nombre, ¿se te ocurre algo?

—Tiene que ser algo memorable, que haga referencia a la comunidad pero no tanto, si no no habrá ninguna diferencia entre nuestra cuenta y el resto. Algo hasta filosófico, dejar de lado los típicos rainbow o arcoíris.

Také piensa unos segundos.

—¿Qué tal algo que diga *queer*?

—*Queer*, sí podría ser. Pero ya hay muchas cuentas así. ¿Por qué no algo como la reinterpretación del concepto? —Tenpi toma unas toallitas y empieza a desmaquillarse.

—Ay, ¿desde cuándo hablas así?

—Cuando haga falta, para cosas importantes como éstas —dice Tenpi ahora cepillando su pelo.

—¿Se te ocurre algo?

—Mmmm, pensemos. ¿Qué significa *queer*?

—Una palabra que solía considerarse ofensiva, ¿no?

—Exacto —Tenpi se sienta nuevamente en la cama con Také—. Se utilizaba de forma ofensiva para identificar a personas homosexuales o que no eran hetero. Pero después se le dio otro significado, uno para darle un nombre a la comunidad.

—Mmmm, ¿en resumen?

—Vamos a utilizar una palabra negativa para darle un significado positivo. Como "Los maricones" —dice orgullose.

—Ay…, es algo agresivo, ¿no?

—Ash, "Jotos y malandros" entonces.

—¿En serio? Te sentirías cómoda diciendo: "Hola, éste es nuestro grupo llamado 'Jotos y malandros', queremos ayudar a la comunidad".

—Me sentiría muy orgullosa.

—Estaba pensando en ponerle "Akuyaku".

—¿Aku qué? ¿Qué es eso? Si es una cosa *otaku* me voy a enojar.

—No, bueno, un poco. Cuando Ivy y yo éramos más pequeños, como a principios de primaria, mi madre nos hacía ir los fines de semana a un curso de japonés porque según íbamos a mudarnos a Japón, lo cual claramente nunca sucedió. Pero como ya sabes, no estoy tan perdida en este idioma.

—Sí, no se puede ver animé contigo porque a cada rato quieres pararlo para comprobar si los subtítulos están bien traducidos. ¿Pero qué tiene que ver?

—Akuyaku significa malvado, falso, equivocado, el malo de la película.

—¿Como villano? —cuestiona con una mirada "malvada", según elle.

—Sí, exactamente. Y no hay muchas cuentas con ese nombre, es original, y suena chido.

—¡AYUYAKU! —exclama Tenpi emocionade.

—Akuyaku —corrige Také.

—¡AKUYAKU! Sí, suena bien, me gusta, usémoslo.

De nuevo Také toma su celular y crea la cuenta.

—Okey, ¿y cómo vamos a hacerle para que la gente logre encontrar la cuenta?

—Fácil, podemos dejar escrito en algunos lugares el nombre con la arroba para que sepan que es una cuenta.

—Si pudiera besaría tu cerebro, Tenpi. También podemos mandar a hacer pequeños stickers y pegarlos a escondidas.

—Nos hubiera quedado "Vándalas y peligrosas" —dice Tenpi riendo.

Také le avienta una almohada en la cara.

—No vamos a vandalizar, sólo son *stickers* que se quitan fácilmente con agüita y ya.

—En todo caso planeemos qué vamos a subir. Tomemos en cuenta todas las cosas que la comunidad estudiantil desconoce del colectivo. Empecemos con pronombres…

Comienzan a hacer una lista de información que quieren compartir con los estudiantes: ideas para alzar la voz, diferencias entre orientación e identidad sexual, significado de las banderas, trasfondo de la marcha, uso de pronombres, etcétera.

Durante el fin de semana Také y Tenpi mandan a hacer los stickers para llevarlos a escondidas a la escuela el lunes.

Sora pide permiso en el trabajo, ya que el sábado tiene partido de tenis individual en la mañana con el equipo de otra escuela. Al ser su partido de debut hace lo posible por asistir. Afortunadamente la dueña de la florería no tiene ningún problema, pero deberá quedarse horas extra cuando regrese en la tarde.

Al acercarse la hora del juego, Sora se dirige a los vestidores; estaban casi vacíos, así que se pone su ropa deportiva con rapidez. En la cancha había algunas personas calentando, y en las gradas a lo mucho había quince personas observando.

Sora se acerca a la cancha y saluda al entrenador y a algunos compañeros que también iban a jugar en las partidas individuales.

Tras un rato, comienza la primera pareja. Sora será el siguiente, así que se empieza a preparar. Pasados veinte minutos el chico de la otra escuela se lleva la victoria, y Sora siente más presión para ganar y poder empatar al otro equipo. Camina hasta el centro de su lado de la cancha y sale su competidor, que al parecer viene llegando. Su entrenador se levanta para saludar al chico alto de pelo oscuro que va entrando.

—Lamento la tardanza —se disculpa el chico mientras se acerca para saludar antes de iniciar el partido.

Sora se paraliza por unos segundos al escuchar esa voz y un mar de emociones lo ahoga. Sin saber exactamente cómo reaccionar, tira la pelota que tenía en la mano y se da la vuelta para caminar apresurado a los vestidores.

—¿Sora? —dice Kai confundido, reconociéndolo, mientras dejaba la cancha.

Sora no sabe exactamente cómo sentirse. Aturdido por la cantidad de emociones que ha experimentado esa semana, se dirige hacia el lavabo para mojarse la cara y se mira en el espejo. No se había dado cuenta de que estaba llorando.

Escucha pasos de alguien que se acerca corriendo y Sora de inmediato se encierra en uno de los baños.

Kai entra a los vestidores.

—Sora, eres tú, ¿verdad?

—¿Qué haces aquí, Kai? —responde Sora dentro del baño.

—¿Yo? ¿Qué haces tú aquí, Sora?

—¿Tú qué crees? Estoy intentando rehacer mi vida y no puedo, porque parece que a la vida le molesta que trate de ser feliz, a cada rato me pone obstáculo tras obstáculo —dice abrumado.

—¿Soy un obstáculo para ti? Fue pura casualidad que nos hayamos encontrado, Sora, no es que te esté siguiendo ni nada. Tú sabes que siempre me ha gustado mucho el tenis. Fue una coincidencia que esto pasara.

Sora no responde. Ambos se quedan un rato en silencio.

—¿Por qué nunca me buscaste, Kai?

—Supe lo que pasó con tus papás —al escucharlo, Sora comienza a llorar de nuevo—. Lo siento mucho, lamento que hayas tenido que pasar por eso.

Kai se sienta en el suelo, recargando la espalda contra la puerta del baño.

—Perdóname, Kai, fue mi culpa —se disculpa Sora mientras se limpia las lágrimas—. Te juro que no sabía que el profesor estaba ahí, yo no lo vi y…

Kai lo interrumpió.

—No te atrevas a culparte por lo que pasó; tus papás fueron los que tomaron esa decisión. ¿Sabes? Yo también me cuestioné mucho si estaba bien ser bisexual. ¿Cómo podría ser correcto si había causado tanto daño a la persona que más amaba?

Kai rompe en llanto también.

—Sora, no sé si estás enterado, pero mis papás hicieron el intento de hablar con los tuyos. Fue muy difícil porque tu papá estaba muy cerrado a todo, incluso trató de agredirme físicamente en varias ocasiones, estaba muy molesto. Desde el día que, supongo, les compartiste que eres gay, tu papá empezó a amenazarme, a mandarme mensajes muy extraños y a insultarme. Mantuve el celular apagado, les conté a mis papás y me lo quitaron para tener evidencia, según ellos. Discutieron muy feo cuando se reunieron los cuatro. En ese entonces ya te habías ido de casa. Tu papá amenazó al mío para que no volviéramos a tener ningún contacto contigo. Mi papá no consideró que fuera justo y pusieron una demanda por negligencia. Tu familia sabía que no lograría ganar ese caso, y se fueron, dejaron el país. Nos acercamos a tu abuela para poder darte dinero o apoyarte, pero también estaba algo molesta por cómo terminó la situación y por la demanda, obviamente.

"Cuando falleció tu abuela, nos enteramos unas semanas después. Pero ya se habían ido, no supimos cómo encontrarte, tu tío nunca contestó ninguna llamada, ni correo. Pensamos que fue a propósito, que ya no querían tener contacto con nosotros, entonces sólo dejamos de insistir.

Sora se queda mudo por la explicación que le acaba de dar Kai, tenía mucho sentido.

—Nadie estaba de acuerdo con lo que te habían hecho, Sora, y queríamos volver a verte como el chico que fuiste antes de todo eso —dice Kai mientras sonríe—. Sé que éste no fue el mejor escenario, pero estoy feliz de que nos hayamos vuelto a encontrar. Me da mucho gusto que estés rehaciendo tu vida, y si yo soy un impedimento, sabes que haré lo posible para que tú estés cómodo. No hay otra cosa que desee más en este mundo que tu felicidad y no hay otra persona que se merezca más ser feliz que tú.

Sora abre la puerta del baño y sin decir una palabra se lanza para abrazar a Kai.

—¿Sabes dónde están mis padres? —susurra Sora.

—Sí, sí sabemos —Kai no deja de abrazarlo.

—¿Ellos están bien?

—Sí, lo están.

—Okey, sólo eso quería saber.

—¿Te gustaría verlos? —Kai se separa de Sora para mirarlo. Éste niega con la cabeza.

5

Riego

PriDe

QUEE

Todos somos iguales de formas diferentes

LGBTQIA+

El amor es de muchos colores.

No hay nada malo contigo. Hay muchas cosas malas en el mundo en el que vives

Amor y compasión son necesidades, no lujos. Sin ellos la humanidad no puede sobrevivir.

La homofobia, transfobia o cualquier tipo de discriminación no son ideologías ni puntos de vista, son discursos de odio.

Ser valiente no significa no tener miedo, es tenerlo y aún así intentarlo.

No se trata de ser todos iguales, sino de aprender a respetar las diferencias.

La orientación sexual o identidad de género de tu hijx no te hace fallar como padre, rechazarlo sí.

6

Umbrófila

Planta que crece a la sombra.

Také y Tenpi se reúnen antes de las clases para seguir pegando *stickers*, esta vez también llevan algunos en forma de corazón con diferentes banderas del colectivo, así como los que ya habían estado pegando con el nombre de su perfil de IG. Con todas las fotos que habían tomado y la información que tenían planeado subir, era un buen momento para seguir compartiendo con las personas.

Fueron a la biblioteca temprano, cuando aún no había nadie, para pegar algunos stickers en las mesas y en algunas repisas. Afortunadamente siempre estaba abierta.

—¿Cuántos seguidores tenemos? —pregunta Tenpi mientras despega los stickers y se los pasa a Také.

—Casi cien —le responde tomando uno de los *stickers* y pegándolo en una mesa.

—¿Cien? ¿Hay tantas personas en la escuela a las que les interesa?

—Pues chance no sólo son de la escuela, hemos usado *hashtags*, entonces puede que sean personas que encontraron la página.

—O de la marcha, ¿no?

—No he revisado la cuenta desde la marcha, ¿puedes checar?

Tenpi saca su teléfono y revisa.

—Ciento veintisiete, va bien, supongo.

—¿Esa pulsera es nueva? —pregunta Také señalando la muñeca de Tenpi.

—Sí y no, me la hizo mi mamá para la marcha, ¿no la habías visto?, está linda, ¿no?

—Voy a tomarte una foto —Také saca su teléfono.

—¿Quieres que pose? —dice Tenpi riendo, poniendo un pie en la silla—. ¿Me subo a la mesa?

—No, de ti no, ridícula —Také ríe y la jala para que se baje—. Traes falda, se te ve todo. ¿Qué tal de tu pulsera?

—Ay, traigo short abajo, pero bueno —contesta emocionada—, podría ser una mía pegando los *stickers* o sosteniéndolos, pero que se vea mi pulserita.

—Me encanta, hagámoslo.

Tenpi pone su mano con los *stickers* y Také toma la foto. En eso escuchan un ruido al fondo de la biblioteca y ambos voltean. Era Hiromi, estaba dejando algunos libros en los estantes y se le había caído uno. Také y Tenpi lo miran muy sorprendides y esconden los *stickers* detrás de ellos. Hiromi recoge el libro del suelo sin apartar la mirada de ambos.

—¿Cuánto tiempo llevas ahí? —pregunta Také.

—No se preocupen —se pone de pie—. Yo no vi ni escuché nada.

Da media vuelta y sale de la biblioteca.

—Si se atreve a delatarnos por lo menos ya sabremos quién fue —dice Tenpi.

—Esperemos que ni se le ocurra, vámonos antes de que llegue alguien más.

—¡Mira esto! —exclama Tenpi emocionado con el celular en la mano. Také toma el teléfono y se sorprende.

—¿Es la cuenta de Hiromi? ¿Nos sigue?

—¡Sí! Es su cuenta, tiene la palomita azul al lado, ¿ves?

Také también saca su celular, empiezan a llegarle algunas notificaciones de seguidores nuevos.

—¿Qué es esto? ¿Qué está pasando?

—Sin duda es por él —Tenpi entra al perfil de Hiromi—, porque ahora nos sigue y sus fans seguramente se dieron cuenta. Es fácil de ver porque sólo sigue como a veinte personas en Instagram, bueno, ahora a veintiuna.

—Esperemos que esto no afecte de forma negativa a la página.

—Bueno, como dijiste, primero están quienes van a hacer comentarios negativos y después se quedan a quienes de verdad les importa.

—Tienes razón.

Durante la tarde las notificaciones de nuevos seguidores siguen llegando, y al finalizar el día ya tenían un aproximado de ochenta personas más en la cuenta.

—¿Hoy vienes a mi casa? —le pregunta Také a Tenpi a la salida de la escuela.

—No creo, estoy cansadita, quiero ir a mi casa a dormir.

—Está bien, si necesitas algo llámame.

—Claro, igualmente.

Tenpi camina sole hasta su casa. Al entrar lo primero que escucha es

la voz de su madre riendo. Supone que está mirando la tele, hasta que distingue una segunda voz.

Qué mal momento para tener visitas, piensa Tenpi, que sólo quería llegar a dormir.

Tenpi se dirige a la cocina para saludar a su madre.

—Hola, mamá. Ya vine…

Tenpi se interrumpe al ver quién era la otra persona. Se queda callado por el asombro.

—Ay, hola, Tenpi, ¡qué bueno que llegas! —dice su madre muy emocionada—. Mira quién nos visita después de tanto tiempo.

—Hola, Tenpi —dice Hiromi sonriendo.

—¿Qué está haciendo él aquí? —pregunta Tenpi molesto.

—Ay, no seas grosero. No le hagas caso, Hiromi, estás en tu casa —su mamá sonríe.

—Voy a estar en mi cuarto —dice Tenpi mientras avanza hacia su habitación.

—No, no nada de eso, quédate a comer con nosotros, vamos a hacer sándwiches de jamón y agua de piña, como se los solía hacer antes.

—Ay, mamá —se queja Tenpi avergonzado y se sienta en el comedor frente a Hiromi.

Ella se levanta y Tenpi no aparta la vista de Hiromi, lo observa con los ojos entrecerrados.

—¿En qué te ayudo, mamá?

—No, no, hije. Hiromi no vino precisamente para hablar conmigo —susurra—. Platiquen en tu cuarto si quieren, yo les llevo de comer ahorita.

—¿Estás segura?

—Sí, no te preocupes —su mamá le sonríe.

Tenpi da la vuelta y se para frente a Hiromi, que estaba sentado en el comedor.

—¿Podemos hablar en privado, Hiromi?

—Sí, claro, pero ¿tú mamá no va a comer con nosotres?

—No se preocupen por mí —dice su mamá desde la cocina—. Tengo algunos pendientes que terminar, sólo dejen la puerta abierta, ¿sí, Tenpi?

—Ay, mamá —reprocha avergonzado mientras camina a su cuarto y Hiromi le sigue.

—Tú mamá siempre me ha caído muy bien, es muy linda; siempre ha sido muy amable conmigo.

Tenpi abre la puerta de su cuarto y deja a Hiromi entrar primero.

—Siéntate en la cama si quieres, yo me acomodo acá en la mesita.

Hiromi va donde Tenpi le indica.

—¿Qué haces aquí? ¿Qué quieres?

—Necesitaba hablar contigo —susurra Hiromi.

Tenpi soltó una pequeña risa irónica.

—¿Como de qué podríamos hablar tú y yo, Hiromi?

—¿De qué más? De nosotros.

Cuando mi papá nos abandonó, mi mamá dejó de ser ama de casa y consiguió dos trabajos para poder pagar los gastos mensuales, en uno de ellos daba clases en una escuela. Estaba dispuesta a sacarnos adelante. Recuerdo que se estresaba bastante cuando tenía que cubrir todos los pagos del mes, y aunque mi colegiatura era uno de los gastos más fuertes, era el más indispensable para ella.

Verla en esa situación me hacía sentir una gran carga de conciencia. No podía evitar sentirme así, aunque mi mamá negara que fuera mi culpa.

Apliqué a muchas becas en diferentes escuelas para ayudarla con el gasto de mi colegiatura. Solíamos desvelarnos juntos mientras ella hacía cuentas para administrar el dinero o preparaba sus clases para la semana y yo hacía tarea o estudiaba.

Para nuestra sorpresa, logramos conseguir una beca donde ella daba clases. Entré en tercero de secundaria, pero rara vez nos veíamos, pues ella enseñaba en primaria.

Mi mamá me compró la falda y el pantalón del uniforme de la escuela sin preguntarme nada porque para entonces ya entendía mejor mi identidad y la forma en la que expresaba mi género, así que desde el primer día estaba muy aferrada a mostrarle a todos quién era, no quería seguir escondiéndome. Decidí irme con falda el primer día y al siguiente con pantalón, para que la gente entendiera mejor la manera en la que me expresaba.

El primer día, además de la falda, también me puse una peluca azul oscuro que me llegaba hasta la cintura. La había comprado por internet, olía a muñeca vieja y se veía algo falsa, pero bien peinada daba el gatazo. Me sentía la más única, inalcanzable y bella de la escuela.

Caminé con mucha seguridad por los pasillos, intentando no prestarle mucha atención a lo que podrían decir de mí. Al llegar a mi salón mis compañeros no dejaban de examinarme descaradamente, hasta que tomé asiento en la fila del fondo.

A mi lado estaba sentado uno de los chicos que no habían apartado la vista desde que había entrado. Qué incómoda me sentí. ¿Nunca había visto a un hombre con peluca, o qué? Después de un rato, y aún percibiendo su mirada sobre mí, volteé y le dije:

—¿Qué me ves? —algo molesta y de forma directa, cosa que sorprendió bastante al chico, quien abrió los ojos como si se le fueran a salir y giró la cabeza.

La maestra tuvo la grandiosa idea de ponernos a trabajar en parejas para todo el curso, y como era el tercer año de secundaria, todos ya se conocían, así que comenzaron a juntarse con sus amigos, todos parecían tener equipo. Empezó a agobiarme la presión de hacer amigos, no podía ser la chica que le gritaba a la gente para que la notaran. Aunque estaba muy a la defensiva, en realidad me sentía muy asustada y nerviosa.

El chico al lado de mí, el que me había mirado fijamente, no se había movido de su lugar. Tenía los brazos cruzados, estaba sentado sin hacer nada, pero en un abrir y cerrar de ojos ya había cinco personas a su alrededor pidiéndole que trabajara con ellas. Pensé que o era muy listo o muy popular, y me decanté por la segunda opción. El chico tenía el pelo largo de un color rojo muy peculiar, unos ojos verdes esmeralda y una presencia superimponente. Feo no era, pero tonto al parecer sí.

—Lo siento, chicos. No voy a hacer equipo con nadie —se disculpó.

Cuando todos se fueron se levantó hacia el escritorio de la maestra. Rápidamente me paré y lo seguí para decirle a la profesora que no tenía con quién juntarme.

El chico se me adelantó:

—Quisiera trabajar solo este semestre, profesora.

—Bueno, eso sólo si se forman todas las parejas, Hiromi, porque no puedo tener a una persona sola ni un equipo de tres.

Los dos me miraron.

—Perdón, profesora, no tengo pareja —dije.

La maestra miró a Hiromi sonriendo.

—Bueno, parece que resolvimos dos problemas —se alegró la maestra.

—¿Cómo? ¿De qué habla? —pregunté.

—Vamos a trabajar juntos —respondió Hiromi. Dio la vuelta y caminó de regreso a su lugar.

Lo seguí. Me senté en mi banca y la acerqué un poco a la suya, así como lo estaba haciendo el resto. La maestra empezó a dar las indicaciones para la actividad y, cada que cruzábamos miradas, Hiromi desviaba los ojos; no sabía si estaba molesto porque le grité o nervioso porque su pareja era un chico con una peluca.

Cuando la maestra terminó de dar las indicaciones de evaluación y tareas del semestre, nos pidió que nos organizáramos.

—¿Qué parte quieres hacer? —pregunté, tratando de romper el hielo.

—Me llamo Hiromi —dijo de la nada.

—Ah..., yo me llamo Tenpi —le respondí algo sacada de onda.

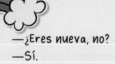

—¿Eres nueva, no?

—Sí.

Hiromi sólo asintió. Pensé que si me disculpaba podríamos trabajar mucho más cómodos.

—Perdón por lo de hace rato, Hiromi. Andaba algo a la defensiva y...

—¡No, no, no te preocupes! —me interrumpió—. En todo caso fue mi culpa, es que... eres muy bonita.

¡¡¿Cómooo?!? ¿Qué cosas estaba diciendo? ¿Se estaba riendo de mí? ¿Sólo me quería molestar? O ¿acaso sí parecía chica? Puede ser que por eso la gente me mirara tanto. Una sonrisa de oreja a oreja se pintó en mi cara mientras veía a ese tal Hiromi ponerse tan nervioso por mi avasallante feminidad. Me dio un ego boost hasta el techo y sentí que hasta podría ganar Miss Universo.

—Ay, ¿yo, bonita? ¿cómo crees? —dije toda cínica mientras me acomodaba el cabello. Él era la viva imagen de "embobado".

Fue la primera vez que un chico mostró interés en mí y yo no quería que esa fantasía se acabara..., así que le seguí el juego.

Ese mismo día Hiromi me propuso hacer las tareas de esa materia juntos en una biblioteca que estaba cerca de la escuela y que si quería las de las demás materias, también. Me comentó que no le gustaba estar en su casa porque nunca estaban ni sus padres ni sus hermanos, y eso lo hacía sentir muy solo. Me identifiqué con él. Con la cantidad de trabajo que tenía mi mamá, había días en los que no lograba verla. Afortunadamente tenía a mi amiga Také y a su familia que siempre me recibían en su casa. A pesar de eso Hiromi era una persona bastante independiente, cosa con la que también me identifiqué; de entrada teníamos esas cosas en común. Con el paso de las semanas, poco a poco lo fui conociendo y enterándome de tremendos chismes: su familia era increíblemente rica, su papá fue actor de novelas, tenía dos hermanos mayores y una menor, todos eran pelirrojos y su familia resultó ser tan inventada que se cambiaron legalmente el apellido por "Akahoshi", que significa "estrella roja". Por esa razón no le gustaba cuando las personas se comportaban de inicio de forma superamigable y familiar con él, le daban a entender que le hablaban por interés más que por que quisieran entablar una amistad o relación sincera. Realmente necesitaba una amiga y si yo le daba esa confianza para acercarse y abrirse no veía una razón para cerrarme. Con él podía sentirme como si fuera una chica, porque siempre me trató como una.

Cada mañana me peleaba conmigo misma considerando si romper la "ilusión" o no. Había días en los que no quería verme de esa forma, pero por miedo seguí vistiéndome como chica. Quién sabe si la gente volvería a tratarme de esta manera en algún otro momento, y pensaba que, sólo por ese año, no podía dejar pasar una oportunidad así.

Hiromi también era un chico muy raro, no estaba enterado de muchas de las cosas de las que cualquier adolescente hablaría. Era como un señor: le enseñabas un meme, sacaba sus lentes para leerlo y afirmaba: "qué padre, qué chistoso", sin mostrar ni una expresión.

Sus papás le controlaban todo. Por ejemplo, le dictaban siempre qué ponerse. A comparación de nuestros demás compañeros, que usaban playeras de sus equipos de futbol, ver a Hiromi era un deleite visual, porque derrochaba clase por todas partes, era bastante atractivo, no había forma de negarlo y la embobada terminé siendo yo.

En nuestras múltiples salidas a la biblioteca, en las que en realidad no hacíamos nada más que platicar, tuve que instruir a Hiromi en el "mundo de verdad". Sentía que veía una cara de él que le obligaban a mostrar y que muy, muy en el fondo, había otro Hiromi, uno que no mencionaría algo relacionado con la música clásica cuando le preguntaba sobre su canción favorita. Creo que ni siquiera él se conocía.

Le enseñé a Hiromi música, comida chatarra, series, películas, redes sociales..., de todo. Poco a poco Hiromi empezó a definir las cosas que quería y las que le gustaban de verdad. Prefería escuchar canciones "alternativas", bandas como Twenty One Pilots le agradaron mucho, todas aquellas botanas con queso en polvo le encantaban, pero le molestaba demasiado que sus dedos se ensuciaran. Nunca lamió sus dedos, aunque le dije que casi todos lo hacían cuando nadie los veía, él siempre se iba al baño a lavarse las manos desperdiciando tristemente todo ese polvito delicioso. Le gustaban mucho las sitcoms, mientras "hacíamos tarea" veíamos alguna; las películas de ciencia ficción y misterio eran sus favoritas. Nunca se inclinó hacia ninguna red social por completo, pero Instagram fue la que más empezó a usar.

Era como enseñarle todo a un niño pequeño, no podía creer que no tuviera permitidas actividades tan absurdas como ver una sitcom —ni que fuera de la realeza, y ni así—. Comerte una papitas con queso no te haría menos refinado, y afortunadamente Hiromi estaba muy emocionado por aprender; eso en su momento me ayudó a notar y apreciar la sencillez de las cosas: escuchar una canción que te gusta, tener un hobby raro o comer comida chatarra cuando se te antoja. Cuando estaba con Hiromi sentía que podía olvidarme de todo lo demás y platicar un rato de cualquier tontería, nuestras conversaciones nunca se llegaron a centrar en mí, en mi género ni en mi forma de expresarme, lo que solía pasar muy a menudo con mis compañeros de la otra secundaria, porque una vez que creían que teníamos la suficiente confianza, preguntaban sobre mi género; como no me daba pena entendía que a la gente le causaba curiosidad, pero yo quería platicar de qué habían opinado del show que pasaron en la tele el fin de semana, de cualquier otro tema, no sólo de mí.

Durante ese mes de educación personalizada era evidente que entre Hiromi y yo había cierta atracción. Personalmente no me animaba a dar "un siguiente paso" como besarlo, porque no estaba por completo segura si él querría ese tipo de cercanía conmigo o si era muy pronto, entonces decidí esperar un poco para ver cómo "evolucionaba" nuestra relación.

Hasta un día que, como siempre, estábamos en la biblioteca. Le estaba armando una playlist para que pudiera escucharla cuando quisiera. Él tenía un audífono y yo el otro. Dejaba reproduciendo el principio de cada canción y si le gustaban yo las iba añadiendo; las que a mí me gustaban mucho también las agregaba. No me di cuenta en qué momento se acercó tanto, según él estaba viendo la pantalla de mi celular, pero de un segundo a otro me miró fijamente a la cara, así como lo había hecho el primer día, pero esta vez no me sentí incómoda, probablemente porque sabía que me observaba porque creía que era bonita, porque le gustaba hacerlo, no lo sé. Volteé hacia él y le sonreí, con la esperanza de que hiciera algo más. Al fin se acercó lo suficiente, pero no me besó, esperó a que yo le diera el beso, cosa que sin dudar hice. Fue la primera vez que besé a un chico. No tenía mariposas en el estómago, sino toda una parvada de pájaros.

Qué bonita era la vida, qué bonita era la escuela, qué bonitos eran los hombres, las mujeres también, pero en especial Hiromi. Nunca me había sentido de esta forma, yo era la persona más optimista y feliz del mundo, sonreía como tonta cada que veía a Hiromi, quería estar con él todo el tiempo. Su presencia era como una obsesión; verlo, escucharlo, tocarlo o besarlo eran parte de mis necesidades vitales. Entonces lo entendí, estaba profundamente enamorada de Hiromi.

Nunca mostramos en la escuela que tuviésemos alguna relación más allá de la amistad. Sus padres, al ser tan controladores, con sus parejas no eran la excepción. Él no quería tener problemas con ellos ni mucho menos

que le prohibieran salir conmigo, así que manteníamos nuestra relación en secreto. En la biblioteca podíamos platicar libremente, pero aunque era bastante privada, algunos días había demasiadas personas; en especial cuando eran exámenes parciales, era imposible tener el tipo de privacidad que queríamos. Notamos que era superraro que nuestras "citas" fueran en la biblioteca, entonces lo llevé a mi casa.

—¿Cómo se supone que te presente, Hiromi? —le pregunté antes de que llegáramos a mi casa.

—Pues, como tu novio, ¿no?

—¿Mi novio? Pero no somos novios.

—¿No somos novios? —exclamó Hiromi sorprendido.

—Nunca lo hemos formalizado —respondí.

—Pensé que ambos lo dábamos por hecho. No tengo mucha experiencia con esto.

—No sé si lo dices en broma o es en serio —reí.

—Bueno, mmm..., Tenpi, ¿puedo ser tu novio? —preguntó algo nervioso.

—Lo voy a pensar —bromeé.

—¿Estás jugando, verdad? —replicó Hiromi aguantándose la risa.

—Obvio, claro que quiero que seas mi novio.

Yo esa

Mi novio

Los dos sonreímos como tontos y contuvimos nuestras ganas de tomarnos las manos, de besarnos o de abrazarnos; no había sido la formalización de una relación más romántica del mundo, pero fue lo suficientemente linda para mí.

A mi mamá le agradó de inmediato. Era el primer chico que invitaba a casa y Hiromi era como un alma vieja, se llevaba muy bien con los adultos. Mi mamá no fue la excepción. Cuando Hiromi me visitaba se sentaban juntos un rato para tomar café o té, mi mamá incluso apartaba un día al mes para coincidir con nosotros. Parecían dos señoras tomando el té y poniéndose al día. El resto del tiempo nos dejaba platicar, hacer tarea o ver la tele juntos en mi cuarto, mientras ella nos hacía sándwiches de jamón y agua de fruta.

En ese entonces Také y yo estábamos en escuelas diferentes, pero todas las semanas hablábamos por teléfono para ponernos al corriente.

—O sea, ¿ya son novios? —preguntó Také al teléfono cuando le conté

que habíamos "formalizado" nuestra relación—. Qué bonito, ¿pero ya cuanto llevan? Ya un buen, ¿no?, ya quiero conocerlo, tienes que presentármelo.

—Si ya tenemos varias semanas, y ha sido mágico. Y por supuesto que tienes que conocerlo, sólo que tendría que ser entre semana porque los fines tiene otras actividades.

—Oh —responde Také decepcionada—. Bueno, esperemos coincidir algún día, ¿no? Oye, y una duda, ¿cómo le dijiste que eras de género fluido? ¿No se sorprendió mucho? ¿O no le importó?

—Mmmm, hay una posibilidad de que no le haya contado aún.

—¡¿Cómo?! ¡Tenpi! —me regañó.

—De seguro ya sabe, cómo no se va a dar cuenta —le reproché.

—No, pero tú no lo has expuesto, eso no ha salido de tu boca, Tenpi. Y déjame decirte que tienes una apariencia demasiado andrógina, si no te conociera claro que pensaría que eres una chica.

—Ay, ¿a poco sí, amiga? —la cuestioné muy emocionada.

—No es broma, Tenpi. ¿Ya consideraste cómo va a reaccionar si algún día te toca y "uy, sorpresa"?

—Ay..., está bien, de cualquier forma ya iba a mencionarlo.

—Mentirosa. Hiromi suena como un gran chico, seguramente lo entiende. Será peor si no se lo dices, pensará que no le tuviste confianza, o a lo mejor se siente engañado.

—Pero no lo estoy engañando...

—Bueno, no del todo, pero eres de género fluido y te estás limitando a mostrarle sólo aquello que crees que le gusta. No eres tú.

—Amiga, es que... yo nunca he tenido novio. Hiromi es tan lindo y quién sabe si le guste cómo soy, déjame disfrutarlo aunque sea un poco más.

—Sabes que no está bien, eso es muy egoísta de tu parte. Si te ama te amará tal y como eres. Hiromi te quiere muchísimo y estás jugando con su confianza. Si no te acepta no se va a acabar el mundo, habrás dejado a un chico con quien no puedes ser tú misme. No debes dejar de ser tú por alguien más, no es tu responsabilidad adaptarte a los gustos de los otros. Tú brilla con tu propia luz, ya habrá alguien que sepa apreciarla, y quién sabe, a lo mejor y sí es Hiromi.

—Sí, tienes razón, Také.

Me sentía muy frustrada, pero era cierto. Me preparé mentalmente para acabar con la "ilusión" y que todos supieran quién era en realidad; era probable que nadie me volviera a tratar igual... y que perdiera a mi novio.

Al día siguiente, en la biblioteca, estaba más callada que de costumbre, y Hiromi lo notó.

—¿Te sientes bien, Tenpi? ¿Qué tienes? —preguntó mientras me quitaba el pelo de la cara.

¿Cómo le voy a decir? ¿Por dónde empiezo?, pensé.

—No, no es nada —respondí.

—Te veo mal, deberías ir a tu casa a descansar. Hasta te ves pálida. ¿Quieres que te lleve?

Asentí con la cabeza, tenía un nudo en la garganta. Estaba a punto de llorar y las palabras se me quedaron atascadas.

—¿Me acompañas a mi casa? —le pregunté por fin con la voz entrecortada.

Iba a extrañar mucho su cercanía, sus pláticas extrañas de teorías conspirativas (su nueva obsesión), su olor a perfume caro y los cabellos rojos que solía encontrar aleatoriamente en mi ropa..., pero también sus besos y lo bonito que era que me tratara con tanta gentileza. No sabía si volvería a experimentar algo así otra vez.

Le di un beso, lo miré a los ojos y temí que jamás volvería a tenerlo así de cerca.

Hiromi se veía muy confundido, supongo que empezó a sospechar que algo no estaba bien.

Anduvimos en silencio hacia mi casa, no podía dejar de pensar en las palabras que le diría, en la forma en la que le explicaría para que no se lo tomara tan mal.

Cuando llegamos, mi mamá no estaba y caminé apresurada a mi cuarto. Todas las emociones que estaba conteniendo salieron como llanto y lágrimas. Hiromi se acercó detrás de mí preocupado.

—¿Qué pasó? ¿Estás bien? —expresó preocupado mientras ponía un brazo alrededor de mi hombro y me guiaba a mi cama para que me sentara. Fue al baño y trajo un rollo de papel, tomó un poco y me lo dio, enseguida limpié mis lágrimas.

Ya no había forma de evadir el tema. Tenía que contarle, pero por más que quería, las palabras apenas podían salir de mi boca. Esperé hasta calmarme y Hiromi me acompañó sentado al lado de mí pacientemente mientras sostenía mi mano.

—Hiromi, hay algo que tengo que decirte, es muy importante.

Su rostro se veía confundido.

Pensé que la manera más sencilla de contárselo era mostrándoselo. Me puse de pie y comencé a desabrocharme la blusa. Také tenía razón: tenía un aspecto andrógino, y si sólo me quitaba la peluca probablemente no lo entendería.

—¡¿Qué haces, Tenpi?! —exclamó Hiromi ruborizado, mientras ponía una de mis almohadas sobre mí para taparme y miraba a otro lado.

—¡No, no es nada de eso!

Terminé de desabrocharme la blusa y me quité la peluca. No estaba desnuda, pero nunca en mi vida me había sentido tan expuesta. Estaba frente a él con el pecho expuesto y la peluca en la mano. Hiromi me miró de arriba abajo y luego se clavó en mis ojos. Su rostro no tenía ninguna expresión.

—Hiromi, soy un chico —confesé por fin—. De hecho soy de género fluido.

Él no respondió nada, no se movía, parecía que no respiraba. Su mirada era diferente, parecía otra persona; parecía como si estuviera parada frente a un desconocido. Me cubrí rápidamente al sentirme incómoda con su expresión.

—Entiendo —le dije.

Aunque Hiromi no había emitido ni una palabra, me di cuenta de que él no sabía qué hacer, era demasiado cortés como para soltarme algo grosero, a lo mejor quería irse y no volver nunca. Con la peluca en la mano salí llorando de la habitación al baño, esperando que se fuera. Sentía un dolor muy grande en el corazón al notar que una persona a la que tanto quería me veía de esa forma, no sé cómo describir esa mirada, pero no era la misma que tenía siempre que estábamos juntos. Esperé unos quince minutos en el baño, Hiromi no tocó a la puerta, no me llamó ni se acercó. Cuando salí ya no estaba, se había ido lo que interpreté como que todo había terminado.

Lo peor aún no había pasado. ¿Y si mañana Hiromi le contaba a todo el mundo que era un chico?

Preferí ser yo quien lo revelara, de cualquier forma ya era momento de mostrarme como en realidad era, dejar de fingir y brillar con mi propia luz. Al día siguiente usé por primera vez en esa escuela el uniforme completo de hombres.

Al entrar al salón percibí las miradas que pensé que recibiría el primer día. Sentí una incomodidad enorme, quería esconderme o desaparecer, que la gente dejara de examinarme nuevamente. No por el hecho de no llevar falda, sino porque la gente llegó a la conclusión de que en realidad yo "era un chico". Algunos murmuraban, otros se reían.

Hiromi me observó desde su asiento y cuando cruzamos miradas rápidamente volteó a otro lado.

Todos seguían viéndome.

Mis compañeros del salón empezaron a burlarse y a hablar en voz alta sin ser nada discretos; creo que todo el salón pudo escucharlos, incluyéndome a mí. Unos chicos se acercaron a Hiromi y entre risas le preguntaron:

—Oye, ¿qué pedo con Tenpi? ¿Tú sabías que era vato?

Hiromi volteó hacia mí.

—No, no tenía ni idea.

—Pero ustedes dos eran muy cercanos, ¿no? ¿No estaban saliendo o algo así? —preguntó uno de ellos mientras reía.

—No, ¿cómo se te ocurre? —respondió Hiromi—. Me habría dado cuenta de inmediato.

Podía sentir la mirada de Hiromi mientras hablaba de mí.

A partir de ese día y hasta finalizar el curso, me dedique a sacar mis materias y a cumplir con mis deberes, no le di importancia a nada que no fuera terminar el año y alejarme de Hiromi y todos para siempre.

Pero estaba muy equivocada, porque al entrar a la preparatoria coincidimos incluso en el mismo salón. Por fortuna no hubo muchos inconvenientes. Nos evitábamos, no nos dirigíamos la palabra a no ser que fuera muy necesario y simplemente nos ignorábamos, fue la forma más madura (supongo) de sobrellevar nuestra historia.

Él no quería tener ningún tipo de vínculo conmigo, ni que la gente nos relacionara de ninguna manera. Pero a veces hacía cosas que me sorprendían, como la vez que me defendió de su grupo de amigos y casi me ayuda, o no delatarnos cuando nos vio pegando los stickers en la biblioteca, e incluso seguir nuestra página.

Y ahora, casi tres años después, lo encuentro en la cocina de mi casa, tomando el té con mi mamá como si nada hubiese pasado. Mi mamá sabía que habíamos terminado nuestra relación, aunque no le dije la verdadera razón, me inventé que sus papás lo habían regañado y simplemente dejamos de salir.

—¿De nosotros? —pregunta Tenpi molesta—. ¿Y qué exactamente? Porque hasta donde yo sé, desde hace 3 años me has dejado muy en claro que no tenemos ningún tipo de relación.

—Tenpi, escúchame, por favor —dice Hiromi en un tono muy calmado—. Sé que ha pasado bastante tiempo desde entonces, que debí de haberme acercado para aclarar la situación y hablar. Han pasado muchas cosas en mi vida que me han hecho verla de forma diferente.

—¿A qué quieres llegar con todo eso? —Tenpi hace una expresión de confusión y cruza los brazos.

—¿Recuerdas la última vez que estuve aquí? Cuando me dijiste que "eras un chico".

—Ay, no, no quiero conversar sobre eso —responde apenada cubriéndose la cara—. No hay nada de qué hablar, qué feo recuerdo me acabas de desbloquear.

—Tenpi —Hiromi hace una pausa—. Yo ya sabía que eras un chico.

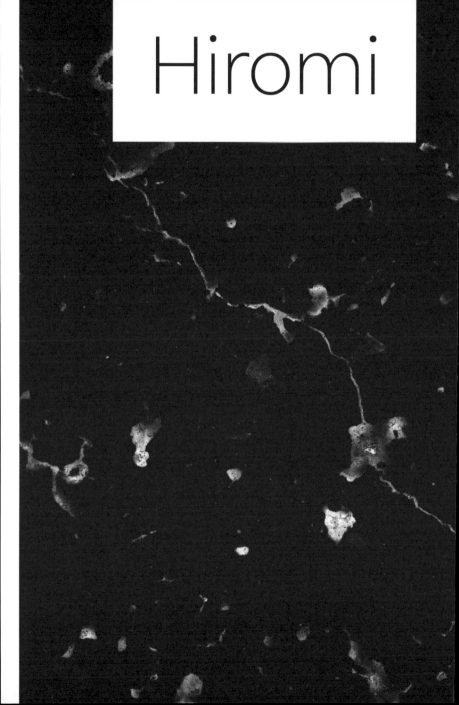

Hiromi

Desde que puedo recordar, mis papás siempre han sido bastante controladores porque, incluso desde antes de que naciera mi hermano mayor, llevaban ya mucho tiempo en el ojo público: mi papá era actor de telenovelas y mi mamá era la CEO de una empresa de tecnología. La prensa los amaba porque eran muy accesibles y abiertos y porque su vida era otra telenovela que, según los medios, valía la pena ver.

Somos cuatro hermanos, yo soy el penúltimo. Alex, mi hermano mayor, estudió Finanzas y rápidamente se colocó en la empresa familiar; Ned, el que le sigue, tiene una banda; luego estoy yo, a quien describen como "el que juega tenis"; y al final, mi hermana menor Ari, que desde la secundaria empezó a invertir en bienes raíces con la ayuda de mi papá, se volvieron bastante unidos, así como Alex con mi mamá.

Ned rara vez estaba en casa, pero a pesar de no compartir tanto tiempo con mis padres era superconsentido, probablemente por lo mismo de que lo veían dos veces al mes, si les iba bien. Su banda ganó fama con rapidez por el hecho de que lo reconocían por ser hijo de mis padres, que ya eran considerados figuras públicas. Desde que tomó la decisión de dedicarse de lleno a la música, no lo dejó y se aferró bastante a eso; tenía todas las herramientas para poder impulsar su carrera, contratar productores, contactar a la prensa, un equipo de marketing. Lo que inició como "uno más de sus caprichos" terminó siendo su trabajo de tiempo completo y la forma en la que logró sustentarse por sí solo.

A Ivy, su mejor amigo, lo conoció cuando recién comenzaba su sueño en la secundaria, se llevaban bien porque los dos tenían la misma meta, sólo que Ned era quien contaba con las herramientas y los recursos para facilitar su proceso y Ivy era mucho más creativo; así que se complementaban bien, aunque a Ivy nunca le gustó estar en el ojo público, cosa que fue difícil porque Ned amaba ser el centro de atención y se la pasaban todo el tiempo, todos los días juntos. Terminaron la preparatoria y trataron de hacer la universidad en línea, cosa que se les complicó a ambos por la cantidad de actividades que tuvieron una vez que empezaron a ser más reconocidos. A pesar de eso actualmente siguen haciendo el intento por terminar la carrera de producción musical en línea.

No es que mis hermanos me pusieran presión con comentarios directos, pero sus logros han sido motivos suficientes para sentirme menos que ellos.

Siempre me he dejado influenciar por lo que mis papás quieren y buscaba mucho su aprobación. A diferencia de mis hermanos, que eran supercompetitivos entre ellos, yo no sentía que tuviese algo que me hiciera especial, así que decidí obedecer en todo a mis papás. Suponía que quien lograra hacerlos más felices "ganaba". Eso los volvió muy controladores conmigo, porque les dio la idea de que cada cosa que me propusieran yo la cumpliría, y al no tener metas claras ellos se tomaban la libertad de idear lo que querían para mí y mi futuro.

Estar constantemente bajo el ojo público era y sigue siendo muy estresante, lo que ponía aún más presión en mis padres para decidir por mí qué tenía que decir, hacer, vestir, gustarme... prácticamente todo. Nunca los cuestioné porque confiaba en su criterio, pero con el tiempo comencé a sentir que yo no tenía identidad. Sabía cómo comportarme, sabía la persona que tenía que ser para mis padres y para los demás, pero era consciente de que no era yo, de que no estaba siguiendo aquello que en verdad quería. Me frustraba no conocerme, pero me frustraba más no poder complacer a mis papás. Pero ¿cómo iba a lograr destacar en algo si ni yo mismo conocía en qué era bueno? Si no tenía la libertad de explorar más cosas, más allá de lo que mis papás querían para mí.

Todo eso cambió cuando Tenpi llegó a mi vida. Al principio me pareció que tenía una apariencia encantadora y una personalidad refrescante. Por lo impredecibles que eran sus conversaciones y sus puntos de vista era adictiva, al punto de no querer despegarte de ella por lo agradable y optimista que resultaba ser. Aunque le hice saber sobre mi situación familiar, no sentí que tuviese intereses personales para mantenerme como su amigo. Era genuinamente cordial y amable con todos por igual, incluso con aquellas personas que no le agradaban mucho; era de sentimientos "blandos", se compadecía con facilidad, perdonaba deprisa y quería ser amiga de todos.

Le daba mucha curiosidad la manera en la que yo me comportaba por lo anticuado que era con mis expresiones y mi forma de ser en general, influencia de mis padres, y cuando le llegué a externar cómo me sentía respecto a la relación con mis papás, que constantemente tomaban decisiones por mí, se puso como meta personal lograr conocer "al verdadero Hiromi". No me opuse porque yo también deseaba conocerlo, pero no sabía ni por dónde iniciar.

Nos hicimos amigos rápidamente, éramos pareja de los trabajos en equipo, nos sentábamos uno al lado del otro en todas las clases y empezamos a salir muy seguido. Casi todos los días íbamos a una biblioteca que estaba cerca de la escuela y nos dirigíamos a una zona que no frecuentaban muchas personas, para que nadie se incomodara si es que llegábamos a levantar un poco la voz. Afortunadamente la biblioteca era bastante amplia, tenía espacios para trabajar en equipo con mesas y sillones que eran muy cómodos. Tenpi y yo nos quedábamos casi siempre en un lugar con varios sillones y una mesa en medio.

Desde el principio Tenpi fue muy comprensiva con que nos viéramos fuera de la escuela a escondidas, porque mis padres inclusive tenían que aprobar cada una de mis relaciones cercanas antes de que me vieran en público con ellas. No quería que se asustara con el extenso interrogatorio e investigación que hacían mis padres, y temía que si me prohibían estar con ella, fueran capaces de cambiarme de salón y mandar a alguien a vigilarme.

Disfrutaba mucho estar con Tenpi y nunca me había atraído alguien de la misma forma en la que me atraía ella. Tenía una apariencia peculiar que la hacía diferente al resto de las chicas, en un buen sentido, aunado a esto era muy agradable pasar el tiempo con ella. Nunca antes había salido con una chica que me atrajera, mis padres llegaron a arreglarme algunas reuniones con hijas de sus amigos o compañeros en sus respectivas áreas; era amable con ellas, pero nunca había logrado entender del todo la atracción por una persona, no hasta que conocí a Tenpi. No me considero una persona insegura, pero las primeras veces que hablé con ella me quedé mudo, como si todas las palabras se revolvieran y no lograra estructurar una frase coherente, por la desesperación de hablar decía cosas sin sentido.

Me desconcentraba su presencia, su apariencia, era adictivo verla y no comprendía por qué. Dentro de mi pequeño autodescubrimiento lo primero que entendí fue que realmente me gustaba Tenpi.

Me gustaba su personalidad, sus ojos, su sonrisa, su forma de pensar y de ver el mundo. Creo que me estaba enamorando demasiado rápido, me fascinó cómo era mi vida con ella, la manera en la que me hacía ver todo a mi alrededor, pero principalmente me enamoré de ella. No encuentro otras palabras para describir lo mucho que deseaba estar con ella.

Una tarde, mientras hacíamos tarea en la biblioteca, estábamos uno al lado del otro, y la observé mientras no se daba cuenta. Ella leía. Tenpi era una chica sumamente delgada, lo notabas en sus manos, a las que se les pronunciaban bastante los huesos; en cómo se marcaban sus rodillas cuando se sentaba; en la finura de sus brazos y piernas; a eso atribuí el hecho de que, a diferencia de otras chicas, ella no tenía pechos ni caderas. Desde un lado distinguí algo peculiar, algo en lo que no me había fijado antes por el cuello alto de su blusa, que a veces se desabrochaba, como ese día, tenía algo como la manzana de Adán.

De primera instancia no me sorprendí, pero seguí mirándola. A esa corta distancia advertí que traía una peluca. No era una mala peluca, o la sabía acomodar y fijar bastante bien, porque hasta donde sabía, nadie tenía sospechas de lo que yo estaba descubriendo ese día. Recién me estaba percatando, aun cuando la vi a diario todo un mes. Tendrías que pasar bastante tiempo con ella y estar muy de cerca para darte cuenta, porque tenía unos rasgos muy femeninos y otros muy andróginos.

Puede que Tenpi haya nacido como hombre, pero ante mis ojos la seguía viendo como una mujer.

No sabía mucho al respecto, llegué a escuchar del tema en algunas ocasiones pero nunca le puse mucha atención. Sabía que existían personas que no se sentían cómodas con su sexo de nacimiento y se vestían u operaban para verse como querían. Di por hecho que ése era el caso de Tenpi, así que continué investigando. En ese momento era mi amiga, me importaba y quería conocerla y no hacerla sentir incómoda de ninguna forma.

Me informé un poco sobre las identidades y orientaciones sexuales, leí bastantes artículos en internet y llegué a la conclusión de que Tenpi era trans. El que lo supiera no cambió negativamente nuestra relación; al contrario, de hecho me hizo respetarla aún más, por la manera en la que se mostraba ante el mundo y quién era realmente. Admiraba mucho eso de ella.

En nuestro tiempo libre en la biblioteca solíamos hacer diferentes actividades, en su mayoría me mostraba cosas que ella consideraba podrían gustarme o simplemente que pensaba que yo necesitaba conocer. Con el paso de los días nos hicimos un poco más cercanos, había un poco más de confianza entre los dos. Quería que Tenpi tuviera claro que no sólo eramos amigos, también tenía un interés romántico con ella; el problema era que no tenía idea de cómo hacerlo o decírselo.

Esperé a la cena mensual que solía organizar mi mamá en la que nos veíamos todos, era de asistencia obligatoria, por eso se agendaba con tanta anticipación. Pensé que lo más sensato era acercarme a mi hermano mayor, que ya había tenido novias anteriormente y se encontraba en una relación estable con su pareja. A Ned no le iba a preguntar porque mostraba no contar con la suficiente madurez ni seriedad para tener pareja ni nada estable, y yo deseaba hacer todo bien con Tenpi y no arruinar nada.

Me gustaban las reuniones mensuales, cada quien platicaba cosas increíbles que hacía durante el mes. Disfrutaba mucho escuchar a todos y por primera vez sí había algo increíble que me había pasado: conocer a Tenpi. Por más que deseara contarles sabía que implicaría una serie de preguntas exhaustivas del tema que terminarían opacando el optimismo de mi noticia.

Me senté en la sala a esperar a que llegaran todos, en especial Alex, al que quería consultarle mi duda romántica. La primera en llegar fue mi mamá, que trajo una cantidad ridícula de flores para decorar la mesa. Me saludó rápidamente y se ocupó de supervisar los preparativos. Escuché un auto estacionarse y corrí a asomarme para ver quién era. Era Ned, que bajó de su auto con unos lentes de sol del tamaño de su cara y con otra sorpresa: se había pintado el pelo. En cuanto mi mamá lo miró casi se desmaya. Traía la mitad del pelo negro, y en nuestra familia el color rojo era algo bastante característico, por lo cual mi mamá se lanzó sobre él para regañarlo. Mientras eso pasaba llegó Alex, estacionó su coche, se bajó y le abrió la puerta a su novia para después ayudarla a bajar y entrar a la casa. La palabra caballerosidad llegó a mi mente de inmediato, y recordé que una vez intenté acomodarle la silla a Tenpi antes de sentarse y la vez que me quité el suéter para que se lo pusiera una tarde que hacía frío, a lo que me respondió: "No tienes que hacer eso conmigo, soy lo suficientemente capaz para mover mi silla" o "Es mi culpa no haber traído suéter, no te preocupes, no es tu responsabilidad cuidar de mí como si yo no pudiera". Ella entendía que era un gesto, una manera en la que también nos educan a los hombres, no me lo comentaba despectivamente, más bien era su forma de pensar sobre los roles de género, cosa que también aprendí de ella. Ahora todo me la recordaba.

Alex entró con su novia a la casa, saludó a mamá y a Ned y pasaron a la sala conmigo.

—Alex, ¿podemos hablar? —dije en cuanto se acercó para saludarme.

—¿Quieren que los deje? —preguntó Jenn, su novia.

Alex me miró esperando mi respuesta.

—Mmmm, no, supongo que dos puntos de vista son mejor que uno, pero no le digan a nadie más sobre esto, ¿sí?, por favor.

Ambos asintieron. Nos sentamos en la sala y comencé a explicarles.

—Bueno, conocí a una chica...

Mi hermano se sorprendió bastante, creo que aún no estaba listo para escuchar que su hermano menor ya tenía intereses románticos. Su novia sólo sonreía tiernamente.

—Creo que sabe que me gusta, nos llevamos muy bien, pero no estoy seguro de cuál es el siguiente paso, quiero expresarle mi interés romántico.

—Ya debe de saberlo —añade Jenn, la novia de Alex—. Las mujeres somos buenas para intuir esas cosas, pero seguramente está esperando a que hagas algo más.

—¿Algo más de qué? —pregunta Alex preocupado.

—Besarla, obviamente.

De nuevo Alex parece bastante sorprendido, como si no pudiera creer que esté hablando de eso con su hermano menor.

—Okey... —continuó Jenn—, en todo caso debes de ser sutil, nunca hagas algo que la haga sentir incómoda. No se te vaya a ocurrir robarle un beso o algo así, si nunca se han besado debe de estar de acuerdo con pasar esa barrera física.

—¿Cómo hago para pedirle que... sea mi novia? ¿Tengo que comprarle algo o llevarla a algún lugar?

—No, para nada —vuelve a decir Jenn—. ¿Tienes catorce, no? No vas a casarte.

—Busca un momento que tengan en privado para hablarlo, y pregúntale si quiere ese tipo de relación contigo —añade Alex—. Pero... ¿no estás muy pequeño para tener novia, Hiromi?

—No lo sé —respondí apenado—. Sólo sé que esta chica me gusta mucho, nunca me había fascinado nadie de la forma en la que ella lo hace, me hace muy feliz cuando estamos juntos —sonreí sin mirarlos.

—¡Qué lindo! —dijo Jenn casi llorando de ternura—. Alex tu hermanito está enamorado, qué tierno.

Alex me miró y sonrió.

—No le des muchas vueltas, Hiromi, haz lo que a tu corazón le parezca correcto, en el momento que estés listo.

Asentí y les agradecí a ambos por sus consejos. Estaba más seguro de lo que podía hacer ahora. Qué bueno que Jenn estuvo presente, porque fue quien realmente me ayudó.

Entonces una tarde en la biblioteca, mientras armábamos una playlist para que yo pudiese guardar nuestras canciones favoritas, comencé a recordar lo que me habían dicho Alex y Jenn. Estábamos solos y supuse que era el momento ideal. La miré detenidamente, como a veces hacía, esperando que no se percatara y que no se pusiera incómoda, disfrutaba mucho sólo verla. Deseaba besarla desde hacía tiempo, pero no sabía exactamente cómo. De nuevo volvieron las palabras de Alex: "Haz lo que a tu corazón le parezca correcto, en el momento que estés listo". Estaba seguro de lo que sentía, así que lo hice, sólo me acerque a ella dándole a entender que quería besarla y afortunadamente me correspondió el beso. Pensé que sería un beso mucho más rápido pero no se detuvo, abrí los ojos por un momento y noté que Tenpi tenía una erección.

Fue la primera vez que se hizo tan presente el hecho de que anatómicamente era un hombre. Me hice el desentendido y simplemente lo ignoré, no sé porqué me sorprendía si era algo que ya sabía. Ella fue quien dejó de besarme y después me vio a los ojos con lo que podría describir como mucha ilusión, creo que estaba feliz de que hubiese dado ese paso porque no dejaba de sonreír, creo que yo tampoco. Miré hacia otro lado y después fui al baño para darle un poco de tiempo y espacio. Supuse que sabía que me había dado cuenta y por eso no se opuso a que yo me fuera un instante.

No estaba seguro si ella tendría la confianza de decírmelo o si deseaba contarme que era trans.

La primera vez que me invitó a su casa fue cuando "formalizamos" nuestra relación. Por alguna razón desde que tuvimos nuestro primer beso yo pensé que ya estábamos en una relación mucho más formal, no creí que fuera necesario que se lo pidiera, pero era lo correcto. A pesar de eso no me pareció un momento lo suficientemente especial para ella, quería que fuese una etapa en nuestra relación que ambos logáramos recordar siempre. Así que decidí hacerle un regalo, quería que fuera algo que pudiera usar, que lo viera todas las mañanas antes de iniciar su día, que pudiera llevar consigo todo el tiempo y se acordara de mí.

Busqué en internet y encontré un par de pendientes de su color favorito: eran unas pequeñas estrellitas con un cristal dentro de color morado; lo percibí como una combinación de ambos.

Esperé a que tuviésemos un momento en privado. Lamentablemente no podía invitarla a un lugar público, pero la biblioteca estaba bien.

—Mira, Tenpi —dije sacando la cajita—. Recuerdas lo que nos dijimos la semana pasada que fui a tu casa, ¿no?

Ella dejó en la mesa el libro que sostenía sobre sus piernas y asintió.

—Bueno, no digo que el momento no haya sido lindo, pero quería darte un regalo también.

—Ay, Dios, Hiromi, ¡no te hubieras molestado! —respondió agarrando la cajita. La abrió y dejó de sonreír—. ¿Qué son? ¿Son unos aretes?

—Sí. ¿Qué pasa?, ¿no te gustaron?

—Ay, Hiromi, claro que sí me gustan mucho, pero... no tengo las perforaciones de las orejas.

De inmediato me sentí como un tonto. ¿Cómo es que nunca me fijé si tenía las perforaciones? Normalmente a las niñas se las hacen desde pequeñas, ¿no?, pero, claro, no las tenía porque creció como niño.

—Ay, bueno..., no te preocupes. Si quieres los podemos cambiar por otra cosa. Perdón, no me había fijado.

—¡No! Es un gran regalo, hace tiempo que quiero hacérmelas, pero no me decidía.

—Podemos ir a que te las hagan —la interrumpí—, para que puedas usarlos. Yo podría acompañarte.

—¿En serio? —dijo Tenpi muy emocionada—. ¿No se supone que no querías que saliéramos de aquí, ya sabes, para que no nos vean?

—Podemos hacer una excepción, seremos cuidadosos y discretos.

Al día siguiente quedamos de ir al centro comercial, a un establecimiento de piercings y tatuajes. Yo llevaba puesto un gorro para cubrir mi cabello, que era lo más reconocible y llamativo.

Cuando llegamos al establecimiento, Tenpi volvió a emocionarse mucho.

—Te perforas conmigo. ¿Sí? ¿Por favor?

—Ay, Tenpi... No sé.

—Ándale, no te van a decir nada. No se te verá por el pelo largo, y si sí, pues sólo te lo quitas y ya.

—Bueno..., está bien.

De inmediato me puse nervioso: una aguja iba a atravesar mi piel, claro que estaba asustado, pero Tenpi estaba tan emocionada que aguanté.

—¿Qué pieza van a querer? Tiene que ser uno de estos, si no se les va a infectar —nos advirtió el chico del establecimiento.

—¿Y si nos ponemos el mismo, pero en orejas diferentes? —propuso Tenpi—. Estaría bien bonito.

—¿Y los que te compré?

—Me pondría el que me compraste en una oreja y en la otra el que nos pongamos tú y yo juntos.

—¿Tú te harías dos y yo me puedo hacer uno, no?

—Sí.

—Vale —dije convencido porque sólo tendría que pasar por eso una vez.

Nos llamaron para entrar a un cuarto. Nos sentamos juntos mientras un chico preparaba todo.

—Bueno, ¿quién va a ser el primero?

—¡Yo! —gritó Tenpi emocionada.

Miré asustado cómo le limpiaban la oreja izquierda y marcaban un puntito negro, que después atravesó fácilmente la aguja. Tenpi sólo apretó un poco mi mano. Supongo que le hacía mucha más ilusión tener la oreja perforada.

A mí me causaba terror.

Sostuve fuertemente la mano de Tenpi mientras me marcaban y limpiaban. Notó que estaba nervioso y sólo sobaba mi hombro.

—Va a ser rápido, te juro que no se siente nada.

El chico tomó mi oreja derecha y la atravesó con la aguja, pero no me dolió. Era ligeramente incómodo, pero soportable.

Nos pasaron un espejo y nos miramos atentamente. Sonreímos como tontos frente al reflejo, estaba feliz de sentirme de cierta forma más cercano a Tenpi, de llevar conmigo algo que me recordaba a ella. Era un arete sencillo, un círculo negro como de medio centímetro de diametro, el cual fue bastante sencillo ocultar de mis padres, de cualquier manera no nos veíamos tan seguido a pesar de vivir en el mismo lugar.

Un día Tenpi estaba muy rara, triste, nerviosa y me pidió que fuera a su casa. Ese día en su cuarto, llorando e intentando decirme algo, se desabrochó la blusa y se quitó la peluca; me confesó que era de género fluido, me quedé mudo. Tenpi como mujer ya era una normalidad para mí; conocerlo como hombre me impactó mucho, porque también lo encontraba sumamente atractivo. No supe como reaccionar y me fui sin decir una sola palabra.

No pude dormir en toda la noche dándole vueltas en lo que sentía. Me consideraba heterosexual, pero no podía dejar de pensar en Tenpi, en ese Tenpi.

Verlo al día siguiente con el uniforme de hombres, los zapatos de vestir, el saco, la camisa y el pelo corto sólo me confirmó lo que suponía: yo era bisexual.

Lo miré justo como el primer día, como tonto y aún muy enamorado, pero me comporte como un patán.

7

Heliófilo

Seres vivos que requieren
sol directo para su
desarrollo.

Todos lo estaban mirando o ¿*la* estaban mirando? ¿Cómo se supone que debía referirme a Tenpi ahora? Los demás compañeros del salón hablaban a sus espaldas y se reían. Tenpi sólo tenía la cabeza agachada, fingía que no los escuchaba. Empecé a sentir mucho miedo y presión, ¿qué tal si alguien nos había visto juntos? ¿Qué pasaría si mis papás se enteraban? No dejaba de imaginar escenarios catastróficos en mi mente, hasta que un compañero se acercó a mi lugar y me preguntó por Tenpi, y tomé la decisión más cobarde de mi vida: lo rechacé y desconocí frente a todos, por miedo, miedo a la opinión de los demás y de esta nueva parte de mí que recién conocía. Dejamos de dirigirnos la palabra, era obvio que me había escuchado decir que no salía con ella ni que sabía que "era hombre". También estaba frustrado conmigo mismo, mi situación familiar era complicada, pero a pesar de eso seguía sintiendo muchísimas cosas por Tenpi. Estaba como en abstinencia, deseaba poder ignorar todo lo que me rodeaba y seguir lo que en realidad quería: estar con Tenpi, hablar con él y decirle cómo me sentía, pero desconocía las consecuencias que eso traería, cómo afectaría a mi familia, de verdad no sabía qué hacer.

Ese día, al llegar a casa, tuve una sensación extraña. Algo estaba mal. Los coches de mis papás estaban estacionados afuera, así como los de mis dos hermanos. No recordaba que hubiese ninguna reunión, incluso revisé mi calendario mientras entraba. Se percibía un ambiente muy pesado. En el comedor estaban mis padres, mis tres hermanos, nuestro representante y el abogado familiar.

—Ya llegó —dijo el abogado.

Me aproximé preocupado mientras todos me miraban en silencio. Sobre la mesa estaba algo que parecían ser unas hojas, y conforme me fui acercando noté que eran fotos. Un escalofrío me recorrió todo el cuerpo cuando vi a Tenpi en ellas: una de los dos besándonos, caminando juntos en la calle, en la escuela y unas de hoy, que Tenpi fue a la escuela con el uniforme de hombre.

Los observé a todos. Me sentía avergonzado por tener expuesta mi intimidad frente a toda mi familia.

—¿Qué es esto? —pregunté.

—Eso queremos saber —dijo mi papá molesto. Nunca lo había visto así—. Llegó hace unas horas al correo.

Me quedé mudo, quería desaparecerme. Estaba muy avergonzado, no podía mirar a nadie a la cara. Mi papá se levantó de su silla y se acercó a mí para hablarme de frente.

—¿Eres maricón? —exclamó mi papá molesto. Contuve el llanto lo más que pude mientras veía al suelo.

—No, no lo soy.

—Se dice gay —añadió Ned—, y aunque lo fuera, no veo el problema.

—¡Tú cállate ya! —gritó mi papá.

—Yo no sabía que era un hombre, papá, te lo juro —afirmé llorando.

—¿Cómo no te vas a dar cuenta? Por Dios —preguntó mi mamá.

—Piden doscientos mil pesos por cada una de las fotos para no publicarlas. ¿Los vas a pagar? —dijo mi papá—. Por algo nosotros supervisamos todo lo que haces, porque no puedes hacer nada bien tú solo. Expones al apellido a una ignominia y no te involucras sólo a ti, también nos afecta a todos. No puedo creer que seas tan estúpido.

Mi mamá no dejaba de negar con la cabeza.

No soporté más y salí corriendo al jardín de la casa. Me faltaba el aire e inclusive me costaba llorar, quería desaparecerme, morir ahí mismo.

Mi hermano mayor Alex fue detrás de mí. Se acercó y, cuando notó que no podía respirar, cubrió mi boca con una de sus manos y, con la otra, una de mis fosas de la nariz.

—Tranquilízate, Hiromi. Respira despacio, estás hiperventilando.

Alex me observaba mientras poco a poco mi respiración se normalizaba. Quitó sus manos. Yo intentaba con todas mis fuerzas no romper en llanto, porque me daba mucha vergüenza hacerlo frente a él. No podía ni mirarlo a la cara.

Él se acercó y me abrazó. Me sorprendí porque no era de las personas que demostrara afecto físico.

—Llora, está bien.

Casi de inmediato salió un llanto de desesperación que se ahogó en el hombro de mi hermano.

—Te juro que no sabía que era hombre —le aseguré susurrando.

—Aunque lo supieras, Hiromi, no tiene nada de malo. Eso no te hace una mala persona, pero lamentablemente no todos entienden eso.

Yo continué sollozando en su hombro.

—¿Es la chica de la que me hablaste la otra vez, verdad? —preguntó mi hermano—, ¿te gusta mucho, no? Podría decir incluso que estás muy enamorado, y te duele porque creo que eres consciente de que no vas a poder acercarte a ella otra vez.

Desvié la mirada hacia el suelo y asentí.

—Yo voy a pagar por las fotos —ofreció mi hermano.

—Nosotros también —se unió Aria, que estaba con Ned escuchándonos de lejos, desde la puerta que daba al jardín—. No puedo pagar la totalidad de una pero voy a aportar con lo que pueda.

—No te preocupes, Hiromi —añadió Ned—. Esto no se va a volver un problema más grande. Igual pagaré por las que hagan falta, no es tan grave. Las fotos son de aficionados, querrán algo a cambio y listo, pero sin duda se puede intervenir legalmente, ya que no tuvieron ningún tipo de precaución con su información personal.

—Mamá y papá tienen que entender que no todos tienen la vida resuelta a los quince y que no tienes que ser su representación de "perfección" —señaló Aria.

Tenían razón, el problema tenía una solución, por eso ellos no estaban tan preocupados. Lo que realmente les alarmaba más a mis papás era el hecho de que no fuera heterosexual, y la imagen que eso les daría.

Mis papás procedieron a realizarle una investigación a Tenpi. Querían sobornar a su mamá para que se mudaran con tal de evitar cualquier encuentro entre los dos, pero mis hermanos lograron convencerlos de no hacer el problema más grande. Mis papás me ordenaron que evadiera a Tenpi lo que restaba del año, dejara de ser su amigo, me alejara y negara el "rumor" de que tuvimos una relación.

Al entrar a la preparatoria todavía existía ese rumor, inclusive afirmaban que yo era gay. Esos primeros años, bajo las detalladas instrucciones de mis padres y nuestro representante, salí con muchas chicas y procuré que todo el mundo me viera con ellas. No fue hasta entonces que los rumores cesaron y la situación pareció quedarse en el olvido. No sé si fue por la "técnica" de mis padres o por el respeto que aún generaba el apellido con mis compañeros, pero funcionó.

Desde lejos vi a Tenpi crecer y desenvolver su identidad sexual abiertamente con todos, la manera en la que se defendía y se imponía frente a los demás. Fue un gran aprendizaje y desarrollo para ella. Parecía que cada vez le afectaba menos la opinión de los demás. Detesté el hecho de alejarme de ella, pero si hubiese ido a mayores habría terminado afectándola a ella también a una mayor escala y de forma pública.

Fue en la preparatoria cuando se presentó desde un inicio como de género fluido y nos hizo saber a todos sobre sus pronombres. No fue hasta ese momento que pude, con seguridad, saber cómo dirigirme a elle.

Tenpi mira a Hiromi, confundido. Se sentaron ambos en la cama mientras Hiromi terminaba de contar la historia de lo ocurrido años atrás.

—Tenpi, me asusté mucho cuando me dijiste que eras de género fluido. No porque lo fueras, sino porque pensé que lo harías público y todo el mundo se terminaría enterando de lo nuestro. No sabía cómo manejaría eso con los medios, y no sólo me involucraba a mí, también a toda mi familia.

—Tiene sentido —dice Tenpi desanimade—. Pero ¿por qué me dices todo eso ahorita?

—Bueno, en realidad quería pedirte disculpas por haber sido tan frío e indiferente, por haber esperado casi tres años para hablar contigo, por ser tan cobarde como para no atreverme a admitir que sí tuvimos algo. Me cambiaste la vida en muchos sentidos, pude acercarme más a mis hermanos, me atreví a desafiar las decisiones de mis papás sobre lo que querían para mí, exploré muchas más cosas por mi cuenta y después de todo lo que pasó todavía sigo admirándote muchísimo por tu fortaleza, por ser tan única. Deseaba que supieras que todo este tiempo me sentí muy arrepentido.

—Entiendo, ¿sólo quieres disculparte entonces?

Hiromi asiente.

—Está bien, tú y yo vivimos realidades muy diferentes, yo no encajaba en tu vida, y si el hecho de que te disculpe te da más tranquilidad, de acuerdo. Sólo una cosa, no actúes como si nada hubiese pasado, tu indiferencia sí me lastimó, y yo no puedo fingir que no fue así. Tú no viviste con esa confusión dentro de ti, con el corazón roto y con miles de dudas: si aún escuchabas nuestra playlist o si recordabas nuestro primer beso.

Hiromi le mira fijamente, mudo. Tenpi continúa.

—Todo un año después de que rompimos soñaba con tener esta plática, pensaba que te arrepentirías y volverías, porque te extrañaba muchísimo. Pero ya no. Aprendí a seguir sin ti, porque recordarte dejó de ser lindo y pasó a ser doloroso.

—Estoy de acuerdo con que aprendiste a seguir tú sola, que lograste enfrentarte a todo y a todos por tu cuenta. Pero no puedo creerte cuando me dices que ya no me extrañas si todos los días antes de salir de casa sigues llevándome contigo.

Tenpi observa confundide a Hiromi.

—¿De qué hablas? —pregunta a la defensiva.

Hiromi señala con su mano su arete que, al igual que Tenpi, aún usaba todos los días. Tenpi se sonroja y se levanta enseguida.

—Voy a ayudar a mi mamá a traer la comida, de seguro ya acabó.

Hiromi detiene a Tenpi del brazo antes de que salga.

—No te comportarías así si no fuera verdad, ¿no?

—¿Y por qué tu insistencia con eso? Ése es mi problema, ¿no? A ti ni te importa eso, Hiromi —responde Tenpi molesta.

—Te equivocas, sí me importa, necesito saber si aún sientes algo por mí, porque yo sí.

Tenpi lo mira sorprendide y Hiromi suelta su brazo.

Un día, regresando de clases, estaba estacionado afuera de la casa el auto de Aria, mi hermana. Seguramente no se había ido con papá y había regresado directamente de la escuela. Subí las escaleras camino a mi cuarto y me asomé al suyo para ver si estaba ahí.

Al hacerlo, me llevé una gran sorpresa porque estaba besando a otra chica. Accidentalmente me recargué sobre su puerta, haciéndola chirriar. Mi hermana y la otra chica al escucharme se sobresaltaron. Aria se levantó muy rápido y corrió hacia mí.

—¿Qué estabas haciendo? ¿No sabes tocar? —dijo molesta, protegiendo la perilla de la puerta con el cuerpo.

—Sólo me asome para ver si estabas. ¿Qué estabas haciendo?

—No es tu problema.

—Sé lo que vi. ¿Mis papás saben de esto?

—Ugh, ¿eres tonto? ¿Cómo se te ocurre? "Oye, mamá, papá, ¿qué creen? Soy lesbiana".

—¿Eres lesbiana?

—¡Que no es tu problema! —exclamó molesta.

—Espera, Aria —dije para tranquilizarla—. Cálmate, yo no voy a contarle nada a mis papás.

—Más te vale —estaba muy a la defensiva.

—¿Por qué te pones así? No tiene nada de malo que te gusten las mujeres, tú misma me lo aseguraste hace años.

—No es lo mismo afirmarlo que vivirlo.

Se escuchó cómo la perilla de la puerta se movía y Aria se movió para abrirla, era la chica que estaba dentro que intentaba salir.

—Aria, yo creo que me voy —susurró.

—No, no te vayas —insistí—, sólo dame un segundo con mi hermana, ¿sí?

—Okey —respondió la chica y entró a su cuarto.

—¿Qué es lo que te da tanto miedo, Aria?

—Tú casi no estás con mis padres, también vives aquí pero es como si no estuvieras, te has distanciado mucho, pero mis papás hacen comentarios horribles respecto a la comunidad LGBTQ+ desde que pasó lo de tu novia o novio. Dicen cosas como que era un enfermo, aprovechado, que todos son así. Que casi te arruina la vida, que las personas así son un error. ¿Cómo se supone que salga del clóset así, Hiromi? Por lo menos en tu caso hubo justificación porque no sabías que era un chico, pero en el mío… Me gustan las mujeres, Hiromi. He intentado estar con chicos, pero simplemente no…, no me siento igual, te juro que lo he intentado. Tengo mucho miedo de lo que pueda pasar, no quiero que mis papás me odien. ¿Recuerdas cómo se pusieron cuando pensaron que eras gay? Te iban a correr de la casa, Hiromi, casi te desheredan.

Al terminar de hablar, mi hermana se veía muy desesperada, a punto de llorar.

—Aria, cálmate. No tienes que explicarme nada, lo entiendo, sé cómo te sientes, he estado ahí. No habrá ninguna otra persona que logre entenderte mejor que yo.

Tomé su mano.

—La verdad me siento un poco aliviado.

—¿De que sea lesbiana? —preguntó Aria confundida.

—Sí, porque yo soy bisexual, y aún sigo muy enamorado de Tenpi. Me alivia un poco saber que no estoy solo.

—¡¿Que tú qué?! —casi gritó Aria y soltó mi mano—. ¿Eres bisexual?

Asentí con la cabeza.

—Llevo mucho tiempo tratando de olvidar a Tenpi, cuestionando mi sexualidad, saliendo con muchas chicas para probarme que era hetero… Que por lo menos tengamos algo como esto en común, me da el valor de aceptar lo que ya sabía desde hace tiempo: soy bisexual. Cuentas con mi apoyo, Aria, así como tú estuviste conmigo cuando pasó lo de Tenpi. Lo que necesites voy a estar para ti.

—Me encantaría que mis papás la conocieran —suspiró mirando la puerta de su cuarto—. Es una chica muy dulce e inteligente que en un mundo paralelo amarían.

Abracé muy fuerte a mi hermana.

Tarde o temprano le iba a devolver el favor, abriendo camino para que se sintiera más cómoda.

Iba a salir del clóset.

Pasó aproximadamente una semana después de enterarme de que mi hermana era lesbiana. Tuve que mentalizarme y pensar muy bien lo que le iba a decir a mis papás, además de tener un plan para cualquier reacción que llegasen a tener, inclusive si me corrían de casa.

Ese día cenaríamos solos mis papás y yo. Mis hermanos mayores no estaban en casa y Aria se quedaría con unas amigas de la escuela a estudiar, era el momento perfecto para hablar con ellos al respecto.

La cena fue mucho más silenciosa de lo que esperaba, a pesar de que estuviéramos comiendo juntos en la mesa, no se limitaban para contestar llamadas o mensajes. Aguardé hasta que ambos acabaran de comer para empezar y justo estaba por abrir la boca cuando…

—Hiromi —empezó a hablar mi papá—. Necesitamos comentarte algo.

Mi papá me mostró una fotografía en su celular.

—Hiromi —añadió mi mamá, emocionada—. Ella es Ellen, tiene veinte años y es hija de los dueños de la empresa con la que queremos formar una sociedad.

—Los dueños son muy cerrados en este aspecto —aclaró mi papá dejando en la mesa el teléfono—, pero platicando con ellos logramos llegar a un acuerdo que nos conviene a todos.

—¿Qué tiene que ver todo eso conmigo? —pregunté.

—Están buscando un prometido para su hija —mi mamá me mostró más imágenes de ella en internet.

Yo los miré con disgusto. No porque no fuese atractiva, pero porque me empezaba a incomodar su propuesta.

—¿Qué es esto? ¿Retrocedimos cien años, o qué?

—Hiromi, esto no sólo asegurará tu futuro, también tu imagen pública. Ellen es una chica bastante popular con los medios.

—Ni la conozco, ni me interesa —crucé los brazos y desvié la mirada con indiferencia.

—A ver, Hiromi —exclama mi papá más molesto—. No estás entendiendo, no te estamos preguntando.

—Ahhh, me van a casar a la fuerza ¿o cómo?

—Lo que sea necesario para quitarte de encima ese espantoso rumor con el travesti ese.

Odiaba cuando hablaba así de Tenpi, cuando utilizaba comentarios tan despectivos para referirse a elle sin entender nada sobre su identidad.

—Se llama Tenpi —dije molesto—, y no es travesti, y ya deja de faltarle al respeto así.

—¿Lo defiendes? —rio irónicamente—. ¿Después de que casi te arruina la vida?

—Sí, y no fue su culpa, es culpa de esta sociedad enferma que no busca más que afectar y criticar a los demás.

—No empieces con tus cosas —exclamó mi papá frustrado.

—Sí, sí lo voy a hacer. Me cansé, estoy harto de sus comentarios, de la forma en la que insultan a Tenpi, a las personas que no son heteros, y ahora con sus ideas extremadamente conservadoras. No son una familia perfecta por no tener hijos que no sean gays, hay cosas más importantes, si van a preocuparse por sus hijos que sea por su verdadero bienestar, no con la falsa idea de que nuestra imagen ante la sociedad lo es todo. Y lamentablemente para ustedes soy bisexual, hecho del que jamás se hubieran dado cuenta por su nula atención. La realidad es ésa: me gustan los hombres y las mujeres.

Mi madre me miró con sorpresa, mi papá con disgusto.

—No, no estoy confundido, me conozco y me lo he cuestionado yo mismo desde hace muchísimo tiempo. Me negaba a aceptarlo porque tenía miedo de la reacción exagerada que podrían tener las personas, pero ya no me importa, no pretendo seguir complaciéndolos, siendo la persona que ustedes quieren que sea, y esto de casarse cruzó la raya. Perdón pero yo no soy capaz de casarme con una persona que no conozco y por la que no siento nada.

Me levanté de la mesa y caminé hacia mi cuarto, con los gritos de mi papá persiguiéndome.

—Es tu última oportunidad para arreglar tu vida, Hiromi. No esperes nada de mí si sigues con esas ideas. Claro que estás confundido, y si hace falta casarte a la fuerza, ¡lo haré!

Entré a mi cuarto furioso, estaba molesto de que a pesar de todo lo que les acababa de decir hubiesen llegado a la conclusión de que sí estaba confundido. Iba a hacer mi primer berrinche y salirme de la casa para hacerles entender de alguna manera que no estaba jugando, que lo que sentía era muy real. Quería desquiciarlos, que perdieran el control sobre mí alejándome de ellos, supuse que la única forma de quitarles poder sobre mí era desaparecerme de su radar. Saqué una maleta y empecé a empacar.

Me escapé por la cochera sin que me vieran. Seguramente al notar mi ausencia checarían las cámaras de seguridad, era la prueba que necesitaba para que no hicieran un escándalo público, me había ido por voluntad propia.

Comencé a caminar con mi maleta por la calle, sin tener a dónde ir. Pensé en quedarme con mi hermano mayor, pero estaba de viaje, y mis otros hermanos seguían viviendo con mis papás. Ned tenía un departamento, pero rara vez estaba porque viajaba mucho.

Mi intuición me llevó al lugar al que menos pensé: la casa de Tenpi.

Tenpi escucha en silencio, con atención y sorprendido, la historia de cómo Hiromi había salido del clóset. Se sienta en la cama, al lado de Hiromi, y pregunta:

—Por eso te saliste de tu casa, ¿no? Porque saliste del clóset. Entiendo.

Hiromi asiente nada más.

—Hubiese creído todo menos que eres bisexual. Todo el tiempo saliste con muchísimas chicas.

—Bueno..., en realidad no encontré otra forma de reafirmar mi heterosexualidad, pero también me gustan los hombres.

—¿Recién te diste cuenta? ¿Quién fue el culpable de tu despertar bi? —pregunta Tenpi emocionade mientras ríe.

Hiromi le mira molesto.

—No es gracioso.

—¿Qué cosa? Lo pregunto muy en serio.

—Fuiste tú.

—¡¿Yo?! —responde Tenpi ahora muy sorprendide.

La mamá de Tenpi entra al cuarto con una pequeña bandeja que Tenpi le ayuda a poner sobre la mesa, se despide y sale. Tenpi toma un plato con un sándwich y se lo da a Hiromi.

Tenpi agarra su sándwich y le da una mordida mientras se sienta nuevamente en la cama.

—Pensé que te había dejado de gustar desde que te mostré que era un chico.

Hiromi niega con la cabeza mientras tiene la boca llena.

—Fue extraño, porque verte "como chico" no me disgustó ni me incomodó, me gustó bastante. No fue atracción sólo por el hecho de que fueses tú y ya me gustabas, también me atrajiste mucho con esa otra apariencia más andrógina.

Tenpi mira a Hiromi mientras asiente y come su sándwich.

—Y... ¿te vas a casar, entonces? —dice terminando su bocado.

—Claro que no. En realidad estoy muy molesto, no sabía a dónde más ir. Mis hermanos no están y...

—No tienes que darme más explicaciones, está bien, puedes quedarte, pero sólo una noche. Tu familia me da algo de miedo y no quiero problemas contigo ni con ninguno de tus hermanos, y mucho menos involucrar a mi mamá en esto. Ella piensa que terminamos bien.

—Bueno, está bien —dice Hiromi.

—¿Trajiste una maleta, entonces?

—Sí, está en la sala, voy por...

—No, no te preocupes, termina de comer, yo iré.

Tenpi camina a la sala. Su mamá estaba sentada viendo la televisión mientras cenaba.

—Perdón, mamá —interrumpió Tenpi—, te dejamos sola.

—No, ni te preocupes, estoy muy cómoda, aproveché para ver por fin ese show que tú detestas.

Tenpi ríe mientras busca con la mirada la maleta de Hiromi.

—¿Buscas su maleta?

Tenpi asiente.

—¿Está bien que se quede por una noche, mamá?

—¿Una noche? —pregunta su mamá confundida.

—Tampoco quisiera molestarte ni incomodarte, tener una persona más conlleva quehacer de más.

—Está bien, Tenpi, yo no tengo problema. Hiromi no sólo me agrada, ahora me recuerda muchísimo más a ti. La situación en la que está no es sencilla, su vida dio un cambio por completo y tomó una decisión drástica por sí mismo, por su vida y por lo que ahora quiere, aunque en su caso ninguno de sus papás lo apoya. Si nos es posible no deberíamos dejar que nadie que haya pasado por situaciones parecidas a las que hemos vivido esté solo, menos una persona a la que ya conocemos, como Hiromi.

Tenpi baja la mirada. Su madre tiene razón, si de alguna forma puede ayudar debía hacerlo. En ese momento Hiromi no tenía nadie más con quien ir y, con una familia tan grande, decidió venir aquí, seguramente porque en este espacio había encontrado la paz que tanto estaba buscando.

Tenpi llevó las cosas de Hiromi a su cuarto.

—¿Cuál es tu plan ahora? ¿Qué piensas hacer? —Tenpi deja la mochila de Hiromi a un costado de la cama.

—Aún no estoy completamente seguro. Por ahora no quiero regresar con mis papás.

—¿Piensas regresar con ellos en algún momento? ¿Tienes algún medio para sustentarte?

—Algo así, traigo un poco de dinero en efectivo y mi tarjeta —respondió Hiromi algo temeroso—. Supongo que buscaré otro lugar dónde quedarme.

—Puedes quedarte aquí, mi mamá estuvo de acuerdo con eso.

—Gracias, pero quisiera buscar un lugar donde pudiera quedarme por más tiempo sin molestarles a ustedes, donde pague renta o lo que haga falta. ¿Conoces algún lado donde pueda rentar o algo así?

Tenpi piensa unos segundos.

—Sí, sí sé. Pero en todo caso puedes quedarte aquí hasta que lo encuentres, no te preocupes —vuelve a sentarse a un lado de Hiromi.

—Conoces a Sora, ¿no?

—Sí, claro, está en el equipo de tenis conmigo.

—Ah, sí —recuerda Tenpi fastidiado—. Bueno, él tiene espacio en su casa, podrías hablar con él.

—Ohhh —Hiromi hace una pausa—. Y... ¿no podrías, por favor, decirle tú? ¿Es tu amigo, no? Te llevas mejor con él.

Tenpi ríe.

—No sé si siga siendo mi amigo, tiene tiempo que no hablo con él —responde desanimade.

—¿Pasó algo? ¿Te hizo algo? —Hiromi se acercó un poco a Tenpi, que ya se había hecho bolita en medio de la cama.

—No, no realmente. Algo así, pero también fue mi culpa —Tenpi suspira fastidiado—. Salí con él un rato.

Hiromi le mira preocupado.

—¿Tú y Sora? ¿Saliendo? ¿Por qué no nos dijo nada de eso?

—Porque Sora es un chico muy reservado e introvertido.

—Pero… —interrumpe Hiromi—. Llegué a platicar con él en privado en varias ocasiones, nunca mencionó nada de eso.

—Lo sé, no le gusta que la gente sepa demasiadas cosas de él. En todo caso lo nuestro no funcionó, no le gustaba estar conmigo en público porque mi expresión habla por sí sola de mi identidad de género, le incomodaba mucho que la gente nos viera juntos y tampoco le comenté en un principio que era de género fluido… ¿te suena? Entonces, en resumen, nada funcionó.

Hiromi asiente con la cabeza agachada.

—Ya veo, lamento que no haya funcionado, y al parecer tampoco son amigos ahora, ¿no?

—No, creo que no, no he logrado acercarme a él nuevamente y está bien, no lo voy a obligar si él no lo desea —Tenpi hace una pausa—. Sólo por curiosidad, ¿de qué tanto conversaban tú y Sora cuando estaban solos? Los llegué a ver incluso yendo a comprar jugos juntos. ¿Te gusta o algo así?

Hiromi ríe nervioso.

—Ay, no, para nada, este… Bueno, voy a decirte, de cualquier forma es obvio.

Tenpi lo mira confundido.

—¿Recuerdas la rosa, la tarjeta o el chocolate caliente?

—Ay, no, Hiromi, no me digas que tú eras el "admirador secreto".

Hiromi asiente lentamente.

—¿Por qué? —pregunta Tenpi extrañado—. ¿Y qué tiene que ver Sora con eso?

—Porque de cualquier manera tenía planeado disculparme contigo, te quería de vuelta en mi vida y noté que eras muy amigue de Sora, entonces supuse que podría hablarle primero a él para después llegar a ti.

Tenpi sonríe y se acerca a Hiromi.

—Oye, pero esas cartas no eran de disculpas precisamente —añade riéndose y Hiromi se sonroja.

—Ay, ya sé, no te acerques tanto, me pones más nervioso, Tenpi, no sabía de qué otra forma hacerlo, necesitaba decírtelo.

Tenpi toma su vaso con leche de chocolate de la charola y le da un sorbo.

—¿Es en serio lo que me confesaste hace rato? ¿Aún sientes algo por mí? —susurra Tenpi.

Hiromi lo ve a los ojos por unos segundos y después asiente.

—Sí, sí, Tenpi.

Tenpi lo mira fijamente sorprendide.

—No…, no esperaba que hablaras en serio. Yo no me he cuestionado si aún me gustas, digo, sí eres superguapo y así —ríe—, pero, no sé, sólo no había pensado en esa posibilidad.

—No te estoy pidiendo que regreses conmigo, no así como así. Pero permíteme volver a pasar tiempo contigo y tú decide si en algún punto quieres que retomemos nuestra relación, o si prefieres que seamos amigos. Lo que me gustaría es tenerte presente en mi vida, sea como amigos, conocidos o… lo que tú escojas.

Tenpi sonríe.

—Me parece bien, en todo caso dame tiempo, te juro que es superinesperado para mí, no sé ni qué decirte.

Ambos se quedan en silencio unos segundos.

—Bueno —Tenpi se levanta de la cama—. Voy a traer la colchoneta donde me acuesto cuando tenemos visitas. Si traes ropa para dormir puedes ponértela de una vez, o si quieres agarrar ropa mía, también.

Tenpi sale del cuarto y aprovecha para despedirse de su mamá antes de dormir. Ella le ayuda a llevar la colchoneta, unas cobijas y almohadas, y se despide de Hiromi antes de irse a su habitación.

—Puedes acostarte en mi cama.

—¡No, no! —interrumpe Hiromi—. No voy a estar tranquilo, quédate tú en tu cama, por favor.

—Está bien, voy a poner la alarma para irnos a la escuela a las seis.

Hiromi acomoda las cobijas en la colchoneta.

—No creo que vaya mañana a la escuela.

—¿Qué? ¿Por qué?

—Será el primer lugar en donde preguntarán o me buscarán mis padres.

Tenpi apaga la luz, pero deja prendida la serie navideña que está pegada en el techo del cuarto, ésta deja ver sólo un poco en la oscuridad. Levanta las cobijas y se acomoda en su cama.

—Ay, Hiromi, conociendo a tus papás, ya deben de saber en dónde estás. Sólo que también te deben de estar dando tu espacio o algo así.

Hiromi se sienta en la colchoneta.

—Sí, probablemente tengas razón. Ninguno de mis hermanos tampoco me ha llamado.

Tenpi se gira sobre su cama para quedar frente a Hiromi.

—Yo creo que tus papás no les han dicho nada para no preocuparlos, tus hermanos siempre están muy pendientes de ti. En cuanto se enteren vamos a escuchar helicópteros volando sobre la casa —dice Tenpi y le contagia la risa a Hiromi.

Tenpi se recorre a la orilla de su cama y extiende su mano al suelo para sostener la de Hiromi.

—Todo va a estar bien, no te preocupes.

Hiromi sonríe y le toma la mano.

—Gracias.

Tenpi cierra los ojos sin soltar a Hiromi, quien al darse cuenta de la intención de Tenpi de no soltarlo, sólo se acomoda para dormir con la mano ligeramente levantada.

Hiromi se despierta en la madrugada algo exaltado, la colchoneta era cómoda, pero no estaba acostumbrado a no dormir en su casa. No podía dejar de pensar en sus papás. No tenía una relación tan cercana con ellos, pero eso no significaba que los odiara.

Se levanta para ir por un vaso con agua y despejarse un poco. Se mueve de forma sigilosa para no despertar a nadie. Entra a la cocina y abre lentamente uno de los gabinetes de la alacena para sacar un vaso. No lo había notado, pero algunas de las tazas y vasos tenían algo relacionado con el arcoíris. Hiromi toma una de las tazas, dice *"PROUD MOM"* con letras arcoíris y no puede evitar sonreír. De repente alguien enciende la luz y Hiromi voltea asustado. Era la mamá de Tenpi.

—¿Todo bien? —pregunta mientras se aproxima a Hiromi.

—Sí, lo siento si la desperté, vine por un vaso con agua.

Hiromi devuelve rápidamente la taza poniéndola en su sitio.

—Puedes usarla si quieres. Es mía, te la presto.

—No se preocupe, sólo la estaba viendo —Hiromi vuelve a tomarla—. Noté que tienen muchas cosas relacionadas al *pride*, ¿no?

La mamá de Tenpi se sienta en el comedor frente a Hiromi.

—Es parte de lo que es Tenpi. Apoyarle es lo mínimo que puedo hacer por elle, y esa taza no se equivoca, estoy muy orgullosa de quien es ahora.

—Es gracias a usted también. Va a sonar raro pero estos pequeños detalles, todas las cosas que tiene en su casa de alguna forma le muestran su apoyo; las banderitas que están pegadas en su cuarto y en la sala. Tenpi es la persona que es gracias a usted también.

La mamá de Tenpi sonríe.

—Mi mamá nunca haría algo así. Ojalá ella entienda algún día cómo me siento, porque en estos momentos parece que no tengo a nadie —la voz de Hiromi comienza a quebrarse, la mamá de Tenpi se levanta y se le acerca, pero él mantiene la cabeza agachada y sostiene con fuerza la taza.

—Creo que necesitas un abrazo de mamá —ella extiende los brazos y lo rodea, Hiromi rompe en llanto y también la abraza.

—Nuestra casa no será la más grande, pero siempre vamos a tener espacio para ti. Ésta también es tu familia, y por lo menos yo estoy orgullosa de ti, no es fácil hacer todo lo que estás haciendo. Nos tienes a nosotros, no estás ni estarás solo.

Ambos dejan de abrazarse y se separan.

—Por favor, no vayas a creer que nos molesta que estés aquí, quédate el tiempo que necesites, ésta también es tu familia.

—Gracias.

A la mañana siguiente Hiromi se despierta por el ruido de la secadora de Tenpi, se levanta y le mira desde la colchoneta mientras se arregla. Al parecer hoy se va a llevar la peluca, pero no la falda sino el pantalón. Observarle es hipnotizante, o por lo menos lo es para Hiromi, que no puede apartar la vista ahora que se hace su maquillaje.

—¿Qué tal me quedó? —pregunta Tenpi emocionada volteando hacia Hiromi.

Él se gira avergonzado.

—Lo siento, pensé que no te habías dado cuenta de que te estaba mirando.

—Pues discreto discreto no eres —ríe.

—Te quedó muy bien, siempre te ves muy bien.

—Ay, me sonrojas, basta —Tenpi toma su mochila del suelo y camina a la entrada de su cuarto—. Te dejé escrito en este papelito el teléfono de Sora, si es que quieres hablar con él. Voy a ponerlo aquí en el escritorio.

Hiromi asiente.

—Bueno, pero levántate para que desayunemos —ríe—. Mi mamá también se va y perdona que te lo diga, pero dudo mucho que sepas hacer un huevo.

A Hiromi le gana la risa. Se pone de pie, toma el papelito, lo guarda en su bolsillo y sigue a Tenpi hasta la cocina.

—¡Hola! Buenos días, ¿qué tal durmieron? —pregunta la mamá de Tenpi entusiasmada mientras se sirve café.

—Bien, gracias —Tenpi se acerca y pone un sartén en la parrilla de la estufa.

—Todo bien, muchas gracias —responde Hiromi—. ¿Puedo ayudarles en algo?

Tenpi le da a Hiromi un plato hondo y un *bowl* con huevos.

—Por favor, dime que has hecho huevos revueltos con jamón antes.

Hiromi se queda callado e intenta contener una risa burlona.

—Bueno hoy vas a aprender —Tenpi toma uno de los huevos y lo rompe con la orilla del plato para después abrirlo y vaciarlo.

—Es sencillo, ¿viste?

—Sí, puedo con esto.

Hiromi hace varios intentos, pero deja caer el cascarón, los rompe mal o los tira, hasta que al final lo logra. Tenpi agarra el bowl con los huevos, los revuelve y vacía sobre la sartén.

Cuando están listos se sientan todes a desayunar. Hiromi no puede dejar de sonreír mientras come.

—¿Qué pasó, Hiromi? —pregunta la mamá de Tenpi, que lo nota enseguida.

—No sé, estoy muy feliz, cosas así sólo las había visto en la tele.

—Nos está echando en cara su vida de primer mundo —añade Tenpi riendo.

—No, no, para nada —interrumpe Hiromi—. Normalmente como solo, nunca cocino ni nada, pero se siente bien haberles ayudado un poco, y que estemos todos juntos.

—Awww —exclama Tenpi aún con la boca llena—. Al rato puedes cocinar todo si quieres —ríe con Hiromi.

La mamá de Tenpi y elle salen juntes de la casa, mientras que Hiromi se queda, recoge la mesa y lava los platos. Camina hasta la sala y se sienta, saca el papelito con el número de Sora y lo añade a sus contactos. Por un lado sí desea independizarse, pero le agrada estar con Tenpi y con su mamá, su casa es muy agradable y no sabe qué tan cómodo será llegar a la casa de Sora, con quien se lleva bien, pero no son tan cercanos.

Al llegar a la escuela, Tenpi se encuentra con Také un poco antes de que comiencen las clases. Esta vez pegarán algunos *stickers* en las mesas de la cafetería.

—¿Revisaste la cuenta ayer? —Také separaba los stickers y Tenpi los pegaba—. Ya tenemos como cincuenta seguidores más después de que Hiromi nos siguió.

—Hablando de Hiromi, ayer pasó algo.

—¿Qué cosa? No me asustes.

—Ayer fue a mi casa.

—¿Cómo? —exclamó Také casi gritando.

Tenpi le cuenta todo lo que había sucedido con Hiromi, que él había sido el que mandó los regalos, que había salido del clóset con sus padres, que le confesó que aún tenía sentimientos por elle y que quería posiblemente retomar su relación.

—¿Y qué has pensado? —Také se cruza de brazos, deja de pasarle stickers a Tenpi y espera a que hable.

—No lo sé, no lo he meditado con calma, sucedió muy rápido.

Escuchan un ruido a lo lejos y luego observan a un chico salir corriendo de la cafetería, Tenpi entrecierra los ojos y lo reconoce, es uno de los del grupito que lo molesta constantemente.

—¿Lo viste? —pregunta Tenpi preocupado.

—Ugh, ojalá no nos haya tomado fotos.

—¿Aquí no hay cámaras? —voltea Tenpi a ver a todas partes preocupade.

—No, son pura fachada, son cámaras falsas.

—¿Cómo sabes?

AKUYAKU

—Una vez perdí la funda de mi chelo y fui a dirección para que revisaran las cámaras y la secretaria me contó eso.

—Sea como sea ya vámonos, igual si no nos movemos ahora llegaremos tarde.

Ambos toman sus mochilas y se dirigen a sus salones.

Tom, el chico que los había atrapado, los delató con el resto de su grupo de amigos. Al parecer seguían molestos con Tenpi y querían meterlo en problemas, incluso si conllevaba que le expulsaran, y ésta parecía ser la oportunidad ideal para eso.

8

Etiolación

Proceso en plantas de flores cultivadas en ausencia parcial o total de la luz. Se caracteriza por tallos largos y débiles.

Hiromi se levanta de la sala y se dirige a la habitación de Tenpi, extiende las cobijas de la colchoneta y las deja encima. Nota el pequeño espacio que restaba en el cuarto de Tenpi con la colchoneta ahí. No iba a poder sacar su ropa, hacer su tarea o acomodar otras de sus cosas. Por más que le gustara la idea de quedarse, se sentía mal por invadir la casa de Tenpi y su mamá.

Hiromi se sienta a la orilla de la cama y vuelve a sacar su celular. Mira el contacto de Sora por unos segundos y al fin le llama. Se le olvida por completo que seguramente Sora está en la escuela y lo recuerda mientras el teléfono está sonando, deprisa lo aparta de su oído y antes de colgar distingue una voz.

—¿Hola? —se escucha alguien adormilado.

—¿Sora? Ay, perdóname por haberte llamado, se me había olvidado por completo que estás en clase, ¿puedo llamarte más tarde?

—¿Hiromi? No, no te preocupes, no fui a clases hoy, estaba dormido.

—¿Todo bien?

—Sí, no te preocupes, sólo se me hizo tarde y preferí no ir. ¿Qué pasa? ¿Preguntaron por mí en clases?

—No, no es eso —susurra—. Necesito pedirte un favor.

—Claro —se escucha cómo se sienta sobre la cama—, ¿qué pasa?

—Perdona si esto suena muy repentino, sé que no hemos hablado mucho, pero me comentaron que tenías espacio en tu casa y me preguntaba si tienes algún cuarto libre. Puedes cobrarme renta y puedo ayudarte con los gastos, pero me urge un lugar en donde pueda quedarme.

—Mmmm —piensa Sora unos segundos—. Sí, claro que hay lugar, tendrías hasta para escoger. Por cierto, ¿todo bien? ¿Por qué estás buscando un espacio? ¿Te estás mudando?

—Algo así, es una larga historia.

—No te preocupes —dice Sora adormilado—, te mando la dirección y puedes venir cuando quieras.

—Gracias, Sora, de verdad, te lo agradezco muchísimo.

El grupo de compañeros que molesta a Tenpi manda a Tom a hablar con el director después de clases —ya que él fue quien los había visto pegando los stickers—, le iba a mostrar todo lo que estaban haciendo en redes con su cuenta de Instagram.

—Buenas tardes, director —saluda Tom entrando a la oficina.

—Dime, qué es tan urgente que necesitabas hablar conmigo tan apresuradamente.

—Verá, no es que yo sea chismoso ni nada, pero creo que esto es una falta de respeto a la institución.

El director se endereza en su silla.

—Hay un estudiante que ha estado haciéndole promoción a su página de Instagram pegando stickers por todas partes, imponiendo a los alumnos de todos los años sus ideologías extremistas de género. No sólo lo hicieron en junio, también han seguido con su movimiento semanas después de que el evento terminó.

—Tom —dice el director riendo—, pero ¿eso cómo afecta a la escuela? Reconozco los stickers que comentas, son sumamente sencillos de quitar, algunos incluso los quita el viento.

Tom se queda en silencio pensando y saca su celular.

—Mire, aquí claramente se ve que son las instalaciones. Si sigue creciendo esta página la gente empezará a relacionarla con la escuela y asumirán que éste es el tipo de cosas que enseñan aquí. No creo que esto vaya con los valores de la escuela, los papás se van a molestar, hasta podrían sacar a sus hijos de aquí.

Al director le cambia la mirada y se nota su preocupación.

—En todo caso, si estás aquí es porque sabes quién es el responsable, ¿no?

Tom asiente.

—Se trata de Tenpi, de quién más. Eso es lo que pasa cuando aceptan a personas así en instituciones de prestigio como ésta. Alborotan a los estudiantes y quieren que todos pensemos como ellos.

—¿Cómo sabes que fue él? ¿Tienes pruebas?

—Podemos checar en las cámaras, hoy los vi en la cafetería pegando sus stickers.

El director ríe.

—Son falsas, hijo, sólo están ahí para despistar a las personas. No hay forma de corroborarlo de esa manera.

Tom vuelve a sacar su celular y revisa la cuenta. Encuentra una foto que puede funcionar y casi se lanza sobre el director para mostrársela.

—Aquí, mire. ¿Ve? —señala la mano de Tenpi con su pulsera—. Esa pulse-

ra es de Tenpi, siempre la trae, todos los días. El lunes puede mandarlo a llamar y se dará cuenta de que es la misma.

El director observa la imagen y asiente.

—Sí, supongo que podríamos tomarlo como prueba, no podemos permitir que hagan este tipo de publicaciones mostrando las instalaciones de la escuela. Y tienes razón, eso no va con nuestros valores. Mándame las fotos, yo me encargo de esto.

Hiromi prepara todas sus cosas para salir de la casa de Tenpi. Intenta limpiar un poco para agradecerles a Tenpi y a su mamá de alguna forma por haberlo dejado pasar la noche, cosa que fue un problema porque Hiromi no sabe cómo hacer la limpieza adecuadamente, aunque lo intenta.

Quiere esperar a que llegue alguna de las dos para agradecerles. Unos minutos más tarde, después de la hora de salida de la escuela se escucha que la puerta principal se abre, es Tenpi.

Hiromi sale de su habitación y camina hacia elle.

—¿Limpiaste? —pregunta Tenpi riendo un poco mientras miraba a su alrededor.

—Bueno, lo intenté, pero fue mucho más difícil de lo que pensé.

—No está mal, huele a productos de limpieza, supongo que con eso basta —ríe.

Tenpi camina a su cuarto y ve la mochila de Hiromi, que parecía estar arreglada para irse y lo mira confundida.

—¿Qué es esto? ¿Preparaste tu mochila?

—Hablé con Sora —susurra Hiromi—. Me dijo que podía recibirme desde hoy.

—¿Y ya te vas? —pregunta desanimade.

—No quisiera estorbarles ni nada.

—Sabes que no es así, Hiromi, nos encanta tener compañía.

—Muchas gracias por todo.

Tenpi extiende los brazos y se abrazan.

—¿Y si te quedas sólo el fin de semana? —pregunta Tenpi sin soltarlo—. El lunes puedes irte con más calmita.

—Puedo venir a verlas, pero no quiero estar saliendo mucho ahorita, mucho menos exponerte a ti o a tu mamá —ambos se sueltan—. ¿Te imaginas que alguien fuera de mi familia se diera cuenta de que estoy aquí? Podrían empezar a acosarles, a seguirte, a tomarte fotos, no quiero involucrarlas en mis problemas. Tú misma lo dijiste: seguramente mi familia sabe dónde estoy, y entre menos tiempo esté acá, mejor.

Tenpi asiente desanimada.

—Prometo que te voy a llamar, Tenpi, y de ser posible vendré a verte.

—Está bien, supongo que es la mejor decisión, no te preocupes.

—Ammm —añade Hiromi nervioso—. Bueno, yo no tengo tu número, tengo el anterior, pero creo que cambiaste de celular, ¿no?

Tenpi ríe.

—Sí, sí lo cambié, préstame tu teléfono.

Hiromi saca su celular de su bolsillo y se lo da, Tenpi se añade a los contactos y se lo regresa.

Hiromi sonríe al ver el nombre de Tenpi entre sus contactos. Se agacha para tomar su mochila y Tenpi lo sigue hasta la entrada de la casa.

—Cuídate mucho —le dice Tenpi—. Cualquier cosa puedes llamarme.

Hiromi se pone un cubrebocas y una gorra y da unos pasos afuera de la casa de Tenpi. Antes de seguir se da la vuelta para mirarle y extiende un poco los brazos dándole a entender que le dé un abrazo.

Tenpi le hace señas para que vuelva a la casa y, en cuanto entra Hiromi, cierra la puerta y se lanza sobre él para abrazarlo.

—Dices todas esas cosas y luego quieres que te abrace en la calle —Tenpi no lo suelta—. Es como si no pensaras bien lo que haces, ten más cuidado.

—Sé que tengo que irme, pero no puedo frenar mis impulsos de querer estar contigo.

—Entonces no te vayas.

Hiromi abraza a Tenpi en silencio y después de casi medio minuto le suelta.

—Ya estoy bien, ya recargué mi energía.

Tenpi sonríe.

—Dile a tu mamá que muchas gracias y discúlpame con ella por no haberme despedido adecuadamente, pero tampoco quisiera salir muy tarde.

—Está bien, de cualquier forma hoy regresa muy noche.

—Cuídate mucho.

—Tú también —ríe—. Deja de hacer esta despedida tan difícil, no vas a la guerra, vas a unas cuantas calles de aquí.

—Ya pues, ya me voy —se aparta Hiromi riendo también y sale nuevamente por la puerta. Cuando llega a la calle voltea y se despide de Tenpi moviendo la mano. Elle también se despide y hasta que lo pierde de vista cierra la puerta.

Hiromi llega a la dirección que Sora le mandó por mensaje y toca a la puerta.

—No, Sora. No te preocupes, yo abro —se escucha una voz desde dentro.

Un chico alto de cabello café con pijama abre la puerta y Sora llega corriendo detrás de él, también en pijama.

—¡Hola! ¿Qué tal? —pregunta el chico entusiasmado.

—¿Hiromi? —exclama Sora—. No te esperaba.

—Perdona, es cierto, no avisé que venía para acá. Si no es un buen momento yo…

—¡No! —lo interrumpe Sora—. ¿Cómo crees? Pasa.

Sora abre la puerta y lo deja entrar.

—Ay, por cierto, él es mi… mi amigo Kai, vino para hacer una tarea —dice Sora nervioso.

—No tienes que darme explicaciones —Hiromi ve a Kai unos segundos—. Eres de la otra escuela con la que competimos la última vez, ¿no?

Kai ríe.

—Me llamo Kai, un gusto.

—¿Tus papás no están, Sora? ¿O vives solo?

Sora inventa una excusa.

—Están de viaje, y no regresan hasta dentro de 2 semanas o más.

—¿Entonces te quedas solo?

—Sí, por el momento, sí, y Kai me viene a hacer compañía para hacer las tareas.

Hiromi sonríe.

—Sí, claro.

Sora guía a Hiromi hasta la sala.

—Perdona, no pensé que vendrías tan pronto y no he limpiado ninguna de las habitaciones.

—No te preocupes, puedo hacerlo yo.

—Hay una habitación en la planta de arriba y otra acá abajo, ambas están libres.

—La que sea está bien, aprecio mucho tu hospitalidad.

—Bueno, sígueme —Sora camina hasta la habitación en la planta baja—. Supongo que ésta será mucho más agradable para ti, yo estoy arriba y cada piso tiene su baño, será más cómodo que tengas uno propio, ¿no?

Hiromi asiente y entran a la habitación que Sora había mencionado. Tiene lo necesario: una cama, un escritorio y una silla.

—Muchas gracias, Sora.

Puedes instalarte, yo voy a estar en la sala con Kai. Sora sale de la habitación y Hiromi sólo deja su mochila sobre la cama sin cobijas y se dirige hacia la sala. Kai y Sora están sentados juntos en uno de los sillones.

—Sora —dice Hiromi acercándose—, ¿seguro de que no hay ningún inconveniente con que me quede aquí?

—No, no te apures, ninguno —responde mirando su celular.

Hiromi se sienta en la sala con ellos.

—¿Está todo bien, Hiromi? —Sora deja de ver su celular un segundo—. ¿Por qué te saliste tan repentinamente de tu casa?

—Es algo un poco privado, pero en resumen discutí con mis papás.

—Entiendo —responde Sora.

—¿Quieres comer? —pregunta Kai—. Estábamos a punto de pedir comida.

Hiromi los observa detenidamente.

—Claro, lo que quieran está bien, pero permítanme pagar. Tómenlo como un agradecimiento por recibirme aun cuando me presenté de forma tan abrupta.

—No te preocupes —Sora sonríe.

—Insisto, de verdad.

Kai pide comida china a domicilio y mientras esperan en la sala.

—Entonces ¿te saliste hoy de tu casa? —pregunta Kai.

—No, desde ayer en la tarde, de hecho.

Sora lo mira confundido.

—¿Y dónde te quedaste?

—Ammm —Hiromi duda en si decirles o no. Recuerda que Tenpi le platicó que había salido con Sora. A pesar de eso le intriga conocer la versión de Sora y su punto de vista—. En la casa de Tenpi.

—¿Tenpi? —exclama Kai—. ¿No es la persona con la que estabas salien...?

Sora lo interrumpe acercando sus manos a la cara de Kai para intentar cubrir su boca.

—No te preocupes, Sora, sé que saliste con Tenpi, elle me lo contó.

La cara de Sora cambia, se le ve preocupado.

—¿Te dijo? ¿A alguien más le dijo?

—No, fue en privado, no me lo compartió con el afán de afectarte ni nada, sólo lo platicó casualmente. Perdona de cualquier forma por haberme entrometido.

—No, está bien. Supongo que fue él quien te comentó que tenía espacio aquí —Hiromi asiente.

—Espero que eso no sea un problema, me contó que por el momento no tenían ningún tipo de contacto entre ambos.

—Es complicado —responde Sora—, Tenpi ya te platicó lo principal, salimos pero no funcionó.

—¿No hubo química? —pregunta Hiromi ansioso.

—No, es que... ya sabes, Tenpi a veces se viste como chica y pues a mí... —hace una pausa esperando que los demás entiendan.

—A ti... —intenta adivinar Hiromi—. ¿No te gustan las chicas?

Sora se cubre la cara con ambas manos y asiente.

—Está bien, Sora, no tienes por qué sentirte incómodo por eso —añade Hiromi.

Todos permanecen en silencio unos segundos.

—¿De dónde conoces a Tenpi? —pregunta Kai intentando amenizar la plática.

—Nos conocemos desde la secundaria, de hecho.

—Pensé que no se llevaban bien —interrumpe Sora.

—Es complicado —repite Hiromi imitando a Sora—. En todo caso sí nos llegamos a conocer en el pasado, fuimos amigues cercanes pero tuvimos algunos inconvenientes.

—¿Se puede saber qué pasó? —pregunta Sora intrigado.

—Es bastante privado. Supongo que podría contarles, pero les pediría mucha discreción. Más que nada porque como tal todo se relaciona con el hecho de que me haya salido de casa.

—Ah, claro, no te preocupes, Hiromi —responde Kai entusiasmado—. Nosotros no diremos nada.

Sora asiente.

—De acuerdo —Hiromi se endereza en el sillón—. Seguramente habrás escuchado, Sora, porque estás en la misma escuela, el rumor de que alguna vez tuve una relación con Tenpi. Pensé que sería pasajero, que la gente con el tiempo dejaría de mencionarlo porque lo he desmentido muchas veces, pero he escuchado en repetidas ocasiones que aún se comenta, y sigue saliendo a flote el tema de mi orientación sexual. Siendo un poco más directos, no es falso, anduve con Tenpi durante la secundaria, sólo que nos veíamos de forma furtiva, ya que, por la dinámica familiar que tenía con mis padres, no me dejaban tener ningún tipo de relación muy cercana a no ser que ellos la aprobaran. Tenpi me agradó desde el primer momento y comenzamos a salir en secreto.

—Salir ¿como pareja? —interrumpe Sora—. ¿O como amigos?

—Como pareja, claro —responde Hiromi muy seguro—. En ese entonces creía que Tenpi era una mujer trans. No me molestó ni nada, pero cuando me contó que no era trans, sino de género fluido, entré en pánico. No porque lo fuera, sino porque pensé que al momento de mostrar su identidad al resto de las personas afectaría de forma negativa mi imagen pública, cosa que siempre me ha parecido una ridiculez, pero a mis padres y a mis hermanos no. En todo caso era un poco más joven, considero que no contaba con la madurez emocional que tengo ahora. Dejé de hablarle a Tenpi y empecé a evadirle para que ese rumor dejara de esparcirse con el tiempo. No funcionó, pero tampoco había pruebas para demostrar lo contrario, entonces simplemente me molestaba con aquellas personas que comentaban sobre ese rumor. La gente prefería mantener una buena relación conmigo a llevarme la contraria, siendo conscientes de lo que podía hacer mi familia.

—Entonces… —añade Kai confundido—. ¿Cómo es que tú y Tenpi se siguen frecuentando si al parecer no terminaron tan bien las cosas? ¿Volvieron a hablar después?

—No, le busqué justo ayer. Me disculpé y le comenté la razón por la cual había salido de mi casa —hace una breve pausa—. Salí del clóset como bisexual y mis padres no lograron entenderlo. Tienen una idea muy negativa de la comunidad LGBTQ+ y me molesté demasiado con ellos.

—No sabía que eras bisexual —dice Sora.

—Sí, lo soy —responde con seguridad.

—¡Yo también! —exclama Kai entusiasmado.

—Ohhh, ¿de verdad? —pregunta Hiromi emocionado.

—¡Sí!

—¿Y tú, Sora? —Hiromi lo mira.

—Ammm…, en realidad a mí sólo me gustan los hombres —Sora baja un poco la voz apenado sin mirar a ninguno a los ojos. Kai sonríe.

—No tienes por qué avergonzarte, Sora —susurra Kai.

—Lo sé, pero es difícil decirlo en voz alta.

La comida china llega quince minutos más tarde, mientras Sora, Kai y Hiromi platican sobre tenis para cambiar un poco de tema. Cada quien toma una cajita y un par de palillos y se sientan nuevamente en la sala.

—Oye, Hiromi, ¿tienes pensado regresar con tus padres en algún momento? —pregunta Kai.

—La verdad no lo sé, todo fue muy repentino, sólo ya no quería estar ahí.

Kai asiente.

—¿Ustedes salieron del clóset? ¿Cómo les fue?

Sora desvía la mirada y Kai responde:

—Personalmente me fue bien, mis papás nunca se refirieron al colectivo LGBTQ+ de forma negativa. Cuando les dije no les pareció extraño, estaban felices de que hubiese tenido la confianza. Lamentablemente todos tenemos realidades distintas, me tocó enterarme de cómo a mi pareja lo rechazaron y lo sacaron de su propia casa.

Sora hace una media sonrisa mientras tiene la mirada perdida en su caja de comida.

—Pero el sol brilla para todos, ¿no? —concluye Kai alegrando el ambiente otra vez—. Todos lo vivimos de forma diferente, pero a fin de cuentas estamos juntos en lo mismo.

Hiromi asiente y sonríe.

—¿Ustedes han visto los stickers que han pegado en la escuela?

Kai niega con la cabeza.

—No, sólo he estado en ahí como dos veces —ríe.

—Yo sí —responde Sora—, ¿los de Akuyaku, no? y los corazones con las banderas.

—¡Justo esos! Movimientos así necesitan más apoyo, darles visibilidad, ¿no?

—¿De qué hablan? —pregunta Kai confundido.

—Es algo que está pasando en la escuela —dice Sora—. Algunas personas están pegando stickers con corazones y las banderas de la comunidad, así como con el nombre de la cuenta. Publican cosas sobre el colectivo, información, datos curiosos y todo eso. Es como un grupo secreto en la escuela pero LGBTQ+.

—¿Por qué secreto? ¿Por qué no lo hacen público? Así tendrían más seguidores, ¿no? —pregunta Kai aún con la boca llena.

—La escuela es muy "especial" con esos temas, prefiere evadirlos a tener que enfrentarse a las personas que no estén de acuerdo —responde Hiromi.

—Deberían unirse o algo así —dice Kai emocionado.

Sora y Hiromi se miran entre ellos preocupados.

—No lo sé —interrumpe Sora—, es que yo no soy de compartir ese tipo de cosas y no creo que ellos me acepten ni nada.

—¿Por qué? ¿Sabes quiénes lo organizan? —pregunta Hiromi sorprendido.

—Sí, pero supongo que es un secreto.

—Yo también sé quienes son, los vi una vez en la biblioteca, bueno, a Také y a Tenpi.

—Sí, son ellos —afirma Sora—, espero que no se metan en problemas.

—Con que no sepan que son ellos estarán bien —dice Hiromi—, ya falta poco para graduarnos, espero que no sea tiempo suficiente para que los descubran.

La mamá de Tenpi llega a casa después de haber pasado al supermercado por más comida para la semana, ya que con Hiromi probablemente se acabaría más rápido. Tenpi está en el comedor haciendo tarea con una taza de té a un lado.

—Hola, mamá —la saluda dándole un beso en la mejilla—. ¿Fuiste de compras?

—Sí, para que comamos los tres, si no, no iba a alcanzar la comida.

—Ay, no, mamá, se me olvidó mandarte mensaje para decirte que Hiromi ya se había ido.

—¿Se fue? —casi grita la mamá de Tenpi—. ¿Por qué? ¿Lo trataste bien?

—No fue por mí, mamá, tranquila, encontró un espacio donde podía quedarse.

—No, pero cómo, ¿con desconocidos? —su mamá deja las bolsas sobre la mesa.

—Con otros amigos cercanos, mamá, no te preocupes.

Su mamá se sienta frente a Tenpi en el comedor.

—¿Pudieron hablar?

—Sí, un poco —responde Tenpi sin apartar la mirada de su libreta.

—¿Y? —pregunta ansiosa.

—Pues… —deja la libreta a un lado—. Me dijo que aún sentía cosas por mí. Me pidió disculpas por haber terminado de forma tan abrupta.

—Owww, qué chico tan lindo, ¿no? Siempre me ha gustado para ti —su mamá se levanta y comienza a acomodar la despensa.

—Mamá…, ¿tú crees que debería salir con él?

—Sí, claro, no veo por qué no —Tenpi recuerda que su madre no sabe nada sobre la verdadera razón de por qué rompieron elle y Hiromi. No desea contarle porque implicaría preocuparla demasiado por algo que tal vez no pase.

—Hablaré con él —Tenpi toma su celular, tiene dos mensajes no leídos de Hiromi: "Llegué con Sora", "Todo bien, ¿tú cómo estás?".

Sonríe al leerlos y responde: "Bien, gracias", "Linda noche".

Hiromi recibe el mensaje mientras está con Kai y Sora. Están recogiendo la sala, cuando Hiromi recibe una llamada de un número desconocido. Duda si tomarla o no, pero al final lo hace, ya que puede tratarse de una emergencia.

—¿Hola? —contesta saliendo al patio de la casa de Sora.

—Hiromi, ¿dónde estás? —susurra una voz.

—¿Quién habla?

—Ash, soy Ned, ¿dónde estás? Mis papás te están buscando como locos.

—¿Te contaron por qué me fui?

—Un berrinche, sólo eso me platicaron, que discutieron y cuando se dieron cuenta ya no estabas.

—Ahhh, ¿con que un berrinche? —pregunta Hiromi más molesto—. Supongo no te contaron que les dije que soy bisexual y evidentemente no lo entendieron y se molestaron conmigo.

—¡¿Eres bisexual?! —casi grita Ned—. ¿Por qué no me había enterado de eso?

—No preguntaste, de hecho… —hace una pausa—, casi ni nos encontramos en la casa. Desde que te volviste tan popular no nos vemos mucho.

Ned suspira.

—Sí, lo sé. Lo siento, me he desconectado demasiado. Sabes que nuestros padres son algo estrictos.

—Por lo menos a ti te dan más libertad.

Ned ríe.

—Para nada, ha sido un constante pedir perdón y no permiso. Pero en lo personal me gusta experimentar con mi imagen, aunque eso enfade a nuestros padres. Pensé que si se enojaban tanto conmigo por romper sus reglas, eso les daría más oportunidades a ustedes de hacer más cosas.

—¿De verdad? —Hiromi ríe—. Siento que no ha habido mucha diferencia, pero creo que sí le han bajado un poco con los años.

Ambos se quedan en silencio un rato.

—¿Entonces estás bien? —vuelve a susurrar Ned.

—Muy bien, acabo de llegar a la casa de un amigo que tiene espacio para mí.

—¿Acabas? ¿No te habías ido ayer? —pregunta Ned confundido.

—Estuve en casa de Tenpi, pero no lo comentes con mis padres.

—Ahhh, con que con Tenpi —Ned ríe—. Le vi hace unos meses, en casa de Také, estaba triste por algo que no estaba saliendo bien con el chico que le gustaba.

—¿Te lo contó? —exclama Hiromi.

—¿Sabías de eso? Estás muy al pendiente de elle, ¿no?

—De hecho me estoy quedando con el chico con el que elle solía salir —susurra Hiromi.

—Uyyy, algo incómodo, ¿no?

—Ha sido muy amable, él y su pareja, novio, no sé que son.

—¿Tiene novio? Ughhh, tan complicados ustedes y sus relaciones, ni cómo ayudarlos. De cualquier forma necesito que, por favor, me mandes la dirección donde estás.

—No, ¿para qué? —responde Hiromi molesto.

—No le diré nada a nuestros papás. Pero por lo menos para que yo pueda dormir tranquilo sabiendo que estás bien. Y por si quiero ir a visitarte, extraño a mi hermanito —dice riendo.

—Ugh, te la mando, pero no se la pases a nadie, es en serio. Aún no estoy de humor para hablar con nuestros padres sobre el tema, sigo pensando demasiado qué haré ahora.

—Suena a que me vas a pedir un consejo —interrumpe Ned emocionado.

—En todo caso mejor hay que vernos, pero sé discreto, ¿sí? Lo último que quisiera es que mis amigos se sientan incómodos.

—Está bien, cuídate mucho —se despide Ned.

—Tú igual, nos vemos.

—Hiromi, te quiero.

Hiromi se queda en silencio.

—¡Ay, dime que me quieres, por favor! —suplica Ned en voz baja.

—Ash —responde Hiromi molesto—. También te quiero, qué molesto.

—Voy a colgar porque tengo algo que hacer. No le diré nada a mis padres, pero espero me llames para poder hablar de lo que harás ahora.

Ned cuelga y Hiromi mira su celular un instante, entra a la página de Akuyaku y revisa el contenido que han subido. Ahora tienen como doscientos seguidores. Si Hiromi compartiera la página seguramente muchas personas hablarían al respecto y, por el hecho de ser él quien lo hiciera, probablemente les daría otra perspectiva para que se animaran a informarse. Pero, por otro lado, esa decisión afectaría a toda su familia. Sigue mirando la página y duda si compartirla en sus historias, no sólo para ayudarla, sino como forma de rebelarse ante sus padres y la idea que tienen de que está "confundido". Claro que puede tomar sus propias decisiones, ¿por qué salir del clóset tiene que ser visto de manera tan negativa? Las personas hasta podrían sentir algún tipo de acercamiento, somos humanos y somos diversos. La imagen de familia perfecta que tanto aman sus padres no tendría por qué verse corrompida por el hecho de que sea bisexual.

Hiromi respira profundo y guarda el celular, sabe que tiene razón, pero debe meditarlo un poco más, incluso consultarlo con otras personas.

—Hiromi —llama Sora desde la entrada de la puerta al patio—. ¿Irás a la escuela mañana? Vamos a preparar lunch para llevar y pensé que a lo mejor querrías también.

Hiromi da la vuelta y mira a Sora.

—No te preocupes, no creo ir mañana tampoco.

—¿Estás seguro? Ya casi termina el ciclo y...

Hiromi lo interrumpe.

—Lo sé, sólo será esta semana, lo prometo. Si preguntan por mí, y puedes, por favor, di que me resfrié, ¿sí?

—Está bien —Sora sonríe y entra a la casa.

Hiromi vuelve a tomar su celular, le manda la ubicación a Ned y un mensaje: "¿Podemos vernos mañana?".

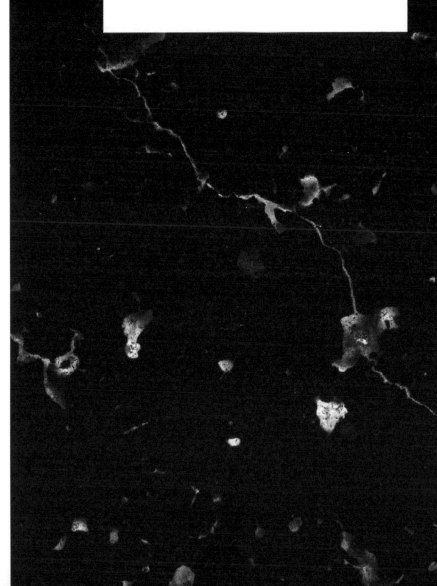

Hiromi

Desde que Tenpi y yo dejamos de hablar comenzó a correr el rumor de que salíamos. La gente era sumamente dura y me tocó aguantar todo tipo de comentarios horribles.

—Ese chico Tenpi... ¿vieron? Es hombre —señaló un compañero que platicaba con otros cerca de mí.

—¿No traía falda? —preguntó otro.

—Qué onda con ese güey. ¿Por qué haría algo así?

—Para llamar la atención, de seguro.

—Hiromi, tú eras muy amigo del travesti, ¿no?

—A... algo así. No tenía idea —respondí despreocupado.

—¿Eran amigos? Yo los veía muy juntitos.

—¿Entonces qué es lo que tiene ahí abajo?

—Sí, dinos, Hiromi: tiene pene, ¿o tendrá los dos?

—No mames, qué asco. Cállate.

—¿Qué tiene? Hay gente que nace así...

—Ya cállense, no sé de qué me hablan. Sólo me ayudaba con las tareas.

—Uy, ya no hablen de la novia de Hiromi.

Tuve que contenerme y aguantar las ganas de contestarles, de gritarles o golpearlos. Mostrar mi enojo probablemente sería contraproducente, así que sólo me quedé callado, crucé los brazos y me di la vuelta.

No podía imaginar lo que vivía Tenpi diariamente. A mí sólo me tocaba ver cómo le molestaban y se reían de elle todos los días. Me provocaba una gran impotencia y culpa, porque sabía que probablemente si le defendía le dejarían de fastidiar por mi influencia. Me sentía a punto de saltar al borde de un acantilado, indeciso de si hacerlo o no, con la incertidumbre de si sería buena idea, si llegaría al otro lado o caería al vacío. Y justo antes de dar el salto, me detuve por miedo.

Deseaba que Tenpi viviera lo más feliz que pudiese, quería pagarle de alguna forma las veces que me quedé callado, que no le defendí. Aunque mi silencio también era parte del problema, quería crear un espacio de reflexión que ayudara a movimientos pequeños, que apoyara económicamente a personas que lo necesitaran.

Mi sueño era ambicioso, pero no imposible.

¿Cómo podría dar inicio a un grupo de este tipo si no podía ni enfrentar a las personas que difundían ese rumor? La gente no creía que fuera verdad, pero a pesar de eso me daba miedo que se desmoronara de un día a otro toda la imagen e idea que tenía el mundo de mí. Seguía siendo tan cobarde como en secundaria. Aún no sabía cómo dar ese paso.

El miedo que sentía venía acompañado con la negación de mi orientación sexual, pero al ir deconstruyéndome la fui aceptando poco a poco hasta que ya no estaba dispuesto a esconderme más. Si quería hacer realidad todos mis planes, tenía que comenzar cambiando yo mismo. Enfrentaría poco a poco a cada persona, consciente de que revelar mi orientación sexual sería el principio de un cambio radical en mi vida.

Al día siguiente Sora y Kai se van a la escuela, pero Kai toma una ruta diferente porque la suya está al otro lado de la ciudad. Hiromi se despierta un poco tarde. Cuando revisa la sala y la cocina ya no hay nadie.

La noche anterior quedó con Ned de verse ahí en la casa de Sora al medio día. Intenta limpiar un poco, no lo hace del todo bien, pero lo intenta.

Také y Tenpi llegan a la escuela un poco más temprano que de costumbre para seguir pegando *stickers*. No se extrañan de que cada día haya menos porque se caen fácilmente, pero lo raro es que los que recién habían pegado tampoco estaban, no había rastro de ellos por ninguna parte.

—¿Los habrán mandado quitar? —pregunta Také preocupada.

—Seguramente. En todo caso ya llamamos la atención de los directivos, entonces.

—¿No nos meteremos en problemas, Tenpi?

—Naaa —dice despreocupade—. ¿Qué nos pueden hacer? No estamos maltratando el mobiliario ni nada, con soplarlas se caen, aparte es nuestra libertad de expresión.

—Sé que tienes razón, pero aun así me empieza a preocupar.

Esta vez no pegan ningún *sticker*, sólo visitan los diferentes lugares en donde los habían puesto, pero no hay ninguno.

Také y Tenpi se separan para ir a sus respectivas clases. Tenpi entra a su salón y advierte que el pequeño espacio al lado del pizarrón que es para anuncios tiene algo pegado. Deja sus cosas en su lugar y por curiosidad se acerca a leer antes de que llegue la maestra.

Parecía ser un anuncio, pero se entendía como una amenaza. Decía que efectivamente ya habían notado los *stickers* que se habían pegado en la escuela, que conocían el tipo de contenido de esa página y que estaba prohibido, por el hecho de que en varias fotos salen las instalaciones del colegio. En un segundo párrafo pedían de favor que la o las personas responsables se presentaran en la dirección para hacerles su respectiva sanción, así como eliminar esa cuenta en presencia de ellos. Según, conocían a los autores de todo esto y sólo estaban esperando a que fuesen ellos quienes se hicieran responsables de sus actos y confesaran o los expulsarían.

Rápidamente Tenpi saca su celular para mandarle una foto a Také, pero antes de que pueda tomarla le llega el mensaje de su amiga con la imagen: "¿Ya viste esto?".

Tenpi de repente siente la presión de que todos los que estaban en el salón le están mirando, claro que sospecharían de elle. Camina despreocupade a su asiento y se hace le desentendide. A lo lejos escucha a algunos compañeros platicando sobre el anuncio.

—No veo por qué deberían de expulsar a las personas, no están haciendo nada malo —asegura una chica.

—Eso mismo pienso, me parece superextremista —responde un chico.

—A mí me encanta la página y todo eso de los stickers pegados en la escuela, me parece como hasta misterioso —añade otra chica.

—Aparte aquí nadie te enseña nada de eso —comenta un chico—, si no fuera por la página ni enterado, la verdad. Aquí ni celebran el *pride*.

Al parecer, en general la reacción de las personas era bastante positiva, la gente quería saber un poco más. El hecho de seguir la página no significaba que fueran parte de la comunidad, sólo que eran conscientes de la poca información que había, y qué mejor que informarse con algún compañere de la escuela.

Ése fue el tema en todas las clases, algunos profesores incluso dieron su opinión al respecto, todas a favor de la página y de la difusión de contenido *queer*. A quien no le gustara que se limitara a hacer comentarios o simplemente ignorar la existencia de la cuenta.

Al escuchar a sus compañeros y a sus profesores ponerse de cierta forma de su lado, Tenpi se sintió respaldade. Tenían razón, no había ningún motivo aparente como para expulsarles.

Al medio día tocan a la puerta en la casa de Sora y Hiromi corre apresurado desde la sala para abrir, sabe que es Ned. Abre la puerta y casi de inmediato entra Ned con una sudadera negra, un gorro negro, lentes de sol y cubrebocas. Cada vez es mucho más difícil que salga a la calle sin ser reconocido. Como fue solo, tuvo que tomar sus propias medidas para que no lo reconocieran.

—Wow —menciona Ned entrando y quitándose los lentes de sol y el cubrebocas—. Qué linda casa, se siente acogedora —camina hasta la sala y se sienta.

—Sí, pásale —dice Hiromi sarcásticamente cerrando la puerta.

—Me da gusto que estés bien. ¿Querías hablar de algo en específico? Solo te digo que tengo una reunión como en dos horas. Es en línea, así que la puedo tomar aquí si tienen internet. ¿Me lo pasas?

—Sí, ten —Hiromi le extiende su celular—. Bueno, quería pedirte un consejo porque de verdad no sé qué hacer.

Ned toma el celular.

—¿De qué exactamente?

Hiromi se recuesta en el sillón y suspira.

—De todo.

—Okey —Ned deja el celular sobre la mesita de centro que está frente a él—. Dime en qué quieres que te aconseje, puedo quedarme aquí contigo hasta mañana si es necesario, sabes que si puedo ayudarte lo haré.

—Gracias. Desde que me salí de la casa he estado bastante indeciso respecto a qué hacer, no sé si la decisión que tome sea la correcta.

—¿Entre qué cosas estás decidiendo?

—Quiero salir del clóset, quiero que la gente me conozca, quien soy en verdad, no esta imagen que han construido de mí. Pero es obvio que eso de alguna forma los afectará a ustedes, a Alex, a Aria, a mamá y papá.

—¿Eso crees? —dice Ned riendo—. ¿Cómo nos va a afectar exactamente el que tú seas bisexual, Hiromi?

—No sé —Hiromi cruza los brazos—. Podrían bajar las acciones de la empresa, fracasar los negocios de Aria y mi papá, o a ti, que te dejen de seguir en redes, que dejen de comprar tu música.

Ned contiene la risa y cuando termina de hablar Hiromi, ríe.

—Ay, Hiromi, ¿cómo crees? Ya ha pasado antes en otras familias como la nuestra y seguirá pasando, tú no puedes detener tu vida por todos nosotros. Puede que nos afecte pero nada drástico, la verdad, no se va a acabar el mundo.

—¿Cómo crees que reaccionen mamá y papá? —pregunta Hiromi nervioso.

—Uy, se van a enojar mucho —ríe—, pero nunca has hecho nada para molestarlos, siempre los obedeces, sólo se han enojado contigo por lo de Tenpi.

—Ése es otro asunto —Hiromi se cubre la cara con ambas manos.

—¿Qué cosa?

—Todavía me gusta Tenpi —Hiromi se quita las manos de la cara y mira a Ned.

Ned tiene una cara de indiferencia.

—¿Y?

—¿Cómo que "Y"? ¿No recuerdas todo lo que pasó entonces?

—Sí, te dijimos los tres que te íbamos a apoyar, se hizo lo que se tenía que hacer y problema resuelto.

—¿Problema resuelto? No pude hablar con Tenpi en todo este tiempo, tuve que soportar los comentarios de mis otros compañeros cuestionando mi sexualidad.

—¿Tú crees que eso no va a pasar cuando salgas del clóset públicamente? Será lo mismo, pero a mayor escala, y esta vez será algo permanente en tu vida. Probablemente sea algo complicado al principio, pero a la gente no le importa Hiromi, sí habrá a quienes no les guste pero es tu vida, no la de ellos. Velo como un filtro de gente..

—Tienes una forma de ver la vida muy extraña —responde Hiromi—, pero no te equivocas…, creo.

—Claro que no me equivoco —Ned cruza los brazos—. Si te ayuda en algo, los medios se andan inventando algo como que Ivy y yo somos pareja.

—¿No lo son? —añade Hiromi riendo. Ned pone los ojos en blanco.

—El tema no es nuevo, afortunadamente nunca se ha hecho viral como para que mamá y papá se enteren, pero si checas los comentarios, la verdad a nadie le importa; habrá personas que se sientan ofendidas por alguna razón, pero hay otras a las que les da igual, te quieren por lo que eres o lo que haces.

Ned se cambia de sillón para sentarse al lado de Hiromi.

—En tu caso, si te inquieta mucho eso, podemos hacer algún tipo de lanzamiento a la par de tu salida de clóset para quitarle relevancia…—Ned sonríe.

Hiromi lo interrumpe.

—No, tampoco. Es algo contradictorio que lo diga ahora, pero no me gustaría hacer menos algo que para mí es tan importante —Hiromi saca su celular y le muestra a Ned la página de Instagram de Akuyaku—. Mira, es una página dedicada a informar sobre la comunidad, ¿por qué adaptarnos a ver la reacción de las personas ante este tema si podemos aportar de muchas otras formas?

—¿Aportar?

—Sí, aportar o ayudar, darles visibilidad, que la gente logre debatir sobre el tema, informarse y deconstruirse. Eso es lo que me interesa hacer con mi vida.

—Wow, espera —lo detiene Ned—. ¿Quieres ser algo así como un activista de la comunidad LGBTQ+?

—Sí, aprovechar que de cierta forma tengo voz en los medios para ayudar a las personas.

Ned sorprendido abre la boca y mira fijamente a Hiromi.

—Es la idea más increíble que he escuchado, yo pensé que te ibas a quedar con lo del tenis o algo así de aburrido como lo de Alex o Aria. Me da mucho gusto, Hiromi.

—Entonces, ¿tú crees que esté bien? —pregunta Hiromi temeroso.

—Hiromi, yo no soy nadie para impedirte hacer lo que tú quieras. Consúltalo si quieres con Aria y Alex, por mí no hay problema. Si necesitas ayuda yo encantado, la verdad, me encanta.

—¿Debería contarles a nuestros padres?

—Naaa, se pide perdón no permiso, hermanito —le guiña el ojo—. Obvio te dirán que no, se inventarán las excusas más ridículas para que no lo hagas, pero como te digo, nada grave. Prefiero verte feliz, la verdad, y estoy seguro de que nuestros hermanos también.

Hiromi mira con ilusión la página de Akuyaku.

—Voy a compartirla en mi perfil, entonces.

—Ay, ¿qué haces? —Ned le arrebata el celular a Hiromi—. Primero: habla con Aria y con Alex; segundo: habla con los dueños de la página porque si tú y yo lo compartimos, va a reventar y no sabemos si eso es lo que quieren.

—¿Tú y yo? —pregunta Hiromi confundido.

—Sí, yo estoy dentro, te dije. Si nos desheredan, que nos deshereden a los dos, y nos iremos juntos a pedir asilo a los exes de nuestros exes —ríe.

Hiromi le hace una mueca molesto, pero después sonríe un poco.

—¿Debería agendar algo así como una comida con ellos? —dice Hiromi abriendo su calendario.

Ned toma su celular y se escucha cómo marca y después suena.

—¿Cómo crees? Alex no está en el país y Aria siempre está con papá.

—¿A quién le hablas? —pregunta Hiromi nervioso.

—A Alex —responde con tranquilidad.

—Ay, oye, pero debe de estar ocupado, ¡cuelga!

El celular deja de sonar y se escucha una voz:

—¿Hola?

—Hola, Alex, ¿cómo estás? ¿Qué dice el trabajo, godín?

—Ned, ¿hablaste para molestar? Dijiste que llamarías si sabías algo de Hiromi.

—¿Sí? No lo recuerdo, bueno aquí alguien quiere hablar contigo.

Ned le da el celular a Hiromi.

—¿Alex?

—¿Hiromi? —Alex se escucha desesperado—. ¿Dónde estás? ¿Estás bien?

—Estoy bien, no tienes de qué preocuparte. Perdona si interrumpo, ya sabes que Ned es algo impulsivo, quería que te llamara.

—Por primera vez me da gusto. ¿Necesitas algo? ¿Quieres que vaya por ti? —se escucha cómo Alex recoge algunas cosas de algún lugar.

—No, no, estoy bien, de verdad, me estoy quedando con un amigo.

—¿Por qué te saliste sin avisar? Nuestros papás están muy preocupados por ti.

—¿No te contaron nada sobre nuestra discusión? —pregunta Hiromi un poco molesto.

—¿Discusión? Mencionaron que fue algo así como un berrinche.

—Salí del clóset, les dije que soy bisexual. También te llamaba por eso.

Ambos se quedan en silencio unos segundos.

—¿Por eso te fuiste? ¿Qué fue lo que te respondieron?

—Lo de siempre, ya sabes —a Hiromi se le corta la voz un poco.

—Supongo que no lo tomaron muy bien, ¿verdad? —susurra Alex.

—No, nada bien.

—¿Qué puedo hacer por ti, Hiromi? ¿Cómo puedo ayudarte? ¿Necesitas dinero?

—No, no te preocupes, estoy bien. Quería consultarte algo muy rápido.

—Sí, claro, lo que necesites —dice Alex muy seguro de sí mismo.

—¿Te afectaría mucho si yo saliera del clóset públicamente?

Se escucha que Alex suspira y se toma unos segundos.

—¿Afectarme? ¿Cómo podría afectarme algo así, Hiromi?

—Pues, no lo sé, en la empresa, en tu imagen.

—El que vive de su imagen es Ned —ríe—. Me es más valioso saber que estás bien, que eres feliz y que estarás con una persona que ames, sea hombre o mujer, se identifique como se identifique.

Hiromi siente un pequeño nudo en la garganta, pero se aguanta para seguir hablando.

—Es que quiero ayudar, evitar que más personas sigan viviendo cosas como las que ha atravesado Tenpi, o cualquier persona de la comunidad, no es justo. Si podemos alzar la voz, ¿por qué no lo hacemos?

—Tienes razón, y considero que eres la persona correcta para hacerlo. Nuestros padres siempre mencionan cosas como trascender con el apellido, tener un impacto social, y creo que la única persona que de verdad podría hacerlo eres tú.

Hiromi se sonroja después de escuchar a su hermano decirle eso, Ned sonríe y le arrebata el celular.

—¿Podemos hacer un desmadre mediático entonces? —pregunta Ned emocionado—. ¿Tenemos tu permiso?

—¿No le dirán a mamá o a papá?

—Claro que no —responde Ned riendo—. Por eso te comentamos a ti, eres el segundo a cargo, ¿no?

—Lo que Hiromi quiera hacer, confío más en sus decisiones que en las tuyas, Ned.

—Sí, como sea, te dejamos trabajar, lindo día, señor godín, bye —Ned cuelga de inmediato sin dejar a Alex despedirse.

—Creo que aún no terminaba —expresa Hiromi molesto.

—Está ocupado, le hicimos un favor —responde Ned despreocupado—. Mientras pásame la clave del internet que voy a ocuparla.

—¿No la copiaste? Te acababa de dar mi celular.

—No le tomé foto, la necesito para mi tableta, ándale.

Hiromi le da su celular a su hermano.

—Uyyy, ¿y quién es Sora y por qué te está mandando fotos? —Ned se ríe y Hiromi le arrebata el celular.

Hiromi entra a sus conversaciones y ve la foto que le acaba de mandar, es el anuncio que pegaron en todos los salones, se sienta y lo revisa detenidamente.

—¿Qué es esto? —cuestiona molesto mientras lee—. ¿Quiénes creen que son? No pueden hacer eso.

—¿Y ahora qué?

—¿Recuerdas la página de Instagram que te mostré hace rato?

Ned asiente.

—La escuela quiere cerrarla.

9

Preantesis

La etapa previa a la floración.

En el receso Také y Tenpi se quedan de ver en la cafetería, como siempre. Ambos llegan apresurados y con una cara de entre preocupación y emoción.

—Ay, Tenpi, ¿ahora qué vamos a hacer? —pregunta Také mientras mueve una de sus piernas repetivamente, cosa que hacía sólo cuando estaba muy nerviosa.

—¿Escuchaste a los demás hablar al respecto? —interrumpe Tenpi.

—Pues escuché a algunos comentar que no estaban de acuerdo con que expulsaran a los responsables, ni con que se les sancionara.

—¿Verdad? Hay una gran mayoría que está a favor de la página, no podemos sólo cerrarla, Také, ni decir que fuimos nosotros, a no ser que tengamos una buena excusa que nos exente de la sanción.

—Pero, Tenpi, estamos a nada de graduarnos, ¿te imaginas que nos expulsaran en un momento así? Perderíamos todo el año. Aparte según saben quiénes son los responsables, de seguro alguien nos delató.

—Puede ser, pero si están tomando medidas tan extremas es porque hay pruebas. Si eliminamos las fotos en donde salen las instalaciones, entonces pues ya, se acabaron las pruebas —responde Tenpi con confianza.

—De seguro ya les tomaron captura o las tienen guardadas. Si es eso, debemos intentar justificar que no fueron tomadas en la escuela o lo que sea —cruza sus brazos y recuesta su cabeza entre ellos.

—Tranquila, Také, si quieres yo puedo echarme la culpa, decir que sólo fui yo.

—¿Estás loca? —se levanta de inmediato—. Entramos juntas y salimos juntas. Claro que puedo con esta responsabilidad, pero primero voy a chillar un poquito para liberar estrés, pero no nos vamos a dejar, Tenpi, no es justo y muchos en la escuela lo saben. Vamos a usar eso a nuestro favor.

Hiromi le muestra el anuncio a Ned.

—No entiendo nada, Hiromi, explícame qué pasa.

—El director encontró la página de Akuyaku y ahora la quiere cerrar y sancionar a quienes la crearon.

—¿Por qué? —pregunta Ned indiferente tomando su celular.

—Porque no va con las "ideologías" de la escuela.

—¿Ideologías? —Ned ríe—. Ésas no son ideologías, es homofobia.

Hiromi se paraliza mirando su celular.

—Ned.

—Mmm.

—¿Y si aprovechamos este caso para ponernos en contra de la escuela?

Ned bloquea su celular, lo deja a un lado y sonríe.

—Claro, porque nadie mejor para ayudar a la página. La escuela entonces tendría que enfrentar algo más grande, algo que los asuste, como un problema mediático.

Hiromi también sonríe.

—Guarda esa foto del aviso que te mandaron —le indica Ned a Hiromi.

—¿Para qué?

—Es una herramienta secreta que nos ayudará más adelante —ríe—. De cualquier forma ponte en contacto con los creadores de esa página y...

—Es Tenpi —lo interrumpe Hiromi.

—¿Tenpi? Ay, claro, ¿cómo no lo pensé antes? Era obvio, por eso estás tan interesado.

—No, no sólo por eso. Digo, en parte sí, pero va más allá del cariño que le tengo a Tenpi. Es porque no quiero que ninguna persona viva sintiéndose diferente de forma negativa, o excluido o rechazado por su identidad o su orientación, y si puedo hacer algo, por mínimo que sea, voy a intentarlo. Pase lo que pase con Tenpi, no creo que haya sido coincidencia que nos hayamos conocido, ni que esté pasando todo esto. Quiero creer que es parte de quien soy y de lo que debo hacer con mi vida.

Ned suspira.

—Si así es como lo siente tu corazón, hazlo.

Hiromi toma su celular y le manda mensaje a Tenpi: "¿Podemos vernos hoy en la casa de Sora? Con Také también, por favor. Vi el anuncio que pusieron en la escuela, creo que puedo ayudar".

Tenpi recibe el mensaje mientras platica con Také en la cafetería.

—Mira esto —exclama Tenpi poniéndole la pantalla en la cara.

Také aleja el celular apartando la mano de Tenpi y lee el mensaje de Hiromi.

—Wow, ¿tú crees que sí nos ayude?

—Pues no se me ocurre qué más hacer, esperemos a ver qué nos dice, ¿no?

Ned también mira el teléfono de Hiromi esperando la respuesta de Tenpi.

"Sí, claro, llegamos después de clases."

—Ya contestó, ¡wuuu! —Ned le hace burla y Hiromi sólo se sonroja.

—Bueno, es hora de tomar mi llamada, así que adiosito— se burla Ned.

En la salida de clases Také y Tenpi se encuentran en la entrada de la escuela.

—¿Esperamos a Sora? —pregunta Také.

—Es cierto, Hiromi está invitándonos como si nada y quién sabe si Sora esté de acuerdo. Pero hoy trabaja. Esperemos que no se moleste porque su casa esté llena de personas —dice Tenpi preocupade—. Seguramente sigue molesto conmigo, quién sabe cómo reaccione cuando me vea ahí.

Tenpi y Také llegan a la casa de Sora y tocan la puerta. Hiromi les abre.

—Hola, adelante, pasen —Hiromi se hace a un lado y los deja entrar—. Pueden sentarse en la sala.

—¿Y Sora? —interrumpe Také.

—Ahhh, está en la escuela, ¿no?

—Está en el trabajo, Hiromi —aclara Tenpi.

—¿Trabaja? —pregunta Hiromi confundido.

—¿Te dio permiso de invitarnos? —comenta Také un poco molesta.

—Ahhh, no le dije nada —ríe nervioso.

—Deberías avisarle —dice Tenpi—. Aunque sea por mensaje.

Také y Tenpi se sientan en el mismo sillón en la sala y Hiromi en otro.

—Entonces… ¿Crees poder ayudarnos con esto? —Také mira de forma desafiante a Hiromi.

—Parece que sí, pero también quería saber qué tan abiertos están a la posibilidad de hacer más popular su página.

—¿Más popular, cómo? —pregunta Také.

—¿Piensas compartirla o algo así? —interrumpe Tenpi.

—De hecho, quisiera ayudarles, si es que puedo, me gusta mucho lo que hacen y sé que con mi apoyo podríamos llevar Akuyaku mucho más lejos. Volverlo algo así como un movimiento.

Také y Tenpi se miran el uno al otro.

—En realidad —empieza Také—, no creamos Akuyaku con el propósito de ser supervirales.

—Sólo queríamos ir al pride —Tenpi ríe—. Pero a muchas personas en la escuela, aunque no fueran parte del colectivo, les gustaba el misterio de los stickers y las publicaciones que hacíamos.

—¡Eso es una buena señal! —exclama Hiromi—. Quiere decir que su página tiene mucho potencial, por favor, déjenme ayudarles.

—¿Y cómo lo harías exactamente? —pregunta Také.

—Manejándolo mediáticamente, claro —añade Ned, que estaba en una de las habitaciones y había terminado su reunión en línea e iba acercándose a la sala.

—¿Y ése que hace aquí? —Také señala a Ned con el dedo.

—¡Hola, Ned! —saluda Tenpi emocionade.

—Me interesa lo que hacen también —se sienta junto a Hiromi en el sillón—. Voy a apoyar en lo que pueda, si necesitan algo sólo pídanlo.

Také y Tenpi vuelven a mirarse el uno al otro, esta vez con más seriedad.

—No sólo lograrían quitarse a la escuela y sus sanciones de encima, también podríamos empezar algo así como un movimiento para educar, concientizar, visibilizar, entre otras cosas, y aquí Hiromi es su chico ideal para eso.

—¿Cómo planean ayudarnos con lo de la escuela? —Tenpi se acomoda en el sillón y cruza las piernas.

—Por eso era importante que vinieran —aclara Ned—, cuatro cabezas piensan mejor que una.

—Estuve leyendo el aviso que puso la escuela —dice Hiromi—. Según entiendo tienen pruebas de quiénes fueron los culpables, pero puede que no sean tan confiables. Si tuvieran pruebas sólidas los habrían citado directamente y ya. Quiero creer que se trata de un chisme.

—Llegamos a la misma conclusión —Také mira a Tenpi y elle asiente—. Probablemente alguien nos delató y creemos saber quién fue.

—Eso es irrelevante —interrumpe Ned—. No importa que lo sepan, eso no cambiará nada, enfoquémonos en evitar que les llamen la atención a ustedes.

—Bueno —explica Tenpi—, hoy en clases escuché a muchas personas decir que no estaban de acuerdo con la sanción ni con que se cerrara la página de Akuyaku.

—Aunque también hay personas que están de acuerdo —comenta Také.

—Pero es una minoría, de verdad. Podríamos hacer que varias personas firmen a favor de la página.

—Ya no hay tiempo para eso, Tenpi, quieren que las personas responsables se presenten antes del viernes y es martes —Také se recuesta en el sillón frustrada.

—Ésa es una buena idea —plantea Ned—, poner a favor a los alumnos, a personas externas también si es posible. Sólo se necesita que alguien popular en su escuela haga algo para dar a entender que apoya la página.

Hiromi voltea a ver a Ned sorprendido.

—¿Yo? —pregunta señalándose a sí mismo.

—Sí, claro, ¿quién más? Estabas buscando una oportunidad así, ¿no? Si vas a salir del clóset, pues podrías aprovechar para sacar de aprietos a tus "amiguitos".

Hiromi se sonroja.

—Sí, tienes razón.

—¿De qué hablan? —los interrumpe Také.

—Hiromi quiere salir del clóset públicamente —aclara Ned—. Está encantado con su página y el contenido que suben y quiere impulsar a gran escala un proyecto así como el suyo, aww —Ned abraza a Hiromi y éste se lo quita de encima.

—Me gustaría compartir su cuenta en alguna de mis redes, creo que eso daría un mensaje lo suficientemente sutil para que la gente hable no sólo de mí, sino también de la página.

—¿Ése es tu plan? —pregunta Ned indignado—. No, tiene que ser algo un poco más directo, la gente no lo va a entender así. ¿Ustedes tienen *stickers*? Péguenle uno en la cara o yo qué sé.

—Esperen —los interrumpe Tenpi—. ¿Cómo es que eso nos va a ayudar a nosotros?

—Cierto —confirma Také.

—Mmmm, podríamos unir a los alumnos de su escuela para que se opongan y poner a Hiromi al frente para que el resto lo siga, lo que seguramente influenciará a varios —responde Ned.

—No se trata sólo de si la gente hace lo mismo que yo —dice Hiromi molesto—, sino de que realmente hagan conciencia.

—Lo harán, Hiromi. La gente suele investigar por su cuenta cuando se siente ignorante frente a un tema, más si es uno del que todos están hablando —Ned ahora se acuesta en el sillón.

Tras un rato discutiendo la forma en la que resolverán ambos problemas, se escucha cómo se abre la puerta de la entrada principal y entra Sora, que mira confundido a todes reunides en su sala.

—Hiromi…, ¿qué hacen todas estas personas en mi casa? —Sora les saluda moviendo la mano en el aire.

—Te mandé un mensaje, perdón. ¿No lo viste?

—Ciertamente no —Sora sonríe—. En todo caso dejo que charlen, voy a estar en mi habitación.

—¡Espera! —Tenpi se levanta y da unos pasos hacia él. Sora voltea.

—¿Podemos hablar un segundo? En privado.

Sora mira al resto del grupo y finalmente asiente.

—Sí, sígueme.

Sora sube las escaleras y camina por un corto pasillo hasta su habitación, abre la puerta para que Tenpi pase y después entra él.

—Tiene tiempo que no hablamos, ¿verdad?

—Sí —afirma Sora y se sienta en la cama. Tenpi lo imita y se acomoda a un lado.

—Tiene rato que quería platicar contigo —susurra Tenpi—. No había tenido la oportunidad porque no te había visto todo este tiempo en la escuela, ni podía acercarme entre clases porque salías corriendo a tus otros salones —hace una pequeña pausa y se gira hacia Sora, que tiene la cabeza agachada—. Te debo una disculpa, lamento si fui muy insensible al querer forzarte a gustarte.

—Espera —le interrumpe Sora y le mira fijamente—. ¿Te disculpas conmigo por no haberte correspondido? Si te soy sincero me he sentido algo culpable por eso, porque te quiero mucho, Tenpi, y aún no puedo creer que algo tan simple como que parezcas una chica me cause tanto conflicto. Quisiera quererte, pero no sé si pueda.

Sora comienza a llorar, al parecer no había logrado sacar todas esas emociones desde que dejaron de hablarse.

Tenpi pone una de sus manos en el hombro de Sora.

—Tranquilo, ésa no es tu responsabilidad. Yo no voy a obligarte a quererme, así no se supone que deba ser el amor. De lo que estoy segure es que te quiero mucho, y si estás dispuesto podemos ser amigues. No veo la necesidad de forzar algo que no va a funcionar y con lo que no te sientes cómodo.

Sora mira a Tenpi unos segundos y estira los brazos para abrazarle. Éste se acerca y lo abraza también.

Tenpi se separa de Sora.

—¿Tus papás aún no llegan? ¿No les molestará que estemos tantas personas aquí o sí? Podemos irnos a alguna cafetería.

Sora suspira.

—Hay otra cosa que me gustaría que supieras, Tenpi.

Tenpi mira a Sora asustado, no es normal que use un tono tan serio.

—No vivo con mis padres, salí de casa cuando me rechazaron por ser gay. Al día de hoy no sé en dónde se encuentran. Me quedaba con mi abuela hasta que falleció, ella fue quien me presentó con doña Esperancita, quien afortunadamente me dio trabajo en su florería, por eso no es muy estricta conmigo —ríe—. Ahora estoy aquí con mi tío, pero rara vez viene y si llega a hacerlo es muy noche, de madrugada casi, casi.

—Lamento mucho que te haya pasado eso, espero que ahora te encuentres mejor, fueron demasiadas cosas feas —Tenpi le toma la mano.

—Estoy mejor, de hecho... Bueno, no, no sé si contarte.

—No, dime —insiste Tenpi emocionade—. Ándale, no importa qué sea, ándale.

—Volví a reencontrarme con mi antiguo novio.

—Oh, por Dios —exclama Tenpi—. ¿Y regresaron?

—Pues no, creo que aún no, estamos en eso.

Tenpi mira a Sora y sonríe.

—Me da mucho gusto por ti, Sora, si es un buen chico, espero que sí.

Sora también sonríe y ambos salen del cuarto, caminan uno detrás de otro hasta la sala y se sientan con el resto.

—Lo resolvimos —exclama Také emocionada cuando ve a Tenpi entrar a la sala.

—¿Qué pasó? ¿Qué vamos a hacer? —pregunta Tenpi también emocionade.

—Vamos por dos pájaros de un tiro —explica Ned—. Analizamos las fotos donde salen algunas de las instalaciones de la escuela y los *stickers*, pero hay una en específico en la que sale esta pulsera arcoíris, tu pulsera, ¿no, Tenpi?

Tenpi asiente.

—Si entramos a tu perfil de Instagram de *pseudoinfluencer* vemos que subiste una foto con tu pulsera en *pride*, explicando que tu mamá te la hizo.

—¿Me están echando la culpa? —reclama Tenpi.

—Nooo, bueno sí —aclara Ned—, pero eso no importa, vamos a hacer una publicación primero de Hiromi con la pulsera y *stickers* de Akuyaku en la cara. *Stickers* con sus banderas, la bisexual y la arcoíris. Pondremos en la descripción algo como para dar a entender que usar una pulsera así es un símbolo de apoyo a la página y a la comunidad. Así Hiromi sale del clóset, resolvemos su problema y listo.

—¿Hablan sobre el comunicado de la escuela? —interrumpe Sora.

Todes asienten.

—Bueno, y ¿creen que las personas de verdad van a hacerse su propia pulsera o comprar una parecida? —dice Sora desconfiando un poco del plan.

—Sí —responde Ned con seguridad—, porque voy a hacer lo mismo.

Todos voltean hacia Ned sorprendidos.

—¿Qué, qué me ven? ¿Dudan de mi influencia?

Tenpi y Také se miran el uno al otro dudosos.

—No desconfiaría si fuera ustedes —aclara Hiromi—. No parece que Ned lo entienda, pero en realidad es muy bueno analizando datos en redes sociales, de cualquier forma tiene un equipo especial para eso. No podemos consultarles porque seguramente algún chismoso le diría a mamá o a papá y no queremos que se enteren aún. Pero tiene experiencia en esto, de verdad.

Ned sonríe orgulloso.

—Supongo que no tenemos otra opción —dice Také entre emocionada y resignada.

—¿Traes tu pulsera, Tenpi? —pregunta Ned levantándose del sillón y estirando la mano.

—Sí, aquí está —Tenpi se la quita rápidamente y se la da. Éste la toma y estira a Hiromi del brazo para ponérsela.

—¿Traen *stickers*? —pregunta Ned amarrando la pulsera a la muñeca de Hiromi.

Také busca en su mochila.

—Sí, aquí tengo los que no pegamos hoy.

Ned saca del bolsillo de Hiromi su celular.

—Tenpi, ¿le puedes pegar los *stickers* en la cara a Hiromi?

Tenpi toma los *stickers* y se acerca a Hiromi. Ned le lanza una mirada burlona a su hermano y éste se sonroja.

—La arcoíris y la bisexual, ¿no? —pregunta Tenpi a punto de desprenderlas.

—Sí —responde Hiromi nervioso—, y la que tiene el nombre del grupo también.

—Voy a poner la del nombre del grupo, aquí en tu frente. La bandera bi en tu mejilla y el arcoíris por acá en tu mentón.

Tenpi se separa y sonríe. Hiromi desvía la mirada de los nervios.

Ned jala a su hermano a una de las ventanas.

—Voy a tomarte la foto aquí que hay luz y las plantitas de atrás se ven *aesthetic* —Hiromi se sienta en el pequeño escritorio que está al lado de la ventana—. Pon la mano que tiene la pulsera recargada sobre tu cara.

Hiromi hace todo lo que Ned le indica.

—Deberías modelar, Hiromi —sugiere Ned—. Creo que tu apariencia va mucho con lo que buscan algunas marcas en sus modelos.

—Cállate —dice Hiromi molesto—. No me interesan esas cosas.

—Awww, aunque sea para las fotos familiares —insiste Ned sacando varias fotos.

En cuanto Ned termina le pasa el celular a Hiromi, que aún tiene los stickers pegados en la cara.

—Hagan un post compartido —le indica Ned a Hiromi.

—¿Qué es eso? —pregunta Sora.

—Cuando un post aparece como si ambas cuentas lo hubieran publicado en uno solo, no puede ser, los de la generación Z son ustedes.

—¿Listos? —pregunta Hiromi y presiona ansioso el botón de "Publicar", sin esperar la respuesta de los demás.

Také agarra su celular y acepta la solicitud de publicación compartida de Hiromi. Ned le quita la pulsera y se la pone. Nadie se dio cuenta cuándo se llenó la cara de *stickers* también. Se toma una *selfie* y la pública.

Ned recoge ambos celulares, los coloca en la mesita de centro y se sienta cómodamente subiendo los pies al sillón.

—¿Eso es todo? —pregunta Tenpi.

—Sí, sólo queda esperar —responde Ned.

De inmediato algunas notificaciones empiezan a llegar a los teléfonos de Hiromi y de Také, después se hacen más constantes, hasta el punto en el que ninguno se puede bloquear. El de Ned recibe notificaciones más lentas porque las manda de cien en cien. Pero es casi igual de rápido que las otras.

—Dejemos esto así por un rato, ¿tienen hambre? Voy a pedir pizza —Ned se recuesta completamente en el sillón y saca otro celular que trae en su mochila.

—Tiene razón —añade Sora—, dejémoslo un rato para no estresarnos e intentemos relajarnos antes de leer comentarios. No sabemos cómo van a reaccionar las personas, en todo caso es una decisión bastante fuerte para Hiromi o para ustedes, si no funciona podrían expulsarlos.

—Lo bueno es que quieres que nos relajemos, ¿no, Sora? —dice Tenpi riendo.

—Ay, lo siento, no lo hice con esa intención —ríe.

Ned ordena pizzas para que todos puedan comer. Una vez que las reciben, se sientan en el comedor y Ned recibe una llamada en su otro celular, "el personal": es su mamá.

Hiromi observa preocupado a su hermano, quien sólo reacciona con indiferencia esperando a que deje de sonar. Inmediatamente entra una llamada de su papá con la que hace lo mismo.

—¿No vas a contestar? —cuestiona Hiromi ansioso.

Ned toma una rebanada de pizza y la muerde de inmediato.

—Estoy comiendo —replica Ned con la boca llena.

Hiromi también recibe algunas llamadas que tampoco contesta. Hiromi se impacienta y toma su celular. En el grupo familiar de WhatsApp sus padres empiezan a mandar mensajes insistentemente para que se pongan en contacto con ellos. En el grupo donde sólo están los hermanos Aria pregunta: "¿Qué está pasando?", a lo que Alex responde:

"Lo que te comenté que harían Ned y Hiromi en la mañana".

—Voy a leer los comentarios mientras comen, no aguanto más.

Abre la aplicación de Instagram y deja la boca abierta de sorpresa, cien mil *likes* en una hora, era una locura. Comienza a revisar los comentarios, hay personas que creen que sí es una pista o su forma de salir del clóset, otros piensan que es pura publicidad y otros se burlan y dejan respuestas negativas.

Také también agarra su celular y abre los ojos sorprendida, casi cuatro mil seguidores más tiene la cuenta. Afortunadamente en su mayoría son personas interesadas en seguir la página, al parecer muchos de los *haters* se filtraron desde la cuenta de Hiromi y Ned.

Hiromi también nota que ha perdido algunos seguidores, no demasiados, aproximadamente entre trescientos y cuatrocientos.

—Les dije que todo iba a estar bien —afirma Ned orgulloso.

—¿No te afectó en audiencia, Ned? —pregunta Sora, que veía la pantalla del celular de Tenpi.

—No he revisado aún, de cualquier forma la recupero después. Estoy leyendo algunos artículos, y declaran que "Akahoshi" entró en tendencias nacionales de Twitter —menciona emocionado.

—¿Artículos? —exclama Také—. ¿Tan rápido?

—La prensa no duerme, y era obvio que esto les interesaría. Afortunadamente todo lo que apuntan es cierto, están descifrando por cuenta propia que estás saliendo del clóset, Hiromi —Ned voltea a verlo y sonríe.

—¿Y funcionará con nuestro problema? —pregunta Tenpi asustade.

—Si no funciona y los sancionan, lo hacemos público —amenaza Ned. Toma otra rebanada de pizza y sigue comiendo.

El resto de la tarde no es muy diferente, Akuyaku sigue recibiendo seguidores y en su mayoría mensajes de apoyo. Hiromi gana unos cuantos seguidores por Ned. Es quien tiene más respuestas negativas, pero de cualquier forma son más las positivas. Éste desactivó los comentarios y el conteo de "me gusta", perdió audiencia, pero nada que le afectara drásticamente.

Také y Tenpi se despiden y salen de la casa de Sora antes de que oscurezca. Sora se va a su habitación para hacer tarea y Ned se queda en el mismo cuarto que Hiromi.

—¿Mamá y papá continuaron llamándote? —pregunta Hiromi quitándose los zapatos.

—No sé, apagué el celular mejor. Mañana hablaré con ellos, deberías de hacerlo también, regresar a casa y explicarles lo que estamos haciendo y que todos estuvimos de acuerdo.

—Sí, tienes razón.

Al día siguiente Také y Tenpi quedan de verse en la puerta de la escuela antes de entrar, no tan temprano como cuando pegaban *stickers*, pero lo suficiente para charlar un poco antes de clases.

—¿Has checado la cuenta, Tenpi? —susurra Také en cuanto le ve.

—No, aún no, tengo miedo de revisar.

—Anoche como a las dos de la mañana alcanzamos los seis mil seguidores.

—¿¡Seis mil!? —susurra exaltade—. ¡Qué loco! No puedo creer que Ned sea quien esté detrás de esto.

—A eso se dedica, era lo mínimo que podía hacer —añade Také indiferente.

—¿Crees que funcione lo de las pulseras? —Tenpi expresa desconfiade—. Eso es lo que más miedo me da, mañana es el día límite.

—Cálmate, pase lo que pase tenemos la certeza de que Hiromi y Ned nos van a ayudar. Esperemos pacientes para ver qué pasa de aquí a mañana.

Ambos caminan a su salón, tienen la primera clase juntos, afortunadamente. Se sienten un poco escépticos, no saben con certeza si la perspectiva de las personas cambiará por el post de Hiromi o porque ahora su página es mucho más reconocida.

Desde que entran al salón ése parece ser el tema de conversación. La mayoría platica sobre lo atractivo que se veía Hiromi, era de esperarse que hablaran de él, no había ido en toda la semana a la escuela; otros comentan su posible salida del clóset. Y la sorpresa que ambos se llevan: dos personas en su salón que ya traen la pulsera.

—Ese tonto tenía razón —dice Tenpi sorprendide, refiriéndose a Ned, mientras señala con la mirada a una chica que trae una pulsera idéntica a la suya.

—Tenpi, creo que va a funcionar —susurra Také y sonríe—. Es un buen momento para seguir subiendo contenido.

—¿Nos reunimos en el receso para planearlo? —pregunta Tenpi más positive.

Také asiente.

—Si te soy sincera, no sé si pueda concentrarme con tantas cosas que están pasando, pero definitivamente esto me da mucha más tranquilidad.

Después de clases Sora queda de verse con Kai para salir a comer, aprovechan que Sora no trabaja y Kai no tiene práctica para pasar un rato juntos. Aún no están seguros si retomarán su relación, pero independientemente de eso tienen mucho de qué hablar. Solían ser muy unidos y hay muchas cosas en las que ponerse al corriente.

Kai espera a Sora en la entrada de la escuela para irse juntos.

—¿Qué te gustaría comer? Me muero de hambre —dice Kai caminando a un lado de Sora.

—Mmmm…, pensaba que fuéramos a una cafetería que está cerca de mi casa. Es un local pequeño, pero se ve bastante bien, no tiene mucho que abrieron.

—¿Es vegano?

—Ahhh, sí, de hecho sí.

—Menos mal, ayer anduve buscando lugares veganos, pero nos quedan bastante lejos.

—No tenemos que comer ahí si no quieres, me adapto a donde vayamos, casi siempre tienen opciones veganas los restaurantes o cafeterías.

—¿Cómo crees? Extrañaba mucho visitar lugares así, sabes que mi familia es amante de las carnitas asadas —ríe—. Si no fuera porque me acostumbré a comer contigo tendría los triglicéridos al tope.

—Bueno, sí, se nota porque estás mucho más musculoso que antes.

Kai se sonroja un poco y sonríe.

—¿Lo notaste? Es que también he estado haciendo bastante ejercicio.

—No sé si tendría la energía para eso —añade Sora riendo un poco.

—Si algún día quieres podemos ir juntos.

—Puede ser, a lo mejor en vacaciones, no sé si con la escuela y el trabajo me sobre energía para eso, aparte no tengo preferencia por hacer músculo ni nada.

—Es que así ya eres muy guapo, Sora.

—¿De verdad? —responde Sora nervioso—. A diferencia de ti creo que no he mejorado mucho físicamente.

—Tienes como una nueva vibra, algo muy misterioso, sobrio. Pero sigues siendo igual de atractivo que antes, me atrevería a decir que incluso más.

Sora se sonroja.

—Basta, Kai.

Ambos llegan al pequeño local y se sientan en las mesitas de afuera.

—Voy a pedir algo muy cargado —Sora mira el menú, recarga su cabeza en una de sus manos y pasa las hojas lentamente—, tengo que estudiar al rato y ya tengo sueño. Los exámenes finales me están matando.

Kai acerca un poco su silla a la de Sora, le quita el pelo de la cara y lo pone detrás de su oreja. De inmediato Sora se levanta y se dirige al mostrador para pedir. Kai se forma detrás de él.

—¿Todo bien? —susurra Kai.

—Por favor, no me toques en público, ya te lo había mencionado antes —dice Sora, sin voltear a verlo.

Sora hace su pedido y después Kai ordena el suyo, esperan a que estén sus cafés y caminan juntos hasta su mesa.

—¿Te incomodó mucho lo que hice? —pregunta Kai mientras abre su café para que se enfríe.

—Es que… me pone muy nervioso, alguien podría vernos y ofenderse.

—¿Ofenderse? ¿Porque te toque la cara? —Kai empieza a molestarse un poco, se percibe en su tono de voz.

—Sí, sí —susurra Sora—. Baja la voz.

—Sora, ¿por qué te importa tanto lo que opinen los demás? No todos están al pendiente de nosotros y de lo que hacemos. ¿Piensas sacrificar tu libertad por miedo a lo que los demás dirán o cómo van a reaccionar? Sé qué nunca fuiste muy afectuoso en público y lo respeto, pero no me hagas el feo así. Me duele —expresa Kai haciendo puchero.

—Ay, perdóname. Sabes que no es porque no te quiera ni nada así, pero no estoy acostumbrado, se me hace algo incómodo. Siento que la gente nos ve y nos juzga. ¿Qué tal si alguien de mi escuela nos reconoce?

—¿Qué podría pasar, Sora? No estamos en la escuela, no estamos haciendo nada malo y no creo que nos saquen del café. Y si lo hacen…, ¿qué? No volvemos, y que se jodan. Les ponemos una reseña negativa en internet —ríe y Sora también, un poco—. Nadie va a hacerte nada, aparte yo voy a estar contigo si es que algo malo sucede, lo cual no va a pasar.

Sora vuelve a sonreír, y lentamente pone una de sus manos sobre la de Kai, por debajo de la mesa.

—Gracias, Kai —dice sonriendo.

—¿Puedo darte un beso? —susurra Kai—. En la mejilla nada más.

Sora mira a su alrededor, hay unas cuantas personas. Las analiza un poco, no parecen ser del tipo que se molestarían, pero podría estar equivocado. Aunque Sora lo entiende, Kai tiene razón, ¿por qué debería de incomodarle tanto algo tan simple como un beso en la mejilla?

Sora asiente, acerca su mejilla y Kai le da un beso.

Sora vuelve a mirar a su alrededor. Hubo algunas personas que los observaron, pero todos regresaron a sus asuntos, realmente a nadie le importaba.

—¿Ves? —confirma Kai—. Igual no lo volveré a hacer si no quieres, pero me interesaba que te dieras cuenta de que a nadie le importa. A lo mejor se sorprenden, pero hasta ahí, y es porque no están acostumbrados: sólo fue un beso, ¿no? No te estoy manoseando —termina, riendo.

Sora se siente un poco más tranquilo, Kai lo conoce lo suficiente como para hacerle entender su punto de vista a su manera.

Al salir de la cafetería, Sora toma la mano de Kai por iniciativa propia, cosa que nunca había hecho. Sora le sonríe y Kai le devuelve el gesto, orgulloso de haber regresado.

Tenía razón, pero qué complicado se volvía algo como un beso o tomarse de las manos para una pareja gay.

Tenpi irá a la casa de Také al terminar las clases, piensa pasar la noche ahí para irse juntos en la mañana. Planean consultar a los padres de Také para saber su opinión, probablemente su experiencia pueda ayudarles para hacerse una idea de si lo que estaban haciendo era lo correcto.

Pero antes Tenpi pasa a su casa por una pequeña mochila con un uniforme limpio y se despide de su mamá.

Llega a la de Také y toca el timbre. Unos minutos después abre Ivy.

—Tenpi —dice Ivy sonriendo—, qué gusto verte por acá.

—Hola, Ivy. Tan guapo como siempre —Tenpi se recarga en el marco de la puerta con una mano.

—¿Vas a pasar? —pregunta Ivy riendo.

—Vine a ver cómo estaban, ¿está Ned?

—No, él no está. Pensé que venías a visitarme a mí —Ivy le sigue el juego a Tenpi.

—Claro que sí, exclusivamente.

Také aparece detrás de Ivy, abriendo la puerta por completo.

—¿Ya dejaron de ligar?

—Také, interrumpes —le dice Tenpi.

—Sí, Také: interrumpes —repite Ivy.

Také toma a Tenpi de la mano y lo jala adentro.

—¿Qué parte de "es ocho años mayor que tú" no entiendes?

—Ivy, tú espera unos meses más para que sea mayor de edad.

—Aquí voy a estar, Tenpi —Ivy ríe.

Také lleva a Tenpi a la cocina.

—¿Está tu papá, Také? Hace tiempo que no lo saludo.

—Sí, claro —señala hacia la sala—, está viendo la tele.

—Bueno, con permiso, voy a saludar a mi suegro.

Také lo mira frunciendo el ceño mientras Tenpi camina hacia la sala.

—Holaaa, buenas noches.

—¡Tenpi! ¿Cómo está mi yerno? —exclama riendo.

—Ay, ¿nos escuchó? Qué pena, señor —Tenpi se acerca y se sienta a un lado de él.

—No, no te preocupes. ¿Cómo has estado? —el papá de Také baja el volumen de la televisión—. Vamos a pedir comida china, ¿está bien?

—Me parece muy bien —Tenpi sonríe.

Také se acerca a la sala con un vaso de refresco en la mano y se sienta a un lado de Tenpi.

—¿Qué tal la escuela? Tenpi y Také se miran el uno al otro.

—Pues… —empieza Tenpi.

—De hecho teníamos una consulta —interrumpe Také—, algo que pasó con nuestra página de Akuyaku.

La mamá de Také también entra a la sala.

—Ya casi llega la comida china, ¿nos pasamos al comedor para comer?

—¿Está bien si nos comentan a todos ahorita allá?

Tenpi y Také asienten y se levantan para ordenar la mesa.

10

Antesis

Periodo de florescencia o floración de las plantas con flores.

L a comida china no tarda en llegar y únicamente reparten las cajitas con la comida a cada quien.

—Bueno, dígannos, ¿qué sucede? ¿Está todo bien? —el papá de Také se ve un poco nervioso.

—¿Recuerdan nuestra página de Akuyaku? —pregunta Také.

Su mamá y su papá asienten mientras ambos abren sus cajitas.

—La escuela se enteró de la existencia de la cuenta.

—Ohhh, ¿eso es bueno o malo?

—Malo —añade Tenpi—. Ni siquiera nos dejaron irnos juntos al *pride* desde la escuela, ¿recuerdan?

—¿Y cuál es el problema? —interrumpe Ivy sentándose a un lado de Tenpi en la mesa—. No pueden cerrarles su página, ¿o sí?

—Pues… —Také hace una cara de descontento—. Se puso algo serio, colocaron un anuncio en todos los salones y exigen que los responsables den la cara y eliminen la cuenta, así como que reciban una sanción.

—Wow —dice Ivy—. Yo lo decía en broma, no pensé que fuera tan serio.

—¿Y no quieren borrar la página, verdad? —pregunta la mamá de Také.

Ambos niegan con la cabeza.

—Bueno, eso no es todo —Tenpi continúa—. Hiromi, el hermano de Ned que es de nuestro año, se ofreció a ayudarnos. Con la ayuda de Ned publicó una foto etiquetándonos como parte de un plan para meterle presión mediática a la escuela.

Los papás de Také los miran sorprendidos y Ivy empieza a reírse.

—Increíble —añade Ivy—. Amo a Ned.

—¿Y ahora? —casi grita su papá.

—Pues, esperamos que las personas se unan para que no nos sancionen —Také hace una sonrisa forzada.

—¿Y si no funciona? —pregunta su mamá en un tono mucho más serio. Incluso deja de comer.

—Tendríamos que hablar con los medios como queja o protesta —responde Tenpi—, porque claramente no es justo.

Su papá niega con la cabeza decepcionado.

—¿Cómo dejaron que esto escalara así? Eso de "depende del apoyo de las otras personas" quién sabe si funcione, no confío mucho en Ned, la verdad.

—Yo sí —interrumpe Ivy—. No subestimes la influencia de Ned, papá. Si mañana se pinta el pelo de rosa, pasado mañana verás a una gran parte de adolescentes imitándolo y a la semana serán muchos más. Los Akahoshi tienen cierto poder en los medios, no hay otra forma más inteligente de resolver el problema.

Todes lo miran confundidos mientras habla de los medios, de influencia, la prensa; les resulta un poco extraño a pesar de que Ivy está dentro de ese mundo con Ned. No es tan famoso como Ned porque ha mantenido su distancia, pero tiene casi los mismos seguidores que Hiromi.

—Me da un poco de paz que estés tan tranquilo y seguro Ivy, pero no sé por qué siento que no es la manera de resolverlo —dice el papá de Také.

—Lo entendemos también —añade Také—. Pero tampoco es justo, ¿por qué deberíamos de callarnos? ¿Por qué borrar nuestra cuenta si no está afectando a nadie? Aunque pusiéramos el nombre de la escuela, hacer posts educativos de la comunidad y darle visibilidad al colectivo no es un delito, es libertad de expresión.

—Se justifican con que ésas no son sus ideologías —continúa Tenpi—, pero ésas no son ideologías, es homofobia, transfobia y queerfobia, si es que ese término existe.

Los padres de Také se miran entre ellos y sonríen.

Su papá se inclina un poco sobre la mesa y toma la mano de su hija.

—No sabes lo feliz que me hace escucharte hablar así.

—Si creen que es la decisión correcta, creo que podemos confiar en Ned —explica su mamá—. Parece que en este caso Ned sabe más de todo eso. Pero, por favor, infórmennos y en lo que haga falta les ayudamos, si hay que intervenir también.

—Muchas gracias —responde Tenpi.

Luego se levanta y extiende los brazos para abrazarlos.

—Gracias, son unos papás increíbles —les dice mientras los abraza.

—Owww, gracias, Tenpi, siempre vas a tener un espacio en esta casa y en el corazón de todos nosotros —su papá se separa—. Te queremos mucho, que no se te olvide. Aquí tienes a tu segunda familia.

La mañana siguiente Také y Tenpi se van juntos a la escuela, es el momento para saber si funcionará el plan de las pulseras de Ned. Llegan un poco más temprano, veinte minutos antes de que empiecen las clases, para ver si las personas se habían animado a hacer o comprar pulseras arcoíris. Era como tirar una moneda al aire.

—Este plan es por Hiromi, ¿no? —pregunta Také mientras caminan a la entrada.

—¿Por qué lo dices?

—Porque pudimos directamente acercarnos a los medios para presentar la queja o que Hiromi o Ned lo hicieran.

—Bueno, no sólo eso, Hiromi también quiere participar, ¿no notaste lo emocionado que estaba por unirse?

—No me di cuenta —Také desvía la mirada y señala a una chica—. ¡Tenpi! —grita—. Ahí va una chica con la pulsera.

—Ah, sí, ¡la veo! —responde volteando a otra dirección.

—No, allá no —le corrige señalando dónde, pero se da cuenta que está observando a otra persona que también trae una.

—¡Funcionó! —exclama Tenpi emocionade y aplaudiendo despacio de la emoción.

Ambos se dirigen al salón de Tenpi, de camino se cruzan con unas cuantas personas más que también usan la pulsera. Por lo temprano que es y la cantidad de gente que la trae, tienen la esperanza de que serán muchas cuando sea la hora de entrada. Seguramente varios están a la espera de saber quiénes son los responsables de la creación de la página o si les terminan sancionando.

Také y Tenpi esperan un rato en la cafetería, se sientan en una de las mesas, uno frente al otro. La cuenta ya pasó los diez mil seguidores, hay unos cuantos comentarios negativos, pero probablemente sólo un diez por ciento, los demás comentarios bonitos opacan al resto.

—Tenpi, mira esto —Také le muestra su celular—. Hay varios comentarios parecidos en nuestra foto, donde sale tu mano y la pulsera.

—¿Ah, sí? ¿Y qué dicen? —Tenpi se acerca a Také.

—Varios escriben que es la misma pulsera que se puso Hiromi, otros preguntan si tenemos un *link* para venderla —ríe—. Checa, esta otra chica grabó un tutorial en su perfil de cómo hacer las pulseras a mano.

—Awww, eso es muy tierno, deberíamos poner algo así también —Tenpi asiente.

—Pero mira, el comentario con más *likes* es de esta persona, lo voy a fijar, dice: "Fui de los primeros seguidores de esta página, es muy triste que en la escuela quieran cerrarla, me ha ayudado mucho a entenderme a mí misme y entender más cosas del colectivo. Personas del mismo instituto les apoyamos de forma pacífica llevando nuestra propia pulsera #PulseritaArcoírisPorAkuyaku".

—¿Tanta gente de la escuela nos sigue? O ¿por qué tiene tantos *likes*?

—No, pero deben de ser personas que tampoco están de acuerdo, porque muchas responden molestas pidiendo que no cerremos la página, por favor.

Tenpi sonríe.

—Amiga, hemos creado un espacio seguro en un rinconcito del internet, gracias por motivarme e inspirarme a seguir con esto. Da mucho miedo pero contigo a mi lado no ha sido tan difícil.

Tenpi se recuesta en el hombro de Také y ella se recarga en su cabeza.

Také acompaña a Tenpi a su salón, le queda de paso para su clase, que es en el mismo edificio. A lo lejos notan a varias personas reunidas afuera del aula donde Tenpi tiene su primera materia. Caminan entre la gente para acercarse a la puerta, que está despejada. Adentro están quienes tienen clase ahí, y el director, recargado sobre el escritorio, sonríe en cuanto ve a Tenpi. La puerta y el pasillo están despejados, seguramente para que el director no notara a tantas personas reunidas afuera de chismosas.

Éste camina hasta la entrada y les da indicaciones a los alumnos para que entren a sus clases.

—A ver, chicos, ¿qué hacen todos reunidos aquí? No es convivio, todos a sus salones. Hiranaka, a mi oficina —llama a Tenpi.

248

—Señor director —dice Tenpi nerviose—. ¿Para qué me necesita exactamente?

—Tú sabes por qué, camina.

—No, no puede ir, tiene examen ahorita —interrumpe Také como excusa.

—Su profesor aún no llega, no vamos a tardar mucho.

Tenpi mira asustade a Také, le hace señas con los ojos para que le ayude.

—No, no puede, a no ser que nos diga el motivo —exclama Také ahora más desesperada.

—Por ser responsable de la creación de una cuenta que no está aprobada por la escuela y que difunde ideologías que no van con los valores de la institución.

Todos alrededor comienzan a murmurar, algunos diciendo que obvio había sido Tenpi y otros, que no lo veían venir; algunos ya empezaban a oponerse en voz baja.

—Pero no tiene pruebas de eso, no puede culparle así como así —Také toma a Tenpi de la mano.

En el fondo algunos compañeros alzan un poco la voz para preguntar por las pruebas y cuestionar al director. Tenpi no sabe qué hacer ni qué decir, está algo asustade y sólo se aferra a la mano de Také.

—Señor Hiranaka, ¿me permite examinar sus muñecas?

—Mis… ¿mis muñecas? ¿Para qué? —pregunta Tenpi nervioso.

—Porque ahí se encuentra la prueba, en una de las fotos que subió se alcanza a distinguir perfectamente que trae una pulsera.

Tenpi mira a Také y ella asiente, era lo que estaban esperando que pasara, faltaba comprobar si las personas se pondrían de su lado. Tenpi coloca sus manos enfrente dejando ver un poco sus muñecas y después jala su suéter y su camisa hacia atrás para quedar expuesto hasta su antebrazo. Ahí está, en la muñeca izquierda, la pulsera que le había regalado su mamá. Todos guardan silencio, el director empieza a caminar a su oficina.

—Sígame, por favor.

Antes de que Tenpi dé un paso, une compañere levanta su mano.

—Director —grita—. Es que yo también tengo esa misma pulsera, va a tener que sancionarme a mí también.

Také ve a la persona y la reconoce, es quien hizo el comentario en la foto. Tiene un *pin* con la bandera no binaria.

—Yo también —dice otra persona mostrando su pulsera—, igual va a tener que sancionarme.

El director les mira confundido sin saber qué están haciendo.

—¡Yo igual! —gritó otra levantando su muñeca también.

De las veinte personas que hay en el salón, cerca de la mitad muestra sus pulseras. Seguramente porque en los salones que más frecuentaba Tenpi era donde habían comenzado a pegar los stickers, era posible que ahí se encontraran sus primeros seguidores.

En realidad no sólo se trataba de la página, sino también del hecho de que muchas personas apreciaban a Tenpi y consideraban que el trato que le estaban dando no era justo, mucho menos sancionarle por expresarse sobre quién es.

El director se cubre con una mano la cara frustrado.

—Director —lo interrumpe Tenpi—. Si no tiene pruebas o un motivo para sacarme, no voy a poder acompañarlo, porque se me está acusando de algo que no saben si hice o no. Y eso me convierte a mí en víctima de difamación.

—Director, creo que eso es un delito —añade Také.

Los compañeros hacen comentarios con la voz un poco baja, el director grita:

—Bueno, pues, todos a sus salones, arreglaremos esto después en privado.

El director camina apresurado hasta la salida y en cuanto lo pierden de vista algunos compañeros empiezan a aplaudir, incluso quienes no traen una pulsera.

—¡Venga, Tenpi! —grita uno de ellos.

Tenpi regresa con Také y vuelve a aferrarse a su mano.

Los compañeros se dispersan, algunos se acercan con Tenpi y le muestran el pulgar arriba con la mano en la que traen la pulsera.

—Amiga, voy a necesitar una coca o algo porque casi me desmayo de los nervios. No pensé que fuera a funcionar, pero de verdad funcionó, ¡Ned tenía razón! —Tenpi abraza a Také.

—¿Sabes qué? Creo que esto va más allá de lo que Ned nos aportó. Tú también has causado un impacto en los demás, Tenpi, tu forma de ser, tu identidad… Quienes te conocemos te amamos y quienes te defendieron hoy fueron personas que no sólo saben de la existencia de la página, sino que también te aprecian por quien eres.

Tenpi sonríe, sus ojos se ven algo brillosos y Také le da un abrazo.

Také le manda mensaje a Sora con las buenas noticias, Sora a Hiromi y Hiromi a Ned, que aún no se iba de la casa de Sora.

Hiromi se alista para visitar a sus padres. Ned lo lleva en su auto y les avisa a sus padres que van en camino, ambos deciden permanecer en casa para esperar a Hiromi y charlar.

—¿Estás listo? —pregunta Ned al volante viendo de reojo a Hiromi.

—Sí, después del mensaje de Sora de que todo salió bien me siento mucho mejor.

—Bueno, pasó lo que esperábamos, pero aun así insisto en que hagamos una queja pública.

—Sí, es lo correcto.

Hiromi revisa los mensajes de WhatsApp, había desactivado las notificaciones justo después de salir de su casa. La mayoría eran de sus padres.

> **Mamá:**
> Hiromi, ¿dónde estás? ¿Dónde te metiste?

> Si no regresas antes de medianoche, te vas a meter en serios problemas.

> Tu papá está muy decepcionado.
> Por lo menos dinos dónde estás o si estás bien, por favor.

> ¿Necesitas algo? ¿Estás bien?

> Tu papá y yo hablamos sobre nuestra discusión del otro día. Por favor, hablemos los tres.

> Tu hermano Ned dice que estás bien, por favor, regresa.

Los mensajes de su papá eran un poco más fríos, pero se notaba la misma intención.

> **Papá:**
> Tienes hasta mediodía para regresar.

> **Papá:**
> Tu mamá está muy preocupada, se le ve triste porque quiere verte.

> Hiromi, charlemos al respecto, te extrañamos.

—También los extraño mucho —susurra Hiromi conteniendo el llanto.

Ned y Hiromi llegan a la casa de sus padres y estacionan el coche en el patio trasero. Su mamá está en la entrada de la puerta asomándose por si alcanza a ver a Hiromi antes. En cuanto él sale, su mamá se acerca caminando apresurada y cuando cruzan miradas corre y se lanza sobre él.

—Ay, Hiromi —solloza—. No nos vuelvas a hacer algo así, por favor.

—Perdón, mamá, actúe de forma impulsiva, me dejé llevar por mis emociones.

—Qué bueno que estás bien —ambos caminan a la casa, su papá también está en la entrada de la puerta esperándolo—. ¿Y tu mochila? Vimos que te llevaste algunas cosas.

Antes de responderle a su mamá, Hiromi se acerca a su papá cuando éste extiende los brazos hacia él, entre lágrimas se abrazan.

No es necesario que diga ni una palabra, no es muy bueno con ellas ni demostrando mucho afecto físico, pero este abrazo es diferente, es la forma en la que su papá le da a entender que hará todo lo posible para que puedan permanecer juntos.

Ned se acerca despacio con su madre.

—Gracias por traerlo, Ned —susurra su mamá.

—¿Ya no estás enojada conmigo por pintarme la mitad del pelo? —le reclama Ned poniendo uno de sus brazos alrededor de ella y entrando a la casa detrás de Hiromi y su papá.

—No —ríe—, ya estoy empezando a entender tu concepto artístico.

El papá de Hiromi camina hasta el estudio que está en la planta baja.

—Ned, hijo, ¿nos permites hablar con Hiromi a solas? —dice su papá abriendo la puerta del estudio.

—Está bien —responde disgustado.

En el estudio hay otras cinco personas, Hiromi nos las reconoce pero todas saludan amablemente en cuanto entran.

—¿Quiénes son? —susurra Hiromi a sus padres.

Los tres se sientan junto al ventanal que da a otro de los patios, separándose de las otras personas lo suficiente como para que no los escucharan.

—Son un equipo de medios y relaciones públicas —responde su papá.

—Estamos intentando analizar los comentarios generales de lo que hiciste hace unos días —añade su mamá.

Hiromi mira a ambos esperando un regaño, pero no sucede.

—Estuvimos platicando, lo de nuestra discusión del día que te fuiste —su mamá se acomoda en la silla—. En lo personal me sentí un poco asustada, sabemos qué hacer con la prensa o los medios en ciertas situaciones, pero esto fue completamente nuevo para mí.

—Más porque se centra en un tema que no es aceptado con facilidad —comenta su papá.

—En parte todo este malentendido es mi culpa, nunca les dije realmente qué era lo que yo quería, sólo me dejé llevar por sus decisiones, porque desde que ocurrió el incidente de Tenpi tuve mucho miedo de volver a tocar el tema, fue como si el mundo se hubiese terminado para mí, no me sentía yo, ni sentía que hacía lo que mi corazón quería.

Hiromi entrelaza los dedos y mira al suelo apenado.

—Haber conocido a Tenpi me cambió en muchas formas, no sólo aprendí muchísimo, también entendí lo que es un amor tan puro y bonito. Amor que no pude vivir por miedo, por evitar lastimarlos a ustedes. Al día de hoy aún me arrepiento terriblemente de esa decisión tan cobarde que tomé, la de decirles que no sabía que Tenpi era un chico, claro que lo sabía —mira a su padre a los ojos y después a su madre—. Pero no me importó, porque le quería muchísimo; me mantuve firme ante la idea de que lo seguía viendo muy atractivo, aun como chico. Fue así como me di cuenta de que también me gustaban los hombres.

Su papá respira profundo intentando mantener la calma tras escuchar a su hijo decir "también me gustan los hombres", frase a la que definitivamente aún no se acostumbraba.

—¿Aún te gusta ese chico, no? —pregunta su mamá sonriendo.

Hiromi se sonroja, baja la mirada y asiente.

—Pero, no es un chico, ni es chica, es de género fluido, es decir que su género fluye, por eso se vestía de chica, usa pronombres neutros y...

—Espera —interrumpe su papá confundido—. Nunca había escuchado tantas cosas que no entendiera en una sola oración, ¿cómo que pronombres neutros?

—Ah —Hiromi aclara—. Es cuando no utilizas *él* ni *ella*, sino un punto neutro: *elle*; igual con otras palabras con "género" —enfatiza con las manos—: cansado, cansada y cansade, por ejemplo.

—Dios mío, suena algo complicado —dice su mamá un poco frustrada.

—Hiromi, discúlpanos si no lo comprendemos del todo —su papá le toca el brazo—, danos un tiempo para entenderlo. Lo que nos interesa es que también te sientas cómodo, queremos apoyarte y estar contigo, somos tu familia, no tienes por qué huir de nosotros.

—Estaba muy molesto y ustedes no parecían querer escucharme, se pusieron a ofender a Tenpi y simplemente no lo soporté.

—Nos disculpamos por nuestra reacción tan drástica y agresiva, no estuvo bien —añade su mamá y su papá asiente.

—Ahora sí —se levanta su papá y camina hasta el escritorio—. ¿Nos puedes explicar qué hiciste? —su papá gira el monitor y muestra dos imágenes, la de Hiromi y la de Ned.

—El hecho de que Ned estuviese involucrado me da un poco más de tranquilidad, entiende cómo manejar las redes sociales a su favor —indica su mamá orgullosa.

Hiromi deja salir una risa nerviosa.

—Creo que Ned puede explicarles mejor.

—Conociéndolo está en la puerta —su mamá se levanta y abre la puerta, afuera está Ned recargado, esperando ser llamado.

Ned, Hiromi y sus padres se sientan juntos para hablar de lo que había sucedido con la página, de cómo Hiromi quería involucrarse para ayudar y darle más visibilidad, y de cómo está más decidido a darle a su vida un rumbo que esté relacionado con visibilizar al colectivo.

Después de plantear sus ideas, de explicar lo que hicieron y cómo resultó, el equipo de relaciones públicas y de análisis de datos se une a la conversación para definir el siguiente paso.

Hiromi empieza a sentirse extraño, el hablar de este tema solía ser algo tabú para su familia, y el hecho de ver a tantas personas unidas ayudándolo a cumplir su sueño parecía una locura, era irreal. Por unos segundos se pregunta por qué no lo hizo antes, pero confía en la precisión del tiempo y que las cosas habían pasado por algo.

A sus padres les costaba trabajo entender algunas cosas, pero el hecho de que ambos se apoyaran para hacer el esfuerzo era una forma de desmostrarle cariño y respeto.

El resto del equipo de RP y análisis de datos concuerda con lo que Ned planteó respecto a las reacciones de las personas, y con que finalmente eso no afectaría a la familia de manera negativa.

Tras escuchar al equipo los padres de Hiromi se quedan mucho más tranquilos, porque ambos tienen una lucha interna con su imágen pública. Probablemente porque ellos tuvieron que esforzarse muchísimo para llegar a donde están ahora y temen que la imagen que han construido con tanto empeño se vea afectada. Pero sus hijos también son importantes y afortunadamente lograron entenderlo y darle prioridad a lo que más importaba. La felicidad de sus hijos por sobre todas las cosas.

Hiromi habla tanto de Tenpi durante su charla que al finalizar le piden que le invite a cenar. Qué irreal era escucharlos decir algo así, más para Hiromi, que siempre pensó que nunca lograría ver a toda su familia reunida.

Hiromi regresa a la casa de Sora para recoger sus cosas, no las había tomado porque no sabía qué reacción tendrían sus padres, apostó que no lo aceptarían y que tendría que salir de su casa permanentemente.

Ned lleva a Hiromi a casa de Sora, toca la puerta y abre Kai.

—¡Hola, Hiromi! ¿Cómo está...? —Kai no termina la frase cuando reconoce a Ned en su coche, está acomodándose el pelo mientras se ve en el espejo retrovisor.

—¿Ése es Ned? ¿Ned Akahoshi? —pregunta emocionado—. ¿Lo conoces? ¿Me lo presentas?

Sora se acerca al escuchar los gritos de emoción de Kai.

—¿Qué pasa? —dice Sora observando a Kai.

—Mira —Kai susurra—. Es Ned Akahoshi, Hiromi lo trajo, lo conoce.

—¿De verdad? —pregunta Sora riendo irónicamente—. Pregúntale a Hiromi cómo se apellida.

—¿Eso qué tiene que ver? ¡Ahí viene! —grita emocionado mientras Ned baja del auto con cubrebocas y lentes de sol.

—¿Qué hacen en la entrada? Métanse, niños, o muévanse, si no alguien me va a reconocer.

—Sora, se metió a tu casa. No es cierto. Qué increíble, ¿estoy soñando?

—Pregúntale a Hiromi cómo se apellida, Kai —insiste Sora riendo, Hiromi también ríe.

—Dale, pues, ¿cómo te apellidas, Hiromi?

—Akahoshi —responde y entra a la casa.

Kai no se puede quitar la cara de sorpresa.

—Todo este tiempo tuvimos a un Akahoshi y no me dijiste nada.

—Pensé que sabías, perdóname —Sora abraza a Kai, éste cierra la puerta y caminan a la sala.

Ambos se sientan en un sillón juntos, al lado de, Ned que revisa su celular.

—Le voy a pedir una foto —susurra Kai. Sora ríe.

—Hazlo, no pierdes nada.

Kai se recorre y se sienta cerca de Ned. Ned lo mira de reojo.

—¿Sí? —dice Ned extrañado.

—¿Me puedo tomar una foto contigo? Por favor, te admiro muchísimo, amo tu música —Ned sonríe.

—Claro que sí, ¿tu teléfono?

Kai se levanta y empieza a buscar desesperado en la cocina su teléfono.

—Revisa en la recámara —le indica Sora.

Sora se levanta y se asoma para ver qué hace Hiromi, que se fue a su habitación.

—¿Qué haces? —pregunta Sora observando a Hiromi guardar sus cosas en su mochila.

—Hoy hablé con mis padres —responde con un tono serio.

Sora se acerca preocupado por detrás.

—¿Todo bien? ¿Estás bien?

Hiromi deja de empacar y mira a Sora.

—Sí…, me sorprende, pero todo salió muy bien, voy a regresar con ellos.

Sora de inmediato percibe una división entre Hiromi y él. No sabe qué decir, una de las cosas por las que lograba entenderse con Hiromi era haber dejado su casa, sentirse desentendido por sus padres.

Poco a poco se convierte en envidia. Hiromi ya tiene demasiadas cosas, ¿por qué también se tiene que quedar con la familia, los papás, los hermanos perfectos? ¿Por qué recibe todo el apoyo posible y él no? No es justo.

—¿Todo bien, Sora? —Hiromi da la vuelta hacia él, que está absorto en sus pensamientos mirando a la nada.

Sora finalmente ve a Hiromi y con lágrimas de coraje en los ojos le dice:

—¿Por qué? ¿Por qué tú sí y yo no?

—¿De qué hablas, Sora? —pregunta Hiromi tomándolo de los hombros.

—¿Por qué tienes que quedarte con todo? —Sora hace un movimiento brusco para quitarse de encima las manos de Hiromi—. Todos te apoyan, vienes de una familia adinerada donde cada miembro es una celebridad, y ahora quieres ponerte al frente de un movimiento sin haber padecido de verdad el peso que tiene.

Hiromi mira asustado a Sora y empieza a retroceder.

—Yo no tengo idea de dónde están mis padres, me echaron de su casa; la única persona que me apoyaba murió; tuve que dejar a mi novio, a mis amigos, mi escuela, perdí todo; vivo con un familiar que ni conozco bien; no puedo trabajar en otro lugar que no sea la florería porque soy menor de edad; debo mantener mi promedio a como dé lugar.

Sora sube un poco el tono de voz, Kai lo escucha y se asoma a la habitación de Hiromi.

—Sora, no lo sabía. Lamento que te haya pasado, pero eso no significa que seamos diferentes.

—Por supuesto que sí, tú y yo no nos parecemos en nada. No somos iguales. ¿Qué vas a entender tú del dolor? —solloza.

Kai interviene y entra a la habitación para abrazar a Sora.

—¿Qué pasó, Hiromi? —Kai le lanza una mirada amenazante.

—Le comenté que regresaba a mi casa con mis padres. Hoy resolví todo con ellos y se molestó bastante porque mis padres se mostraron comprensivos conmigo.

Hiromi se acerca a Sora, que escondía la cara en las clavículas de Kai.

—Sora, lamento mucho que te hayan sucedido esas cosas, de verdad, lo lamento mucho. No es tu culpa, vivimos en una sociedad lamentable para personas del colectivo. Pero sí soy consciente de mi privilegio, sé que vengo de una familia con una posición socioeconómica favorable, que mis hermanos son superexitosos y que ahora están dispuestos a ayudarme en esta nueva etapa de mi vida. Pero no lo hago por mí, lo hago para intentar cambiar la forma de pensar de la sociedad, y para bien o para mal la vida escogió ese camino para mí, porque si se tratara de alguna otra persona probablemente se le dificultaría más tener ese acercamiento con los medios.

Hiromi pone una de sus manos sobre la espalda de Sora.

—No quisiera trabajar individualmente, Sora, creo que eres consciente de que necesito de personas con puntos de vista diferentes. Venimos de contextos distintos, pero al final ambos formamos parte del colectivo. Sé que la pasaste mal, pero, por favor, ayúdanos a cambiar eso para futuras generaciones. Las cosas tienen que cambiar.

Sora se separa de Kai, mira a Hiromi y se limpia con la muñeca las lágrimas de la cara.

—Lo siento, Hiromi —dice Sora mirando al suelo—. Lamento que me haya descontrolado así, sé que no es tu culpa —Kai le soba la espalda.

—Fue como un brote de ira, ¿no? —susurra Kai—. ¿Estás bien?

Sora asiente.

—Voy a ir un rato al patio —Sora da la vuelta y sale de la habitación.

—No te lo tomes personal, Hiromi. Últimamente Sora ha estado algo sensible, fue por estas fechas hace como cinco años cuando dejó la casa de sus papás y desde entonces no los ha visto.

—Lo entiendo, no te preocupes.

Kai se va de la habitación y Hiromi continúa guardando sus cosas, esta vez con la imagen constante de Sora aferrándose a Kai. ¿Era ésta una buena idea? ¿Dejar a su amigo en estas condiciones, sabiendo que Kai probablemente era de las pocas personas que consideraba como de su familia?

Deja de empacar, saca su celular y le manda un mensaje a Tenpi: "¿Podrían venir a la casa de Sora saliendo de la escuela?"

Tenpi responde con un sticker de un gatito con el pulgar arriba.

No faltaba mucho para que las clases terminaran. Ned pide pizza y Kai pasa todo el tiempo haciéndole preguntas sobre algunas de sus canciones, cosa que Ned disfruta mucho porque ama la atención. Hiromi y Sora sólo escuchan mientras esperan la comida.

Dos horas después tocan la puerta. Sora abre, son Tenpi y Také.

—Hola, hola, ¿ya están comiendo? —pregunta Tenpi.

—¿Y sin nosotros? —añade Také entrando con dos refrescos de un litro.

—¡Hola! —saluda Hiromi acercándose y empuja suavemente a Tenpi para llevarle hasta la sala—. Por favor, cuéntennos qué pasó.

—Con lujo de detalles —dice Ned.

Tenpi y Také les cuentan a todos lo que había sucedido en la escuela y que al final habían cedido con la petición de cerrar la página, dejaron de buscar culpables y sólo abandonaron el tema como si nada.

—De cualquier forma habrá que exponerlos en redes —opina Ned—. No estuvo bien lo que hicieron ni está bien que quieran limitar la información queer.

Hiromi, que ya estaba sentado al lado de Tenpi, se acerca un poco para susurrarle.

—¿Podemos hablar en privado? —Tenpi lo mira y asiente.

Ambos caminan hasta el "cuarto de Hiromi". Tenpi entra detrás de él.

—¿Pasa algo? —pregunta Tenpi en cuanto entran.

—Se trata de Sora —explica—. ¿Te ha platicado sobre sus padres?

—Sí, sí me lo comentó. ¿Por qué?

—Hace rato tuvo un ataque de ira contra mí. Me di cuenta de que Kai y su tío son su única familia, pero Kai no siempre viene y su tío rara vez está; Sora pasa la mayor parte del tiempo solo en esta casa. Si lo ves ahorita está feliz, se le nota calmado y en paz. Nunca se ha quejado de tener tanta gente aquí, supongo que disfruta de la compañía.

Tenpi se asoma un poco desde el marco de la puerta y mira a Sora, que sonríe en silencio escuchando a Ned hablar.

—Tú eres mucho más cercane a Sora, estaba pensando en que podríamos venir más seguido a hacerle compañía.

Tenpi sonríe de inmediato

—Podemos pedirle permiso a Sora y reunirnos aquí para hablar de Akuyaku.

—¡Eso suena muy bien! —exclama Hiromi.

—Bueno, vayamos a decirle —Tenpi da la vuelta y antes de que abra la puerta Hiromi le detiene sosteniendo uno de sus hombros. Tenpi se gira hacia él.

—Hay otra cosa —susurra—. Sé qué nuestra relación no terminó de la mejor forma. Yo espero que todo lo que pasó haya quedado aclarado. Si aceptas mis disculpas y si también lo deseas, me gustaría que retomáramos nuestra relación —la última frase la dice con tanta firmeza que se vuelve un poco tenso el ambiente.

Tenpi toma la mano de Hiromi, que seguía en su hombro.

—Hiromi, sabes que te quiero muchísimo, que te llegué a amar con locura, pero ahora estoy en un punto en mi vida en el que por primera vez no necesito a otra "mitad" para sentirme "complete", por primera vez deseo estar soltere, quiero disfrutar de mí y de mi compañía.

Se acerca un poco más a Hiromi, lo que hace que éste se sonroje de inmediato.

—Si estás dispuesto podemos salir, pero por el momento no me gustaría estar con nadie. Espero puedas entenderlo.

Hiromi sonríe.

—No te preocupes, claro que lo entiendo, en todo caso voy a estar esperándote.

Tenpi ríe.

—No tienes que hacerlo si no quieres, puedes salir con otras personas.

—No lo sé —responde Hiromi con una media sonrisa—. Mis papás te invitaron a comer, la invitación está abierta.

Tenpi lo mira confundide.

—¿Tus papás? ¿No me odiaban o algo así?

—Hablé con ellos —susurra—, pudimos charlar y afortunadamente lo entendieron.

La cara de Tenpi se ilumina y sonríe plenamente de oreja a oreja.

—¡Hiromi, qué buena noticia! ¡Qué increíble! Me da muchísimo gusto —Tenpi se acerca y lo abraza. Hiromi se aferra a elle sosteniéndole fuertemente.

Tenpi llega a casa después de estar un rato en la de Sora y se sienta con su mamá a comer. Le explica lo que había sucedido en la escuela y le platica de la existencia de la página de la cual no le había hablado antes, la forma en la que lo resolvieron, cómo sus compañeros se opusieron y unieron para defenderle.

—¿Por qué no me contaste nada de esto antes? Me hubiera encantado ver tu página cuando recién empezaba, les hubiera corregido sus errores ortográficos —dice riendo.

—Te vi bastante ocupada estas semanas, no quería preocuparte, ni que nos detuvieras.

—¿Detenerte? Hije, éste es el propósito que tú le has dado a tu vida todo el tiempo, y que ahora puedas transmitir un poco de todo eso ayudará a tus compañeros y a más personas a ser más conscientes —su madre toma a Tenpi de ambas manos y las aprieta con fuerza—. Se darán cuenta de la forma en la que tratan a les demás, cómo juzgan a las personas sin antes conocerlas, cómo personalmente viviste muchas cosas bastante fuertes y a pesar de eso saliste adelante para demostrarles a todos que es posible sonreír ante cualquier circunstancia —su mamá empieza a llorar—. Estoy muy muy orgullosa de...

Antes de que termine la frase Tenpi se lanza sobre ella para abrazarla.

—Fue gracias a ti, porque no me dejaste sole ni un día que me sentí mal, me ayudaste cuando más lo necesité. Mamá, si no fuera por ti, no estaría aquí.

Ambos se siguen abrazando. Su madre recuerda a la pequeña Tenpi que solía ponerse faldas a escondidas, la que valientemente se mostró con maquillaje frente a su papá, la que a pesar de todo lograba sacarle una sonrisa a todes a su alrededor. Pero también recuerda aquella tarde que Tenpi regresó de la escuela después de haber usado falda por primera vez, cómo se sentó a un costado de la cama en el piso a llorar mientras le suplicaba que la llevara a un doctor o psicólogo para ayudarla a volverse normal.

"Ojalá esa pequeña Tenpi lograra ver la gran persona en la que te convertiste, lo fuerte que eres y todas las vidas que has cambiado por ser tú, por atreverte a salir todos los días como quien eres en verdad."

"cuando era pequeño, mi madre me contaba una historia: decía que cuando se creó la Tierra y aún no había nada en ella, los campos empezaron a llenarse de muchísimas flores de todos colores, tamaños y formas.

Yo era una flor morada".

—Tenpi

Akuyaku de Claivett
se terminó de imprimir en julio de 2023
en los talleres de
Impresora Tauro, S.A. de C.V.
Av. Año de Juárez 343, col. Granjas San Antonio,
Ciudad de México